QUINZE DIAS

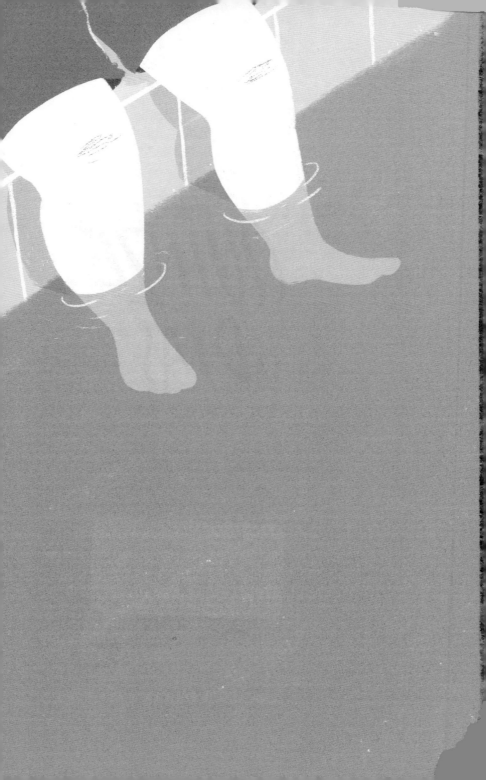

VITOR MARTINS

QUINZE DIAS

Copyright © 2022 Globo Livros Ltda.
Copyright do texto © 2017 by Vitor Martins

Todos os direitos reservados. Nenhuma parte desta edição pode ser utilizada ou reproduzida — em qualquer meio ou forma, seja mecânico ou eletrônico, fotocópia, gravação etc. — nem apropriada ou estocada em sistema de banco de dados sem a expressa autorização da editora.

Editoras responsáveis **Sarah Czapski Simoni e Paula Drummond**
Editora assistente **Veronica Armiliato Gonzalez**
Assistentes editoriais **Milena Martins e Agatha Machado**
Design e ilustrações da capa **Vitor Martins**
Ilustração do verso da capa **Rafael Gimenes**
Diagramação **Diego Lima e Douglas Kenji Watanabe**
Projeto gráfico original **Laboratório Secreto**
Revisão **Tomoe Moroizumi, Esther Levy e João Pedroso**

Texto fixado conforme as regras do Acordo Ortográfico da Língua Portuguesa (Decreto Legislativo nº 54, de 1995).

CIP-BRASIL. CATALOGAÇÃO NA PUBLICAÇÃO
SINDICATO NACIONAL DOS EDITORES DE LIVROS, RJ

M346q

Martins, Vitor
  Quinze dias / Vitor Martins. - 1. ed. - Rio de Janeiro : Globo Alt, 2022.

  "Edição especial com conteúdo extra (novo formato)"
  ISBN: 978-65-88131-51-0

  1. Ficção brasileira. I. Título.

22-77332   CDD: 869.3
                                                 CDU: 82-3(81)

Meri Gleice Rodrigues de Souza - Bibliotecária - CRB-7/6439

1ª edição, 2017
2ª edição, 2022 - 2ª reimpressão, 2023

Direitos de edição em língua portuguesa para o Brasil
adquiridos por Editora Globo S.A.
R. Marquês de Pombal, 25
20.230-240 – Rio de Janeiro – RJ – Brasil
www.globolivros.com.br

*Pra todo mundo que já
entrou na piscina de camiseta.*

ANTES

Eu sou gordo.
Não sou "gordinho", "cheinho" ou "fofinho". Sou pesado, ocupo espaço e as pessoas me olham torto na rua. Sei que existem pessoas no mundo com problemas muito maiores que os meus, mas não costumo pensar no sofrimento dos outros quando estou vivendo meu próprio sofrimento na escola. O ensino médio tem sido meu inferno particular pelos últimos dois anos e meio.

Às vezes tenho a impressão de que a lista de apelidos pra gente gorda é infinita. Claro que isso não quer dizer que essa lista seja *criativa*, mas fico impressionado com a quantidade de nomes que os caras da escola conseguem inventar, quando seria muito mais fácil me chamar apenas de Felipe.

Desde que quebrei uma cadeira no começo do ano na aula de geografia, as pessoas cantam *Wrecking ball* baixinho quando passo no corredor. Duas semanas depois, outro aluno da minha turma também quebrou uma cadeira. Ninguém canta Miley Cyrus pra ele. Adivinha só? Ele é magro.

QUINZE DIAS   7

Sempre fui gordo, e viver por dezessete anos no mesmo corpo me tornou um especialista em ignorar os comentários. Não estou dizendo que me acostumei. Ninguém se acostuma com lembretes diários de que você é uma bola de demolição. Só me acostumei a fingir que não é comigo.

No ano passado, sem ninguém saber, comprei uma revista adolescente dessas que vêm com pôster de *boyband*. Eu gosto de *boybands* (mais do que tenho coragem de admitir), mas o que me fez comprar a revista foi uma chamada no cantinho que dizia "Insegurança com o corpo? Fala sério, amiga!".

Segundo a revista, um adolescente acima do peso que quer ser descolado e ter amigos precisa compensar. Basicamente, se você for muito engraçado, ou muito estiloso, ou muito simpático, ninguém vai notar que você é gordo. Fiquei um tempo pensando nas minhas compensações. Não encontrei nenhuma.

Quer dizer, eu me considero um cara engraçado. As pessoas me amam na internet (543 seguidores no Twitter e contando). Mas quando se trata de socializar na vida real, sou um grande fracassado. Zero no teste de simpatia. E meu estilo? Ha. Ha. Eu definiria meu estilo como tênis, jeans e uma camiseta cinza razoavelmente limpa. É difícil ter roupas legais quando você veste xgg.

Dei uma olhada no resto da revista, fiz o teste "Qual celebridade seria sua bff?" (tirei a Taylor Swift) e depois a joguei fora. Não queria guardar na gaveta uma evidência de que eu não consigo compensar em nada.

Mas hoje tudo vai ser diferente. É o último dia antes das férias de julho e estou esperando por esse momento desde que as aulas começaram. As férias do meio do ano duram vinte e dois dias. Em termos gerais, isso significa quase um mês livre das piadas de gordo, dos apelidos e dos olhares descarados.

Pulo da cama cedo pra não perder a hora, e, quando chego na cozinha, minha mãe já está acordada, pintando uma tela. Há três anos minha mãe abandonou o emprego em um escritório de contabilidade pra se tornar artista plástica. Há três anos nossa cozinha não se parece com uma cozinha normal, porque há telas, tinta e argila por toda parte.

— Bom dia, meu anjo — ela me diz com um sorriso impossível pra quem acordou antes das sete da manhã.

Minha mãe é linda. Sério. Ela tem olhos grandes de desenho animado, um cabelo volumoso sempre amarrado no alto da cabeça e um corpo esguio e magro. Isso significa que, antes de ir embora, quando descobriu que eu ia nascer, meu pai fez questão de deixar o metabolismo de gordo na minha herança genética. Obrigado, pai.

— Bom dia. Tem tinta no seu queixo. Mas tá linda mesmo assim — respondo com pressa enquanto como um sanduíche de queijo e procuro minhas chaves.

— Felipe, não sei se te avisei, mas hoje à tarde o…

— Atrasado. Até mais tarde, te amo, tchau! — respondo fechando a porta atrás de mim.

Na verdade, nunca estou atrasado, mas minha ansiedade me faz pensar que quanto mais cedo eu chegar à escola, mais cedo vou me livrar dela. O que, infelizmente, não faz sentido algum.

Aperto o botão do elevador mais vezes do que seria necessário enquanto termino meu sanduíche. E quando a porta abre, lá está ele. Caio, o vizinho do 57. Engulo em seco o pedaço de pão que ainda está na minha boca, passo a mão pelo

QUINZE DIAS   9

queixo pra garantir que não ficou nenhuma migalha na minha cara e, então, entro no elevador.

Sussurro um "bom dia" tão baixo que nem eu consigo escutar. Ele não responde. Está com fones de ouvido e concentrado em um livro. Me pergunto se ele realmente escuta música enquanto lê ou se é do tipo que coloca os fones pra não ser interrompido. Se a resposta certa for a segunda opção, eu não culpo o Caio do 57. Porque sempre faço o mesmo.

O elevador leva cerca de quarenta segundos para ir do terceiro andar, onde moro, até o térreo. Parece que se passaram quarenta anos quando a porta se abre novamente. Continuo parado sem saber o que fazer e Caio sai sem notar que eu estava ali. Espero por três minutos no corredor e, só então, saio do prédio.

O último dia de aula se arrasta. Eu só precisava entregar um trabalho para o professor de história e fazer uma prova de filosofia. Ainda assim, quando termino a prova antes de todo mundo, já estou desesperado pra ir embora.

— Já acabou, Pudim? — ouço alguém dizer enquanto me levanto sem jeito da carteira apertada.

A professora Dora recebe minha folha de respostas e diz "Boas férias, Felipe" olhando bem no fundo dos meus olhos. Parece um olhar de compaixão que diz "Eu sei que você não aguenta mais os outros alunos pegando no seu pé, mas aguenta firme. Você é forte. E não tem problema nenhum em ser gordo. Sei que é inapropriado te dizer isso, porque sou sua professora e tenho cinquenta e seis anos, mas até que você é bem gato".

Ou talvez eu não seja tão bom em interpretar olhares de compaixão e ela só quis dizer "Boas férias, Felipe" mesmo.

Quando chego no corredor da escola, vejo algumas alunas se despedindo umas das outras e (acredite) chorando. Como se as férias não durassem só vinte e dois dias. Como se a gente não morasse em uma cidade pequena onde você só precisa colocar a cabeça pra fora da janela pra encontrar metade da escola andando na calçada. Como se não existisse *internet*.

Se a minha vida fosse um musical, agora seria o momento em que eu cruzaria o portão de saída da escola cantando uma música sobre liberdade e as pessoas na rua dançariam em sincronia uma coreografia bem ensaiada. Mas minha vida não é um musical. Quando passo pelo portão, ouço alguém gritando "Pudiiiim!", abaixo a cabeça e continuo andando.

Minha casa fica perto da escola. São quinze minutos de caminhada, e eu gosto de fazer esse trajeto todos os dias para ter o que responder quando algum médico pergunta se pratico exercícios físicos regularmente.

O único problema é o suor. Depois dos meus evidentes problemas de autoestima e meus adoráveis colegas de classe, acho que suor é a coisa que eu mais odeio na minha vida.

Chego em casa derretendo como um boneco de cera e encontro a minha mãe no mesmo lugar em que estava quando saí. Só que agora ela está com mais manchas de tinta pela roupa e a tela está quase pronta. Hoje ela pintou um monte de círculos azuis (minha mãe está numa fase azul nos últimos meses) que, vistos sob certo ângulo, formam o desenho de dois golfinhos se beijando. Acho.

QUINZE DIAS **11**

Além da bagunça de sempre, tem panelas no fogão e a casa está com cheiro de almoço. Almoço de verdade, não as sobras de um yakisoba que a gente pediu pelo telefone ontem à noite. A ideia de começar as férias com almoço de verdade me deixa empolgado.

— Oi, meninos, como foi na escola? — ela pergunta sem tirar os olhos da tela que está pintando.

— Da última vez que eu contei você só tinha um filho, mãe.

— Ah, achei que vocês chegariam juntos. Você e o menino Caio do 57. — Ela se vira e me dá um beijo na testa.

Estou confuso, mas minha mãe parece não perceber, porque não diz mais nada. Vou pro quarto deixar minha mochila e levo um susto quando encontro tudo arrumado. Minha mãe trocou os lençóis, organizou minha prateleira e tirou as meias que estavam emboladas debaixo da cama.

— Mãe, o que você fez com o meu quarto? Cadê minhas meias??? — grito.

— Na gaveta! Imagina que vexame o filho da vizinha chegando no seu quarto e encontrando onze pares de meia jogados! — ela grita de volta.

Onze? Uau. Número impressionante.

Corro de volta até a cozinha pra não ter que continuar gritando.

— O que você disse sobre o filho da vizinha?

— Eu te avisei, não avisei? Ele chega hoje. Vai ficar por quinze dias. Os pais vão a uma conferência sobre pinguins. Ou a uma segunda lua de mel. Sei lá. A Sandra me pediu pra ficar de olho nele durante a viagem. Fiquei meio assustada porque o garoto já é grande. Mas não me custa nada, né? Ele é um bom menino.

Quanto mais a minha mãe fala, mais desacreditado eu fico.

— Você não avisou! Eu não posso receber visitas! Ainda mais nas férias. Ainda mais por quinze dias! Eu tenho *planos*!

— Internet e maratona de seriado? Grandes planos, hein, Felipe.

Ela me conhece como ninguém.

— Mas... mas... ele não tem parentes? Ele não pode ficar sozinho? Você e a mãe dele nem são amigas. Que tipo de mulher é essa que não confia no filho sozinho em casa, mas confia numa completa estranha?

— Claro que não somos *amiiiigas*. Trocamos gentilezas nos corredores às vezes. Ela sempre segura a porta do elevador. E nós duas costumávamos conversar muito enquanto você e Caio brincavam na piscina. Bons tempos. Mas isso não vem ao caso. Me ajuda a arrumar a cozinha e pôr a mesa do almoço porque o menino já deve estar chegando!

Continuo parado. Desacreditado. Meu rosto está suado, aterrorizado e imóvel. Como um quadro que minha mãe pintaria em um dia ruim.

"Calma, garoto, é só o seu vizinho!", você deve estar pensando agora. Então acho que chegou a hora de falar um pouco sobre Caio, O Vizinho Do 57.

Nosso condomínio tem uma área de lazer com uma quadra de tênis que ninguém usa (porque, sinceramente, quem joga *tênis*?), um parquinho caindo aos pedaços e uma piscina nem grande nem pequena que está sempre lotada nos dias mais quentes.

Quando eu era criança, aquela piscina era meu oceano particular. Eu passava horas nadando de ponta a ponta e recriando cenas de *A pequena sereia* na minha imaginação. E foi nessa piscina que conheci o Caio. Não consigo lembrar exatamente o dia, ou como começamos a conversar. Éramos amigos de piscina e eu não sei como era a minha infância antes disso.

Se você é um menino gordo de oito anos, ninguém te chama de Pudim. As pessoas acham fofo, apertam sua bochecha e deixam claro o tempo inteiro que têm vontade de te morder. De um jeito carinhoso. Estranho, porém carinhoso.

Eu não tinha vergonha de correr de um lado pro outro só de sunga e pular na piscina jogando água pra todo lado quando tinha oito anos. Porque quando você tem oito anos, está tudo bem. E foi assim que eu e Caio nos tornamos amigos. Nós nunca estudamos juntos. Caio estuda numa escola particular do outro lado da cidade. Mas durante toda a minha infância, em todos os dias de sol, eu tinha certeza de que era só descer até a piscina e Caio estaria lá, pronto pra nadar comigo. Dias de chuva eram os piores.

A gente nunca conversava. Crianças não conversam na piscina. A gente gritava, mergulhava e competia pra ver quem ficava mais tempo debaixo d'água. Não tínhamos tempo pra conversar porque a qualquer momento a mãe do Caio poderia colocar a cabeça pra fora da janela e gritar o nome dele, decretando o fim da brincadeira. A mãe dele sempre foi desse tipo. Do tipo que grita.

No meio de todos esses dias de muita brincadeira e nenhuma conversa, teve um dia que nunca esqueci. Eu devia ter uns onze anos e, depois de quase uma tarde inteira brincando de tubarão-atacando-o-navio-pirata (eu era o navio, Caio o tubarão), sugeri sem medo: "Quer brincar de sereia?".

Nenhuma outra criança do condomínio sabia que eu amava brincar de sereia. Era uma coisa só minha. Eu tinha medo do que os outros meninos poderiam pensar de mim se descobrissem que quando eu mergulhava, na minha cabeça, eu era a Ariel. E lá no fundo eu guardava a minha coleção imaginária de garfos, espelhos e chaleiras.

Caio apenas sorriu, cruzou as pernas como se fosse uma cauda e começou a mergulhar. Ele não quis saber como a brincadeira funcionava. Não disse que só brincaria se pudesse ser um "sereio". Ele apenas embarcou na minha fantasia boba e nadamos como sereias até começar a escurecer. Foi o melhor dia de todos.

Depois disso as coisas passaram como um borrão. Conforme eu crescia, a vergonha de ficar só de sunga na frente do Caio aumentava. Eu não entendia direito o que estava sentindo, mas sei que com doze anos comecei a entrar na piscina sempre vestindo uma camiseta. E, depois dos treze, nunca mais entrei na piscina.

Aos treze anos meu corpo começou a mudar, os pelos começaram a crescer e eu comecei a sentir vontade de beijar na boca. E Caio foi a primeira pessoa que eu quis beijar.

Estar apaixonado pelo Caio é ridículo de tão óbvio. Ele é inalcançável. É como ser apaixonado pelo vocalista da sua *boyband* favorita. Você só pode observar de longe e sonhar.

Agora você entende o meu desespero? Gordo, gay e apaixonado por um garoto que nem responde ao meu "bom dia" no elevador. Tudo pode dar errado. Tudo *vai* dar errado. E eu não tenho tempo de pensar num plano de fuga emergencial porque a campainha está tocando. E minha mãe está abrindo a porta. E eu, claro, estou todo suado.

Vai começar.

DIA 1

— **Pode entrar, pode entrar!** — minha mãe diz, puxando o Caio pra dentro de casa enquanto dá uma ajeitada na franja do menino.

Limites, mãe. Limites.

Eu esperava que ele viesse junto com a mãe e uma lista imensa de recomendações. Mas ele está aqui, sozinho.

— Meus pais pegaram o voo pro Chile de manhã — ele se explica para a minha mãe.

Acho que os dois já tiveram uns bons dois minutos de conversa enquanto estou aqui parado, observando. Fazendo o possível pra suar menos e parecer normal.

— Ajuda ele com a mala, filho! — minha mãe diz, estalando os dedos na frente do meu rosto e me trazendo de volta para a realidade.

Uma realidade onde estou levando para o meu quarto uma mala gigante de rodinhas com estampa de oncinha e cheia de roupas do meu vizinho gato que, por sinal, vai passar os próximos quinze dias aqui comigo. Respiro fundo enquanto deixo a mala no canto, entre o armário e a minha escrivaninha. E então respiro fundo mais uma vez, só pra garantir.

— Desculpa o exagero da mala. Coisa da minha mãe — Caio diz, surgindo do nada na porta do meu quarto e me dando um susto de leve, que eu tento disfarçar com um sorriso amarelo.

Não digo nada, porque não sei o que dizer. Quero mostrar que sou engraçado, mas das três piadas em que penso, duas exigem o conhecimento de episódios específicos de *Friends* e a outra, tenho quase certeza, ofenderia a mãe de Caio.

— Meninos! Almoço! — minha mãe grita, me salvando dessa situação constrangedora.

— Vou tomar um banho e já vou! — grito de volta correndo para o banheiro e deixando Caio para trás.

Quando entro no chuveiro, consigo finalmente respirar aliviado. O banho me relaxa e aqui sou capaz de pensar na situação com mais calma. Sei conversar com as pessoas, sou gentil, sou agradável (talvez). Ele é só uma visita.

É como se fosse minha tia-avó Lourdes que vem pra cá todo ano no feriado de Finados. O marido dela foi enterrado aqui na cidade e quando ela vem visitar o túmulo dele, sempre aproveita pra ficar uma semana inteira aqui em casa. Tia Lourdes coloca pimentão na comida e ajeita minha sobrancelha com saliva. Caio não vai fazer nada disso (espero), então vai ser ainda mais fácil.

Quando saio do chuveiro, estou mais tranquilo e certo de que vai ficar tudo bem. Foi apenas um dos milhares de momentos da minha vida em que fiz muito drama por nada. Eu já deveria estar acostumado a essa altura. Consigo quase dar risada de mim mesmo. Mas a risada não vem. E ela não vem porque

QUINZE DIAS 17

me dou conta de que não trouxe roupas limpas pro banheiro. Tudo o que tenho aqui comigo é uma toalha e uma pilha de roupas suadas.

Preciso pensar rápido porque não quero que o Caio ache que estou demorando no banho. Você sabe o que significa um garoto demorar no banho. Pois é.

Encosto o ouvido na porta e consigo escutar barulho de conversa na cozinha. Minha mãe está lá. Caio está almoçando. Acho que consigo atravessar o corredor bem rápido e chegar no meu quarto sem ser visto. Me enrolo na toalha, toco a trilha sonora de *Missão impossível* na cabeça e dou três passos longos até o quarto.

E quando abro a porta...

Eu.

Quero.

Morrer.

Caio está lá, sentado com um livro na mão. Ele olha assustado pra mim, tenta falar alguma coisa, mas eu falo antes. Na verdade, eu grito.

— Sai do meu quarto! Agora!

Assustado, ele sai. Bato a porta, giro a chave e imediatamente começo a chorar. Não é um choro barulhento e dramático, desses pra encostar na parede e ir escorregando até o chão. É uma lágrima só, que vai escorrendo pelo meu rosto e me enchendo de vergonha. Vergonha porque estou molhado, sem roupa e enrolado em uma toalha de *Star Wars* que, por pouco, não consegue dar a volta inteira na minha cintura. Vergonha porque o Caio me viu assim. E eu gritei com ele. E este é só o primeiro dia.

Ouço a maçaneta girar, mas a porta está trancada.

— Felipe, tá tudo bem? O que aconteceu? Vem comer! — minha mãe diz do outro lado da porta.

Pelo tom da sua voz, não consigo dizer se ela está preocupada ou brava comigo. Talvez os dois.

— Vou mais tarde. Estou sem fome — minto.

Abro o armário para me vestir e faço o ritual de sempre. Por alguns segundos me olho no espelho, sem nenhuma roupa, e reparo em cada coisa que me incomoda. Tem dias que gosto de observar as coisas pequenas, tipo uma espinha nova que nasceu, ou uma estria vermelha subindo pela lateral da minha barriga. Tem dias que prefiro analisar o contexto geral, virando de lado e imaginando como eu seria se fosse magro.

Hoje não perco muito tempo no espelho. Por mais que eu esteja trancado aqui, ter o Caio dentro de casa faz com que eu me sinta mais exposto. Visto uma camiseta qualquer, que vai se ajustando desconfortavelmente no meu corpo ainda molhado, e uma bermuda.

Meu orgulho não me deixa sair do quarto. Deito na minha cama, como meio pacote de bolacha que encontro na mochila e fico mexendo no celular esperando a hora passar. Não quero ficar sozinho. Quero que minha mãe venha conversar comigo. Quero que ela me dê bons conselhos e um prato de comida porque, sério, meio pacote de bolacha? Quem eu estou tentando enganar? Preciso almoçar de verdade!

Mas minha mãe não vem.

Duas horas se passaram quando decido ir de mansinho até a cozinha. Minha mãe está pintando uma tela nova e a casa está silenciosa.

— Tem um prato pra você no micro-ondas — ela diz assim que me vê chegando. Dá pra perceber que está irritada.

QUINZE DIAS 19

Tento murmurar um "obrigado" e ela solta um suspiro longo, desses que vêm logo antes de um sermão.

— Felipe, meu filho, eu não sou boba. E sou sua mãe. Conheço você e sei por que você gritou com o vizinho — ela diz baixinho porque Caio provavelmente está na sala. — Mas você nunca gritou com ninguém. Não é agora que vai começar. Eu sei que você gosta de paz, de silêncio e de ficar sozinho. Entendo tudo isso. Mas são só quinze dias, e eu preciso da sua ajuda. Você não é uma criança. Não vou te pegar pela mão e te obrigar a pedir desculpas pro coleguinha. Mas você vai terminar de comer, botar um sorriso na cara, ir até a sala e pedir desculpas pro Caio.

Reviro os olhos.

— E só por causa dessa cara de deboche, você vai voltar aqui e lavar a louça do almoço — ela completa, sorrindo com satisfação.

Estou parado no meio da sala, torcendo para um meteoro me acertar e acabar com esse constrangimento. Ou para um buraco se abrir no chão e me engolir de repente.

Caio está sentado no sofá, lendo o mesmo livro que estava com ele hoje de manhã no elevador (*A Sociedade do Anel*, do Tolkien. Um dos meus favoritos, por sinal). Tudo parece tão fora do lugar. É meio absurdo vê-lo sentado no nosso sofá velho, de estampa floral, no meio dessa sala cheia de obras de arte inacabadas da minha mãe e uma fotografia na parede que mostra o Felipe de dez anos vestido de indígena para uma peça da escola — que, além de constrangedora, é bem ofensiva.

A presença dele se destaca no meio dessa bagunça, como um alienígena no meio de uma pintura renascentista (e essa é, provavelmente, a pior comparação que você vai ler hoje).

Ele com certeza notou que estou parado aqui. É meio difícil não notar uma pessoa do meu tamanho. Mas, mesmo assim, ele não olha pra mim. Continua concentrado no livro, com a franja caindo de leve em cima do seu olho esquerdo. Sinto vontade de morder a cara dele.

Queria sentar ali e ver em que parte do livro ele está. Perguntar o que está achando da história até agora. Quero saber se ele é do tipo que vê o filme e depois lê o livro ou lê o livro e depois vê o filme.

Limpo a garganta, exagerando um pouco no barulho, para que ele perceba que tenho algo a dizer.

— Desculpa pelo grito — digo.

Ele olha pra mim, bem no fundo dos meus olhos, e eu não consigo dizer se ele está com raiva ou com pena. Não gosto de nenhuma das duas opções.

— Tudo bem — ele responde, seco.

Caio abaixa a cabeça e continua a leitura.

Uau, que conversa. Bom trabalho, Felipe.

O jantar foi esquisito. Comemos na sala, assistindo à reprise de um reality show sobre vestidos de noiva. Eu, minha mãe e Caio espremidos no sofá pequeno, olhando sem piscar para uma noiva desesperada porque faltam três dias para o casamento e o vestido não fecha. Eu jamais conseguiria emagrecer em três dias pra caber em um vestido, então como meu jantar mandando pensamentos positivos para a noiva da TV.

Minha mãe puxa assuntos triviais com Caio e ele é insuportável de tão simpático. Os dois falam sobre a novela das nove, a que minha mãe não assiste, mas ainda assim sabe tudo que vai acontecer nos próximos capítulos. Caio elogia a comida da minha mãe e, apesar de ser o mesmo arroz-feijão-bife-batata-frita do almoço, os elogios soam sinceros.

— Sério, dona Rita! Sua comida tem um tempero incrível! De uns tempos pra cá, minha mãe anda meio neurótica com a alimentação lá em casa. Já falei pro meu pai que ela está doida. Nem sal na comida ela coloca — Caio diz intercalando as palavras com algumas garfadas.

— Menino, você nem *sonha* em falar pra Sandra que comeu batata frita aqui em casa! Capaz de ela nunca mais te deixar voltar — minha mãe diz, cheia de risadinhas.

E enquanto os dois conversam como melhores amigos, eu fico na ponta do sofá ouvindo. Apenas ouvindo e nunca falando.

Sei que vai parecer ridículo, mas eu sinto tanto ciúme. Ciúme da minha mãe porque Caio mal chegou e já está aqui todo cheio de elogios sobre o tempero dela. E, pra piorar, sinto ciúme do Caio. Porque queria que ele conversasse comigo. Sobre a comida, sobre a mãe dele, sobre a novela, sobre qualquer coisa.

Quando o programa de vestidos de noiva termina (a noiva emagrece, o vestido fica lindo, todo mundo se emociona, fim), minha mãe me dá um tapinha nas costas, e sei que esse tapinha significa que a louça do jantar também é minha responsabilidade. Parece que ela não terminou de me punir pelo dia de hoje.

Enquanto arrumo a cozinha, minha mãe dá boa-noite para o Caio (cheia de risadinhas, claro) e eu tento não surtar quando me dou conta de que em algumas horas eu e ele estaremos deitados no mesmo quarto. Dormindo a centímetros de distância.

Nosso apartamento é pequeno, nunca tivemos quarto de visitas. Mas a minha cama é daquelas que você puxa uma alça e *tah-dah!*, tem outra cama escondida ali embaixo. Minha mãe escolheu esse modelo pensando nos amigos que eu poderia trazer pra dormir aqui. Não consigo lembrar a última vez que essa cama extra foi usada por alguém que não seja minha tia-avó Lourdes. Dividir o quarto com o Caio por quinze dias pode resultar numa série imensa de desastres. No tempo que levei para lavar três pratos, consegui fazer uma lista com cinquenta e quatro desastres que posso causar dormindo no mesmo quarto que ele. A maioria dos itens da lista é bem grotesca (peidos de madrugada), mas alguns são naturais e inevitáveis (ereção matinal).

Imaginar sempre o pior cenário possível é a minha especialidade, mas decido parar de pensar nisso quando me pego criando uma situação imaginária onde eu sou sonâmbulo (no caso, não sou) e levanto de madrugada para atacar o Caio. O que não seria nada mal.

Lavo os pratos, seco os pratos, seco novamente e guardo todas as louças no armário. Tento perder o máximo de tempo possível nessa função pra não ter que encarar a hora de dormir. Enxugo o suor da testa com um pano de prato (desculpa, mãe) e vou para a sala.

Não sei quanto tempo demorei pra lavar toda a louça, mas foi tempo o bastante pro Caio colocar um pijama, arrumar um travesseiro e deitar no sofá, apoiando os pés em um cobertor dobrado. Por um segundo perco a fala. Não que eu estivesse planejando falar alguma coisa, mas ainda assim fico sem reação. Na minha cabeça, tento organizar as seguintes informações:

- Caio provavelmente vai dormir na sala.
- Porque ele tem um travesseiro e um cobertor junto com ele. Na sala.

- Caio está de pijama.
- Caio vai dormir na sala???
- Aparentemente sim, pois ele está de pijama. Na sala.
- Uau. Caio de pijama.
- Peidos de madrugada e ereções matinais: liberados!
- Mas, ainda assim, eu não queria que Caio dormisse na sala.
- Queria ele do meu lado.
- Principalmente usando ESSE PIJAMA.

Eu poderia falar por duas horas sobre o tópico "Caio de pijama". O pijama é azul-marinho e branco com um tema marinheiro. A camiseta é listrada e tem uma gola V comprida. O short tem desenhos de âncoras e barquinhos. Mas não consigo reparar na estampa por muito tempo porque, quando o short termina, começam as pernas. "Pernas do Caio" poderia ser um tópico para mais duas horas. Suas coxas são grossas e um pouco peludas, e a pele marrom-clara fica ainda mais brilhante debaixo do lustre da sala (que, na verdade, é um globo de papel que minha mãe decidiu fazer depois de ver um tutorial no YouTube).

Olhando de um certo ângulo, Caio parece o Aladdin. E um segundo antes de eu começar a imaginar nós dois sobrevoando o mundo inteiro em um tapete mágico, Caio limpa a garganta fazendo mais barulho do que deveria e olha pra mim. Não sei por quanto tempo estou aqui parado encarando o menino e passando vergonha por causa de um par de coxas.

— Vou dormir na sala — Caio diz com um tom de voz explicadinho demais, como se eu precisasse ser um Sherlock Holmes pra deduzir isso.

Penso em insistir para que ele durma no quarto. Penso em dizer que o sofá é duro e dá dor nas costas (o que é verdade). Mas quem estou querendo enganar? Claro que ele não vai topar. Não depois de me ver pelado, molhado, enrolado na toalha e gritando "SAI DO MEU QUARTO!!!" feito louco.

Ofereço água, chá, um travesseiro extra. Ele não aceita nada. Quando Caio volta sua atenção para o livro, percebo que é melhor eu ir embora. Entro no meu quarto e bato a porta fazendo um barulho baixo o bastante para não acordar minha mãe e alto o bastante para parecer dramático.

Geralmente durmo vestindo um short e uma camiseta velha, mas hoje decido dormir de pijama. Tiro meu pijama da gaveta. Ele não é um modelo de marinheiro sensual. É bege, grande e horroroso. Quando me olho no espelho, pareço uma página do *Guinness Book* mostrando o recorde de maior bolacha de maisena do mundo.

Eu sou uma vergonha.

Me jogo na cama e assisto a vídeos de gatinhos na internet até o sono chegar.

DIA 2

Hoje é sábado. No geral, adoro sábados. Durmo até mais tarde, assisto a três filmes em sequência e minha mãe sempre faz bolo. Todo sábado é assim, e essa tradição nunca foi quebrada. Eu gosto de tradições, principalmente das que envolvem bolo. Mas, apesar disso, hoje não acordo empolgado. Não consegui dormir direito e passei a noite inteira pensando em como seria mais fácil se a minha vida fosse *Sexta-feira muito louca*. Eu trocaria de corpo com a minha mãe e ela teria que lidar com o Caio. Eu ficaria apenas observando, sorrindo e pintando quadros. Ficaríamos de corpo trocado por quinze dias e, quando o Caio fosse embora, o feitiço estaria quebrado.

Deixo as minhas fantasias absurdas de lado e decido levantar da cama. Está cedo, seis da manhã. Me olho no espelho e percebo que continuo dentro do meu próprio corpo. Uma pena. Essa história seria bem melhor se eu tivesse magicamente trocado de corpo com a minha mãe.

Saio do quarto pra pegar um copo d'água e, quando passo pela sala, ele está lá. Caio está dormindo no sofá, e chega a ser absurdo o quanto ele é bonito. Nunca vi alguém continuar bonito enquanto dorme. Não na vida real. Sempre achei que essa coisa de dormir em paz, com o peito subindo e descendo numa respiração calma, só acontecia nos filmes. Na vida real as pessoas dormem com o cotovelo na nuca, uma meia faltando e uma mancha pequena de saliva no travesseiro.

Caio não é real.

Acho que já passaram uns sete minutos e eu continuo parado olhando ele dormir. Sete minutos. Preciso de tratamento. Sério.

"Água, Felipe! Água!", digo para mim mesmo, tentando me manter focado no motivo real que me fez sair do quarto. Vou até a cozinha tentando não fazer barulho, mas é claro que dá tudo errado, porque tenho a delicadeza de um mamute. Abro o armário sem medir a minha força e duas panelas caem no chão. No silêncio da manhã, parece que caíram duzentas.

Me abaixo para recolher a bagunça que acabei de fazer e, de repente, sinto uma presença na cozinha. Por um segundo acredito que essa presença possa ser o fantasma da minha avó que resolveu aparecer para me revelar o sentido da vida ou me dar um bom conselho sobre como ser emocionalmente estável. Mas é claro que não é ela (aliás, saudades, vó!). É o Caio.

— Precisa de ajuda? — ele pergunta me olhando com cara de quem foi acordado pelo barulho de duzentas panelas caindo no chão.

— Não, não. Tá tudo bem! — minto, porque não está tudo bem. Estou agachado no chão usando meu pijama bege. E tenho quase certeza de que boa parte do meu cofrinho está aparecendo.

E essas são todas as palavras que trocamos durante a manhã. Realizamos um ritual silencioso no qual eu pego um copo

QUINZE DIAS **27**

d'água e o ofereço para ele com um gesto de cabeça. Ele diz que sim com um grunhido que não chega a ser uma palavra de fato. E ficamos ali, bebendo água, olhando para o vazio sem dizer nada.

Caio alonga a coluna entre um gole e outro (uma bela visão, por sinal) e eu tenho certeza de que ele acordou com dor nas costas. É impossível dormir no nosso sofá e acordar feliz. Dormir em uma caixa de papelão molhada seria mais confortável. Penso em puxar assunto e perguntar se ele dormiu bem, mas desisto rapidamente. O silêncio já está beirando o insuportável quando ele deixa o copo em cima da pia e vai embora.

Eu respiro aliviado.

O resto da manhã passa de maneira lenta e torturante. Depois de ter sido acordado por mim, Caio não volta a dormir. Ele senta no sofá e continua lendo seu livro. Fico andando de um lado para o outro tentando arrumar uma maneira casual de mostrar para ele que estou disponível. Totalmente disponível. Duzentos por cento disponível. Mas ele está tão concentrado na leitura que decido deixar pra lá.

Volto para o quarto e assisto a tutoriais no YouTube de coisas que nunca vou fazer (hoje foi dia de velas artesanais, potes de cerâmica e sabonetes). Não sei explicar, mas o tempo que eu perco na internet parece mais saudável quando estou aprendendo coisas.

Os finais de semana sempre passam rápido, mas depois do almoço tenho a impressão de que estou há quarenta e cinco anos vivendo o dia de hoje. Minha mãe está na cozinha pintando enquanto fico sozinho com o Caio na sala. Faz frio lá fora, mas é claro que estou suando. Sento no chão porque parece o certo a fazer. Nosso sofá florido foi a cama do Caio na última noite e não quero que ele pense que estou invadindo seu espaço. Com o notebook no colo, fico adicionando filmes a que nunca vou assistir na minha lista de "Assistir mais tarde". Caio está sentado no sofá e continua lendo *A Sociedade do Anel*.

Nas últimas horas, criei uma teoria. Acho que o Caio já terminou de ler esse livro, mas ele fica relendo as cenas finais eternamente pra não ter que falar comigo. Sei que posso parecer neurótico, mas desta vez é *sério*. Aconteceu agora mesmo! Eu estava pensando se valia a pena adicionar *Legalmente loira 2* na minha lista (decisão bem fácil, porque sou apaixonado pelo primeiro *Legalmente loira* e mais apaixonado ainda por sequências ruins de filmes bons). Olhei discretamente para o Caio enquanto clicava no botão "Adicionar à lista" e o flagrei voltando as páginas! Ele está relendo as últimas páginas! Tudo isso pra não ter que fechar o livro e ser obrigado a conversar comigo.

Sou oficialmente a pior companhia do mundo.

— Hoje é dia de bolo! — minha mãe entra na sala, quase gritando de empolgação. — Mas acabaram o ovo e a farinha. Preciso de manteiga também, e estou com vontade de comer uva.

Ela vai dizendo os itens e anotando um por um num pedaço de papel.

— Quem vai até o mercado pra mim?

— Eu vou! — Caio e eu respondemos ao mesmo tempo.

— Ótimo, vão os dois! — minha mãe responde sorrindo, enquanto me entrega o dinheiro e a lista de compras.

QUINZE DIAS **29**

***

O mercado fica a dois quarteirões do meu prédio. É uma caminhada rápida que estou acostumado a fazer quase todos os dias. Mas fazer esse trajeto ao lado do Caio é uma experiência completamente nova. Enquanto estou com ele e as pessoas olham em nossa direção, não sei se elas reparam em como o Caio é lindo ou em como eu sou gordo. Ou nas duas coisas.

Fico imaginando como deve ser andar de mãos dadas com alguém na rua. Caminhar lado a lado com os meus dedos entrelaçados nos dedos do Caio enquanto a gente se esbarra de leve porque eu não consigo andar em linha reta por muito tempo. Penso em como seria incrível entrar de mãos dadas com ele no mercado, sorrindo um pro outro, como se fôssemos a Britney e o Justin chegando no *American Music Awards* de 2001, vestindo jeans dos pés à cabeça. O mercado inteiro nos olhando e pensando em como somos o melhor casal de todos os tempos.

Mas isso nunca vai acontecer. Principalmente se levarmos em conta que moramos numa cidade onde ninguém aprovaria dois garotos andando de mãos dadas no mercado. Ou que o Caio nem *fala* comigo.

— Acho que podemos dividir — digo de repente, sem contexto algum, porque tenho as mesmas habilidades sociais que um ralador de queijo.

— Ahn? — Caio parece confuso.

— A lista. Os itens. A gente pode dividir, cada um pega metade, a gente se encontra na fila do caixa e gastamos metade do tempo! — respondo atropelando as palavras.

— Por mim tudo bem! — Caio diz com um sorriso torto no rosto. Seu sorriso é meio desengonçado, mas os dentes são perfeitos. Ele poderia estrelar um comercial desses com modelos sarados na piscina segurando um tubo de pasta de dente. Rasgo a lista de compras na metade, entrego um pedaço para ele e tento sorrir de volta. Apenas tento. Na maior parte das vezes meu sorriso parece um derrame. Abaixo a cabeça antes que ele perceba.

Entramos no mercado e vamos um para cada lado. Olho a minha parte da lista. Com uma letra cursiva apressada, minha mãe escreveu:

- *ovos*
- *uvas (roxinha s/ caroço)*
- *leite (o mais barato)*

Tá fácil. Sigo no corredor principal e pego uma caixa de leite. Não consigo encontrar as uvas roxas em nenhum lugar, então vou buscar os ovos. Na minha cabeça, estou numa competição com o Caio pra ver quem encontra os três itens primeiro. No final disso tudo, vai ter uma linha de chegada, assistentes de palco me entregando um cheque cenográfico gigante de mil reais em compras e chuva de papel picado.

Chego apressado no corredor dos ovos e, de repente, tenho vontade de dar meia-volta e correr para casa, porque Jorge e Bruno estão lá. Mas eles me veem antes que eu consiga fugir.

Uma breve explicação sobre Jorge e Bruno: os dois estudam comigo e são responsáveis por oitenta por cento dos apelidos que eu tive nos últimos três anos. Jorge é repetente, já tem quase dezenove anos, uma barba cheia e seria até gato se não fosse tão babaca. Bruno tem metade da minha altura, cabelo raspado dos lados formando um moicano que não deu muito certo e não seria gato nem se ele se esforçasse muito.

Os dois vêm andando em minha direção e finjo que estou concentrado escolhendo ovos. Branco ou caipira? Que dilema.

— Olha só, o Pudim! — Bruno grita e sua voz aguda ecoa pelo corredor vazio.

— Quem quiser comprar comida é melhor correr antes que a baleia leve tudo! — Jorge fala com as mãos em volta da boca, como se estivesse anunciando a promoção do dia.

Tento fingir que nada está acontecendo, mas minha missão fica um pouco mais difícil quando Bruno começa a cutucar minhas costas andando de um lado pro outro.

Os dois sempre dividem bem as funções na hora de me perturbar. Jorge prefere ofender verbalmente, enquanto Bruno é do tipo que prefere *encostar*. Não sei qual dos dois eu odeio mais.

— Não adianta tentar se esconder — Jorge continua, quando percebe que estou tentando me esquivar para sair dali. — Você é tão gordo que nem a Lua consegue te tapar inteiro.

Reviro os olhos com raiva, porque não é a primeira vez que escuto essa.

— Você é tão gordo que... que... — Bruno começa a dizer, aparentemente sem ter pensado num final para a piada.

Sem saber como continuar a frase, ele decide pela saída mais fácil e, me empurrando contra a prateleira, me pega de surpresa e belisca meu peito com força.

— Tetinhaaa! — ele diz quase que sussurrando, com um tom de voz sádico de quem está se divertindo mais do que nunca.

Tento me defender protegendo meu peito, mas deixo a cesta de compras cair no chão e, quando me abaixo para pegá-la, tenho quase certeza de que escuto Bruno me chamando de "gordo otário". Nunca vou entender como uma pessoa que tem metade do meu tamanho consegue fazer com que eu me sinta tão pequeno.

Os dois parecem satisfeitos com a dose de diversão às minhas custas e saem andando pelo corredor como se nada tivesse acontecido. Pego uma caixa de ovos qualquer, coloco-a dentro do cesto e saio dali correndo.

Quando Caio chega carregando seus três itens da lista, já estou desesperado de tanto esperar.

— Vamos embora, por favor! — digo, me esforçando para parecer calmo e educado.

Escolho a fila que parece estar mais curta e conto os segundos que se passam. Estou quase explodindo de raiva. Passamos pelo caixa, pago pelas compras e saio do mercado tentando esquecer tudo o que acabou de acontecer.

Faço o trajeto de volta com pressa e Caio acompanha meu ritmo sem dificuldade. Preciso chegar em casa o mais rápido possível. Não quero chorar na frente dele, mas meus olhos já estão lacrimejando e sinto que meu rosto está vermelho de raiva. Caio deve ter percebido, porque pergunta se está tudo bem, e eu consigo sentir sinceridade na voz dele.

— Não achei as uvas — digo, torcendo para que essa resposta seja satisfatória.

E Caio não diz mais nada.

Quando chegamos em casa, minha mãe já está pronta para começar a preparar o bolo de hoje. Ela parece um pouco frustrada quando jogo as sacolas de compras em cima da mesa,

QUINZE DIAS   33

invento qualquer desculpa sobre não ter encontrado a uva que ela queria e anuncio que vou para o meu quarto.

É engraçado como ela sabe diferenciar os momentos em que estou fazendo drama dos momentos em que eu realmente preciso ficar sozinho.

— Te aviso quando o bolo estiver pronto — ela diz, fazendo um carinho na minha cabeça, e eu saio da cozinha deixando minha mãe e Caio sozinhos.

Quando tranco a porta do meu quarto, a parte do meu corpo onde o Bruno encostou ainda está queimando. Sinto raiva dos garotos por terem me tratado dessa forma. Sinto raiva de mim mesmo por permitir isso.

O que aconteceu no mercado não foi nada que já não tenha acontecido na escola. Isso é o que encaro diariamente. Mas na escola estou sempre preparado. Sempre alerta. É como se meu uniforme escolar viesse com um escudo protetor porque sei que, quando o último sinal toca, eu volto pra casa e tudo fica bem. Quando saí pra fazer compras, eu estava sem meu escudo. Não me preparei, e me pegaram de surpresa.

Deito na cama olhando para a minha prateleira de quadrinhos e desejo mais do que nunca ser um super-herói. Quero qualquer poder que me faça sentir melhor. Quero criar campos de força para que ninguém toque em mim quando eu não quiser ser tocado. Quero músculos de aço para quebrar a cara de todo mundo que já me fez mal. Quero invisibilidade para poder sumir e nunca mais voltar.

As horas passam e eu nem percebo. Fico olhando para o teto para tentar me distrair. Quando eu era criança, o teto do meu quarto era cheio de adesivos de estrelas que brilhavam no escuro. Em algum ponto da minha adolescência, achei que já era grande demais para esse tipo de coisa e arranquei todos, mas hoje me arrependo disso. Queria minhas estrelas de volta. Eu teria alguma coisa em que me concentrar se meus adesivos brilhantes ainda estivessem no teto.

Minha mente não para de repassar os acontecimentos do mercado. Foi tudo rápido, não deve ter durado nem um minuto. Mas agora estou preso em um *looping* eterno de ofensas, "Tetinhaaaa!" e gargalhadas. As gargalhadas são a pior parte. O riso tem um som desesperador quando o motivo da piada é você.

A tarde já virou noite quando minha mãe bate na porta. Ela tenta girar a maçaneta, mas está trancada.

— Filho? Tá tudo bem? — ela pergunta baixinho do outro lado.

— Quero ficar sozinho, mãe.

— Fiz bolo! — ela diz tentando me animar.

Geralmente essas duas palavras me animam. Em um sábado qualquer, essa seria a melhor parte do dia. Comer bolo com a minha mãe e assistir a qualquer bobagem na TV. Isso costuma ser o bastante pra me deixar feliz. Mas não hoje.

— Depois eu como — respondo tão baixo que duvido que ela tenha escutado. Mas consigo ouvir os passos dela se afastando enquanto me viro na cama e tento dormir.

Acordo algumas horas depois morrendo de fome. Ainda está escuro lá fora.

Sabe quando você dorme fora do horário normal e acorda perdido, sem saber que horas são, onde você está e o que aconteceu no mundo nas últimas horas? Pois é.

Olho para o despertador, são duas da manhã. Me arrasto para fora da cama, tentando decidir se preciso mais de comida

QUINZE DIAS 35

ou de um banho, e saio do quarto. O apartamento está silencioso e tem cheiro de bolo no corredor. Vou até a cozinha e como uma fatia (era bolo de cenoura, caso você esteja se perguntando). Passo pela sala e Caio está dormindo no sofá. Mas desta vez ele está diferente. Se ontem ele dormia todo bonitinho, hoje parece exausto. Seu corpo está todo contorcido como se estivesse tentando fazer uma posição impossível de ioga. Dormir nesse sofá duro não faz bem pra ninguém.

Tem uma cama de visitas confortável no meu quarto e eu queria poder pegar Caio no colo e levá-lo pra lá. Mas não posso fazer isso porque: a) não tenho forças pra carregar o Caio e b) não sou maluco. Tento ajudar da maneira que posso. Fecho a cortina para que a luz do sol não o acorde de manhã e arrumo o cobertor que está quase caindo no chão.

Antes de voltar para o quarto, vejo o livro de Caio na mesinha de centro. Ele passou a manhã inteira lendo *A Sociedade do Anel* e o marcador de páginas continua na mesma parte, quase no finalzinho do livro. É oficial. Ele está disposto a reler o final desse livro pra sempre, só para não ter que falar comigo. E eu não posso deixar isso acontecer.

Corro até a minha estante, pego a minha cópia de *As duas torres* e deixo ao lado do livro do Caio. Meu livro está bem mais surrado que o dele. É uma edição antiga que ganhei da minha avó, mas acho que dá pro gasto. Ele pode não querer falar comigo, mas isso não tira seu direito de saber como a história continua.

Volto para o quarto em silêncio e, desta vez, deixo a porta aberta.

DIA 3

Já passa de meio-dia quando acordo no domingo. Dois dias de férias e já consegui ferrar com meus horários de sono. Saio do quarto e percebo que a casa está vazia. Nosso apartamento é bem pequeno e não demoro muito para checar todos os cômodos. Nenhum sinal da minha mãe ou do Caio. Enquanto procuro meu celular para tentar ligar para a minha mãe, penso nas possibilidades "sequestro", "abdução alienígena" e "apocalipse zumbi".

A ligação vai direto para a caixa postal. Provavelmente ela está sem bateria porque gastou tudo jogando *Candy Crush* antes de dormir. Penso em ligar para o Caio, mas não tenho o número dele. Fico desesperado pensando em qual seria a melhor maneira de negociar a vida da minha mãe com o sequestrador. Ou, pior, negociar a vida da *raça humana* com alienígenas que, provavelmente, não falam a minha língua.

Continuo andando de um lado para o outro pela casa, como se o Caio e minha mãe fossem sair de trás da cortina gritando "SURPRESAAA!" a qualquer momento. Meu estômago começa a roncar e eu me sinto um monstro sem coração por ficar com fome num momento como esse. Mesmo assim, vou até a cozinha procurar comida e respiro aliviado quando encontro um bilhete preso na geladeira.

Felipe,

Não consegui te acordar de jeito nenhum! Levei o Caio para o shopping comigo.

Tem comida pra você no micro-ondas. Só esquentar!

Te amo ♡

E logo abaixo, numa letra que não reconheço, está escrito:

OBRIGADO PELO LIVRO ;)

Três palavras e uma piscadinha. Pelo menos parece uma piscadinha. Não posso afirmar com certeza porque a letra do Caio é meio feia (ninguém é perfeito). Então, entre acreditar que aquilo é uma piscadinha ou um ponto de exclamação meio esquisito, fico com a primeira opção. Caio me deixou três palavras e uma piscadinha, e não consigo parar de sorrir. Pela minha empolgação, parece que ele me fez cafuné e me deu um vale-beijo. Mas não. Foram só três palavras. E uma piscadinha.

A piscadinha é um bom sinal, não é? É uma carinha de flerte. Deve significar que ele me perdoou. Que está agradecido pelo livro e quer me dar uma chance. Essa possibilidade me deixa tão empolgado que quase esqueço que preciso almoçar.

Balanço a cabeça pra acordar desse sonho em que Caio *flerta* comigo e esquento a comida. Almoço em silêncio vendo os minutos passarem no relógio do micro-ondas. Ele está duas horas e meia atrasado. Eu e minha mãe sempre esquecemos de arrumar isso.

Tenho um dia inteiro sozinho pela frente e não tenho a menor ideia do que quero fazer. Poderia usar esse tempo sozinho pra me dedicar a projetos pessoais, mas sou a pior pessoa do mundo quando se trata de projetos pessoais.

Já tentei escrever uma história em quadrinhos que se passava numa escola. Na minha escola. Um explosão no laboratório fictício (porque minha escola não é do tipo que tem um laboratório) deu superpoderes para os professores. Meus favoritos eram heróis e os que eu odiava eram vilões. Escrevi e desenhei duas histórias, mas desisti da ideia porque: a) não sei desenhar e b) nunca conseguiria publicar isso por causa do conteúdo extremamente ofensivo contra o meu professor de educação física.

Depois que me dei conta de como eu desenhava mal, tentei transformar minhas angústias em pequenos contos. Alguns até ficaram legais, e decidi que seria uma boa ideia mostrar minhas histórias para o mundo. Criei um blog, publiquei meus contos e nunca ninguém leu. Abandonei esse projeto também.

Teve uma época em que decidi tentar aprender a tocar violão. Minha mãe aprovou a ideia, comprou um violão pra mim e eu comecei a ter aulas com o sr. Luiz, um aposentado do bairro que dá aulas de música. Passei dois meses aprendendo (tentando aprender, na verdade), mas na primeira semana eu já sabia que não ia dar certo. Eu até tinha força de vontade e gostava de praticar em casa, mas a verdade é que não tenho ritmo nenhum. Não consigo tocar violão, nem bater palmas, nem assobiar.

QUINZE DIAS 39

Origami, gastronomia, malabarismo, dança do ventre. Não sou bom em nada! Talvez seja por isso que eu assista a tanto tutorial inútil na internet. Acho que estou, inconscientemente, procurando alguma coisa que eu faça bem, mas na loteria dos talentos eu não marquei nenhum ponto.

Termino de almoçar sem a menor ideia do que vou fazer pelas próximas horas, mas estou determinado e otimista. Decido começar a tarde ajustando o relógio do micro-ondas. O primeiro passo para a mudança foi dado.

Num mundo ideal, eu teria passado a tarde inteira compondo uma música, escrevendo um poema, pintando a próxima Mona Lisa. Caio chegaria em casa, me encontraria concentrado na minha obra e ficaria maravilhado e apaixonado ao mesmo tempo.

É claro que isso não acontece. Passei a tarde assistindo a episódios atrasados das minhas séries favoritas e, quando Caio e minha mãe abrem a porta, já está escuro lá fora. Dou um salto no sofá, puxo a camiseta para baixo para cobrir meu umbigo, que estava aparecendo, e abraço uma almofada para disfarçar a dobra que a minha barriga faz quando estou sentado.

Minha mãe chega falando sem parar e fico com pena do Caio por ter sido obrigado a aguentar esse falatório o dia inteiro. Minha mãe só precisa de um par de ouvidos disponíveis e ela pode falar por toda a eternidade.

Mas, quando olho para o Caio, não encontro no olhar dele um pedido desesperado de socorro. Ele está rindo e parece feliz. Na verdade, parece feliz pela primeira vez desde que chegou aqui em casa.

— Fomos às compras! — minha mãe me diz toda empolgada, desfilando pela sala com um monte de sacolas de lojas diferentes.

Não consigo evitar um sorriso, porque ver minha mãe desfilando de brincadeira na sala me faz pensar que ela poderia ser a modelo mais bonita do mundo.

— Hoje de manhã eu tentei te acordar de todo jeito, mas você estava desmaiado — ela continua falando enquanto tira as compras das sacolas, uma por uma. — Daí peguei o Caio e falei "Vamos ao shopping!", porque esse menino está preso dentro de casa desde sexta. Imagina se a polícia descobre! Cárcere privado dá cadeia! — ela começa a rir da própria piada.

Caio ri também.

— Claro que eu trouxe umas coisinhas pra você não ficar com ciúme, agora que arrumei um segundo filho! — minha mãe fala enquanto procura meus presentes no meio das sacolas. — Aqui! — ela grita empolgada e me entrega uma bolsa com algumas roupas.

— Obrigado, mãe — digo, meio sem graça porque a presença do Caio me deixa assim.

Enfio a mão dentro da sacola e quero morrer quando a primeira coisa que pego é um pacote com três cuecas.

— Comprei cuecas novas pra você — minha mãe começa a se justificar. — Porque esses dias eu lavei umas cuecas suas que pelo amor de Deus, Felip...

— Obrigado, mãe! — repito quase gritando, pra tentar fazê-la parar de falar. Caio dá uma risadinha abafada.

Escondo as cuecas debaixo da almofada e continuo tirando as roupas de dentro da sacola. Uma camiseta cinza, um moletom preto, uma calça jeans, como se eu fosse o participante do episódio de *Esquadrão da moda* mais sem graça da história. Mas a última coisa que puxo me deixa surpreso. De cara penso que é uma toalha de mesa, mas é uma camisa xadrez de flanela. Ela é vermelha e preta, meio Kurt Cobain lenhador. É bonita, mas não é pra mim.

— Essa o Caio que escolheu! Eu queria trazer uma roupa mais arrumadinha pra você. Caio gostou dessa cor — minha mãe explica, e não sei como reagir.

— Espero que você goste! Acho que vermelho vai ficar bem em você — Caio diz com um sorrisão no rosto. Tento sorrir de volta e olho para baixo, encarando a camisa xadrez.

Sinto meu rosto queimar, e penso que, se existisse um concurso entre a minha cara e essa camisa pra premiar quem é mais vermelho, minha cara venceria disparada.

Tento processar a ideia de que existe no mundo uma cor que fica bem em mim. Nem preto, nem cinza. Vermelho. Eu estava enganado esse tempo todo.

A casa fica em silêncio por alguns segundos até que minha mãe começa a tagarelar tudo de novo.

— Me ajudem a arrumar essas sacolas e, filho, pede pizza porque hoje eu não entro na cozinha nem pra pintar!

Ela está rindo, Caio também. Mas desta vez eu não sinto ciúme. Eu me sinto feliz. Porque eles dois são, oficialmente, as minhas pessoas favoritas no mundo.

Jantamos pizza e jogamos três partidas de Uno (minha mãe venceu duas e o Caio venceu a outra), e já está tarde quando decido ir para o quarto dormir. Desisti do pijama bege e volto aos velhos hábitos: short velho e uma camiseta das Tartarugas

Ninja que não posso mais usar em público porque está furada perto do sovaco. Finíssimo.

Deixo a porta do quarto aberta mais uma vez, alimentando o restinho de esperança que eu tenho. E não sei se é sorte, destino ou Vênus em Marte, mas, pela primeira vez na vida, as coisas saem como eu esperava.

Estou deitado na cama vendo o que há de novo no Twitter quando ouço uma batidinha na porta. Levanto o rosto e encontro Caio parado, segurando um travesseiro, com cara de cão abandonado.

Não sei o que dizer, então continuo olhando para o celular e tuíto minha reação:

"Houhfjkxhfdoduighl" Enviar.

— Então... oi. Posso dormir aqui hoje? É... o sofá, sabe? Ele... — Caio começa a se explicar.

— É horrível. Eu sei. Não precisa ter vergonha de falar — eu o interrompo, tentando ser engraçado. Mas acho que minha resposta saiu um pouco grosseira, então tento consertar sendo fofo. — Claro que você pode dormir aqui! Era pra ser assim desde o começo, mas eu... Você sabe. Desculpa. Fica à vontade. Desculpa de novo.

Me levanto pra puxar a cama retrátil onde Caio vai dormir e peço desculpas mais três vezes. Duas porque esbarro nele durante o processo e outra sem nenhum motivo aparente. Faço tudo isso no escuro, porque em momento algum me dei conta de que acender a luz seria uma boa ideia. Caio parece não se importar.

Quando a cama de visitas está arrumada, volto a deitar na minha cama e tento ficar numa posição em que minha barriga

QUINZE DIAS　**43**

não caia pro lado e o buraco da camiseta não apareça. O quarto está numa escuridão total, então, sinceramente, nem sei por que me importo. Caio joga o travesseiro no colchão, deita e solta um suspiro de alívio. Pelo sorriso de satisfação no rosto dele, consigo imaginá-lo dizendo "Eu juro por Deus, jamais dormirei naquele sofá novamente!" como na cena final de ...*E o vento levou.*

Mas ele não diz nada.

Nem eu.

Continuo encarando a tela do celular. Surpreendentemente, meu último tuíte recebeu dois *likes*. Começo a digitar "frases para puxar assunto" no Google, mas, antes mesmo de apertar "pesquisar", Caio quebra o silêncio.

— Obrigado, Felipe.

— Pela cama? Já disse. Tudo bem.

— Pela cama *também*. Mas eu estava falando do livro. Que você deixou pra mim. Obrigado!

— Ah. Sim. *As duas torres*. Um bom livro. Espero que goste!

E eu já estava achando que esse seria mais um diálogo óbvio para a minha coleção de diálogos óbvios com Caio, mas ele continuou falando.

— Vou cuidar bem dele, pode deixar! Ele parece ser especial pra você. Tem dedicatória e tudo! Quem é Thereza?

— Minha avó. Foi o último presente que ela me deu antes de morrer — respondo engolindo em seco.

Minha avó Thereza sempre me deu livros de presente de Natal e de aniversário. A maioria eram clássicos que eu nunca tinha vontade de ler, mas, depois que ela se foi, acabei lendo todos para me sentir mais perto dela. Em cada um dos livros, a dedicatória era sempre a mesma:

Lipe,
o mundo inteiro é seu.
Com amor, Thereza

Sempre detestei que me chamassem de Lipe, mas quando era ela eu não ligava. Minha avó tinha essa permissão.

O quarto está em silêncio novamente porque, na primeira oportunidade que tenho pra ter uma conversa de verdade com Caio, eu decido citar minha avó morta.

— Sinto muito — Caio diz, bem baixinho.

Eu sorrio porque dá pra sentir que ele realmente sente muito.

— Tá tudo bem. Ela ia adorar saber que eu te emprestei o livro. Minha avó trabalhava na biblioteca do centro da cidade. Ou seja, ela passou a vida inteira emprestando livros para as pessoas. — Caio dá uma risadinha e não sei se é a escuridão do quarto ou as lembranças boas da minha avó, mas eu continuo falando. — Me conta o que você está achando do primeiro livro!

— No geral, me surpreendi! Eu sempre quis ver os filmes, mas não consigo assistir a nenhum filme sem ter lido o livro antes. Parece que estou trapaceando. Daí peguei o primeiro livro para matar a curiosidade e tô achando bem legal. Tem umas partes meio chatas, mas a história é demais! Não dá vontade de parar de ler. Só não sei como vai ser esse segundo livro agora que o Gandalf está morto.

Eu seguro uma risada porque, se ele não assistiu aos filmes, não faz ideia do que está para acontecer.

— Quando li os livros, eu já tinha assistido aos três filmes, então não teve nenhuma surpresa pra mim. Ainda assim, chorei com a morte do Gandalf porque ele é a melhor

QUINZE DIAS **45**

coisa em *O senhor dos anéis* — respondo, e Caio dá mais uma risadinha.

Sou invadido por uma sensação boa, dessas que a gente sente quando acerta duas respostas seguidas em algum *quiz* do Buzzfeed.

— Quer dizer então que você é o tipo de pessoa que gosta mais do filme do que do livro? — Caio diz com um tom julgador (só que de brincadeirinha).

— Não, não! — respondo de imediato. Mas aí paro pra pensar e começo a elaborar melhor meus argumentos. — Na verdade, acho que somos criados para dizer sempre que o livro é melhor. Mas na verdade... Sei lá.

Eu, sempre articulado.

Organizo as ideias e continuo falando.

— Eu gosto muito de livros. E gosto muito de filmes. Tem livros bons que viram filmes horríveis e filmes ótimos que vieram de livros chatos. E vice-versa. Sei lá. Eu gosto dos dois. Essa é a pior resposta, mas é o que eu tenho pra você hoje.

Diante dessa minha argumentação meio bosta, Caio dá sua risadinha final e logo depois escuto um longo bocejo. Acho que a conversa acabou por hoje.

— Felipe, acho que vou dormir.

— Eu também — minto, porque nunca neste mundo que vou conseguir virar e dormir sabendo que ele está aqui, deitado do meu lado.

— Boa noite — nós dois dizemos quase ao mesmo tempo.

Olho para o teto e fico encarando a escuridão enquanto espero o sono chegar. E é aí que percebo uma coisa que não tinha notado antes. Bem no cantinho do teto do quarto, ainda existe um adesivo de estrela que brilha no escuro. Deve ter passado despercebido quando arranquei todos os outros. Mas não tenho dúvidas. Ela quase não brilha mais, mas está ali. Uma estrela no teto do meu quarto. Sei que vou parecer idiota agora, mas, ao encontrar a última estrela, fecho os olhos e faço um pedido.

E, três segundos depois, escuto Caio me chamando.

— Felipe, posso te pedir uma coisa?

"Um cafuné? Um beijo? Uma jura de amor eterno???", eu quero dizer, só que o que sai da minha boca é um "Sim".

— Qual a senha do Wi-Fi?

Respiro fundo (um pouco frustrado, confesso) e respondo:

— merylstreep123.

Consigo ver Caio sorrindo porque a tela do celular ilumina seu rosto enquanto ele cadastra a senha. Seu sorriso tem a intensidade de mil adesivos de estrela que brilham no escuro e a satisfação de quem passou três dias inteiros aqui em casa sem saber a senha do Wi-Fi.

— Agora sim, boa noite — ele diz.

— Até amanhã — respondo.

E depois de amanhã. E depois, e depois.

QUINZE DIAS   47

DIA 4

Acordo com a luz do sol entrando pela janela e a primeira coisa que escuto é o Caio roncando. Não chega a ser um ronco de verdade. É como se ele estivesse ronronando. Ele não dorme de boca aberta. Sua boca fica fechada num quase sorriso, e até parece que ele sabe que está sendo observado. Eu, por outro lado, estou com o cabelo em pé, a bochecha melada de saliva e a camisa levantada até o meio da barriga. Me cubro rápido porque não quero que ele me veja assim.

— Bom dia — Caio diz com a voz meio rouca.

Começo a suar frio porque, mais uma vez, não sei como me comportar perto dele. Na noite passada eu me saí tão bem, mas agora é diferente. O quarto não está mais escuro.

Mesmo que o Caio nem esteja olhando pra mim, tenho essa sensação de que estou sendo observado o tempo todo. Já me acostumei com os olhares que recebo, mas não com o olhar *dele*. Acho que nunca vou me acostumar. Porque o olhar do Caio é como um raio laser que acerta bem no meio do meu corpo, me queimando vivo enquanto meus órgãos escorrem para fora de mim. Só que no bom sentido.

— Como é bom dormir em uma cama de novo! — Caio continua falando, já que nem o bom-dia eu respondi.

— Que bom. — É tudo que consigo falar.

Caio desiste de tentar manter um diálogo e começa a trocar mensagens pelo celular com alguém mais interessante do que eu. Basicamente qualquer pessoa.

Não temos tempo para cultivar nosso silêncio esquisito porque, alguns minutos depois, minha mãe bate na porta e entra no quarto apressada.

— Felipe, hoje é dia de ONG e eu esqueci completamente, então não tem almoço pra vocês. Compre qualquer coisa pronta no mercado! — ela diz, jogando uma nota de cinquenta reais na minha cara.

No começo do ano, minha mãe começou um trabalho voluntário em uma ONG que ajuda uma comunidade carente da cidade. Toda segunda-feira ela se encontra com um grupo de crianças com idades variadas e ensina arte para elas. Não chega a ser uma *aula*, porque não há provas, dever de casa nem nada disso. Minha mãe leva seus materiais e ajuda os alunos a criarem o que eles quiserem. Pinturas, esculturas, fotografias, colagens. Eles aprendem um pouco de tudo e minha mãe sempre diz que ensinar a faz se sentir bem.

Penso rápido nas minhas possibilidades. Minha mãe passa o dia inteiro na ONG e geralmente só chega à noite. Caio continua trocando mensagens no celular e, sinceramente, não sei se sou capaz de aguentar um dia inteiro assim.

— Posso ir com você? — pergunto antes que ela saia correndo do quarto.

QUINZE DIAS **49**

— Mas e o Caio?

— Oi! — ele responde tirando os olhos do celular. — Bom dia, dona Rita! O que tem eu?

— Bom dia, querido. Estou indo para a ONG. Dou aula de artes toda segunda para um grupo de crianças maravilh...

— Eu topo! — ele responde antes mesmo da minha mãe terminar de falar, parecendo bem animado com a ideia de não ter que passar o dia inteiro sozinho comigo.

— Se arrumem rápido, então. Já estou atrasada! — minha mãe diz batendo palminhas.

Dois segundos depois, Caio já está de pé. Tirando a camiseta. Na minha frente. A cena não acontece em câmera lenta com um solo de saxofone ao fundo. É tudo muito rápido e natural, como se ele já estivesse acostumado a tirar a camiseta assim, na frente de qualquer um.

Caio veste uma camiseta limpa, e, quando ele tira o short do pijama para botar uma calça jeans, esqueço como faz pra respirar. Porque por um segundo meus olhos encontraram a cueca do Caio (boxer e preta) e minha mãe continua parada na porta do quarto, e esse é, sem dúvida, o momento mais esquisito de toda a minha vida.

— Tô pronto! — Caio diz com um sorriso no rosto, como se estivesse esperando um prêmio por ter trocado de roupa em tempo recorde.

Ele e minha mãe ficam olhando para mim, esperando que eu faça o mesmo. E é claro que não vou fazer. Prefiro sair de casa com minha camiseta das Tartarugas Ninja furada no sovaco do que trocar de camiseta na frente do Caio.

E é exatamente isso que eu faço. Coloco uma jaqueta de moletom por cima da camiseta velha e visto uma calça por cima do short que estou usando, como se isso fosse a coisa mais normal do mundo, e em alguns segundos também estou pronto.

— Muito bem! Agora vamos! — minha mãe diz e dá um tapinha na minha bunda.

Como se essa manhã não pudesse ficar *mais* estranha.

— Posso ficar com o dinheiro? — pergunto segurando a nota de cinquenta reais que ela me deu.

— Vai sonhando, Felipe — ela diz, tomando a nota da minha mão e me dando um beijo na bochecha.

O ônibus que pegamos está lotado, mas conseguimos dois assentos vazios no fundo. Minha mãe e Caio estão sentados e eu fico de pé no corredor porque esses bancos de ônibus não foram feitos pra quem é um pouquinho maior do que o padrão. Na verdade, tem *muita coisa* no mundo que não foi feita para quem é gordo. Banheiro de hotel, as carteiras da escola e roupas legais são bons exemplos.

— Lá eu conheci pessoas com realidades tão diferentes que toda semana parece que eu aprendo muito mais do que ensino, sabe? — Minha mãe está contando para o Caio sobre as crianças da ONG. — Tem criança pequena que perdeu os pais para as drogas, tem criança grande que mal sabe escrever o próprio nome. Tem uma menina de catorze anos que chegou semana passada; perguntei o que ela queria aprender e ela disse que foi lá pra levar o filho. A menina tem um filho de um aninho! A coisa mais lindinha do mundo, mas ainda assim. É uma vida dura. Ter um filho tão cedo te força a aprender coisas que você não tem idade pra aprender.

QUINZE DIAS   51

Enquanto minha mãe fala, consigo sentir a emoção na voz dela, e Caio está prestando tanta atenção que parece nem piscar. Minha mãe tem esse superpoder. Quando ela fala sério, todo mundo para pra ouvir.

— Eu sei que não estou ensinando uma profissão pra essas crianças. Elas passam a tarde inteira brincando com cola colorida e massa de modelar. E, pra ser sincera, arte não dá dinheiro, né? Se desse, você estaria dormindo num quarto de hóspedes decente, né, Caio? — ela diz, e nós três damos uma risadinha. — Mas sinto que, quando passam o dia comigo, elas estão seguras. São crianças que vivem cercadas de violência, drogas, abuso. Tudo isso é normal pra elas, e eu sei que não posso proteger todas essas crianças, mas às vezes a arte pode — ela diz, e consigo ver uma lágrima escorrendo do seu olho esquerdo.

Caio olha pra mim como se não soubesse como reagir, então pego na mão da minha mãe e aperto forte porque acho que é a coisa certa a fazer. Caio segura a outra e ela leva nossas mãos ao rosto e dá um beijinho em cada uma.

Foi um momento bonito, mas teria sido melhor se não estivéssemos em um ônibus lotado. E se eu não estivesse vestindo uma cueca, um short velho e mais uma calça jeans. Sério, *por que* eu achei que essa seria uma boa ideia?

Depois de quase uma hora de ônibus, nós chegamos. A ONG fica em uma casa de dois andares, porém a construção é bem simples. Na entrada há uma placa chamativa onde se lê "ONG VIVA — MÚSICA, ARTE E ESPORTE". Assim que entramos, somos recebidos por uma mulher baixinha com um lenço colorido na cabeça.

— Professora Rita, bom dia! Sua turma já está te esperando — a moça diz, abraçando minha mãe.

— Trouxe meu filho comigo hoje, Carol — minha mãe responde e Carol olha para o Caio no mesmo instante.

— Que rapaz bonito! — ela diz abraçando-o. Já percebi que Carol gosta de *abraçar*.

— Ah, não. Eu não sou o filho. Sou só o vizinho — Caio diz meio sem graça.

— Oi. Prazer, sou o Felipe — digo, me preparando para o abraço.

Mas Carol apenas estende a mão e me cumprimenta com um sorriso amarelo no rosto.

Não tenho muito tempo para pensar no que acabou de acontecer porque minha mãe já está nos puxando corredor adentro. A casa da ONG é bem maior do que parece por fora. O corredor é cheio de portas e cada uma tem uma plaquinha com o nome de uma aula. Balé, música, *jiu-jitsu*, teatro… Eles ensinam de tudo aqui. Mas fico aliviado quando encontro a porta que estou procurando desde o momento em que cheguei. O banheiro masculino.

— Preciso ir ao banheiro, encontro vocês na sala — digo enquanto me dirijo até a porta com uma plaquinha em que está escrito "MENINOS" junto com um desenho do Cebolinha.

— Última à direita neste mesmo corredor — minha mãe diz e segue para a primeira aula do dia. Caio vai atrás dela.

O banheiro é pequeno, mas tem o que preciso. Uma cabine reservada. Vestir a calça por cima do short foi, de longe, a pior ideia que eu tive até hoje. E olha que tenho uma coleção bem grande de ideias ruins.

Entro na cabine, abaixo as calças e suspiro aliviado. Minhas pernas estão assadas (desculpa por te jogar essa informação inesperada agora, mas aguenta firme porque essa parte é importante), e fico um tempo sentado no vaso pensando em como vou levar o short comigo até a sala de artes e esconder na bolsa da minha mãe. Então ouço a porta do banheiro se abrindo, e alguns garotos entram fazendo barulho. Fico em silêncio porque não quero ser pego com as calças abaixadas.

— Parem, por favor. Eu não fiz nada pra vocês! — ouço uma voz de criança dizendo. O menino não deve ter mais que uns oito anos. Ou dez, talvez. Não sou especialista em crianças.

— Vai chorar, bichinha? — escuto um menino mais velho responder enquanto um grupo de garotos dá gargalhadas.

— Por que você não me encara sozinho, então? — o menino mais novo responde, mais corajoso do que eu era quando tinha essa idade.

— Porque você é gordo! Um só não dá conta! — outro garoto mais velho responde e todos começam a rir mais alto, e, um de cada vez, eles vão soltando ofensas duras contra o menino mais novo.

— Rolha de poço!

— Saco de banha!

— Baleia encalhada!

E por um segundo parece que eles estão falando comigo. Já me acostumei com os apelidos, mas ouvir essas palavras sendo ditas para uma criança, uma atrás da outra como uma lavagem cerebral, faz meu sangue ferver.

Eu nunca fui corajoso. Sempre fui do tipo que aguenta calado e finge que nada aconteceu. Mas desta vez subo a calça (agora sem o short) e abro a porta da cabine fazendo barulho para assustar os garotos. Encontro o menino mais novo encurralado no canto do banheiro e cercado por cinco meninos mais velhos. Eles devem ter uns treze anos.

— Que bagunça é essa aqui? — digo engrossando a voz o máximo que posso. Acho que consegui parecer adulto o bastante pra assustá-los.

— Nada não, tio. Nada não! — um dos garotos responde e, ao mesmo tempo, todos se afastam do menino mais novo e saem correndo do banheiro. Eu me sinto aliviado porque sair da cabine e perguntar que bagunça era aquela ali era meu único plano.

— Obrigado, tio — ouço o menino mais novo dizer bem baixinho. Seus olhos estão cheios de lágrimas e isso parte meu coração.

Dou um sorriso pra mostrar que está tudo bem, e também porque acho engraçado ser chamado de tio.

— Pode me chamar de Felipe — digo, me aproximando do menino e me agachando perto dele. — Qual é o seu nome?

— Dudu — o garoto responde, ainda tímido. — É João Eduardo, mas pode me chamar de Dudu.

Dudu é um garoto gordinho, e suas roupas não servem mais. A camiseta velha está justa e mostrando uma boa parte da sua barriga.

— Quantos anos você tem, Dudu? — pergunto, porque não sei mais o que perguntar.

— Nove.

Quase acertei!

— Você foi corajoso ao enfrentar esses garotos. Eles são uns babacas! — digo e me arrependo na mesma hora, porque não sei se é adequado falar "babacas" na frente de um menino de nove anos.

QUINZE DIAS **55**

— Eles sempre fazem isso. Até já me acostumei — Dudu diz e dá um soco na parede.

Consigo sentir a raiva nas palavras do garoto e me identifico com ele como nunca me identifiquei com alguém. É como se, aos nove anos de idade, Dudu já estivesse de saco cheio do mundo. De repente, entendo a vontade da minha mãe de proteger todos aqueles alunos.

— Você faz qual aula aqui na ONG? — Tento mudar de assunto.

—Artes. Com a tia Rita — ele responde, e fico feliz porque poderei proteger esse menino por um dia inteiro.

— Eu também estou indo pra sala de artes! Vamos? — digo e enfio as mãos nos bolsos da jaqueta porque não sei se devo pegar Dudu pela mão.

Acho que com nove anos as crianças não andam mais de mãos dadas com adultos. Mas, para a minha surpresa, Dudu faz que sim com a cabeça e estende a mão para mim.

Se você acha que passar o dia rodeado de crianças pintando quadros e criando bonecos de massinha é uma tarefa fácil, você está muitíssimo enganado. Essas crianças são pequenos diabinhos que gritam o tempo todo, correm de um lado pro outro, e é impossível ter um segundo de paz dentro da sala. Mas a cada vez que um aluno chamava minha mãe para mostrar a obra de arte que tinha acabado de criar, dava pra ver no sorriso dela que o esforço vale a pena.

Tem crianças que chegam, ficam meia hora e vão embora, e tem outras que passam o dia inteiro na ONG. Dudu é do tipo que fica aqui o dia inteiro. Desde o minuto em que saímos do banheiro juntos, o menino não saiu mais do meu lado. Ele andava pela sala inteira me apresentando para os amigos, e todos pareciam fascinados, como se Dudu tivesse feito a descoberta mais incrível de todos os tempos.

— Quem diria que você levava tanto jeito com criança, hein, Felipe? — minha mãe comenta quando me vê sentado numa roda com Dudu e mais três crianças. — Quem quer que eu traga o meu filho toda semana? — ela continua, perguntando agora para as crianças.

E todos começam a gritar animados, pulando em cima de mim.

Caio também está se saindo bem. Ele está com um grupo de alunos maiores construindo esculturas com massinha, palitos de picolé e tinta. Cercados de tanta gente, não ficamos sozinhos em nenhum momento, mas trocamos umas risadas quando alguma criança faz um comentário engraçado.

No fim da tarde, já estou morto de cansaço. Organizamos uma pequena galeria na sala de aula com as pinturas e esculturas de todos os alunos e vamos nos despedindo das crianças que vão indo embora. Algumas continuam perambulando pelos corredores porque elas simplesmente não têm para onde ir.

Eu e Caio ajudamos minha mãe a arrumar a sala antes de irmos embora, e, quando já estamos no portão de saída, ouço Dudu me chamando.

— Tio, tio! Espera!

Ele vem apressado pelo corredor e, quando nos alcança, o menino precisa de um tempinho para recuperar o fôlego.

— Eu fiz pra você — ele diz e me entrega um pedaço de papel dobrado como um envelope.

De: João Eduardo
Para: Tio Felipe

Está escrito no envelope improvisado com uma letra de criança. Quando desdobro a folha de papel, dou um sorriso que parece não caber no meu rosto.

— Gostou, tio? — Dudu pergunta, se apoiando na ponta dos pés para poder observar o papel na minha mão.

Ele me desenhou vestido de Batman, voando num céu azul cheio de nuvens. Teoricamente, o Batman não voa, mas é claro que não vou dizer isso para o menino. Amei o desenho mesmo assim. Também sou gordo na versão que Dudu criou, mas meus braços são fortes e musculosos. É uma das coisas mais legais que alguém já fez por mim.

— Eu achei demais, Dudu! Muito obrigado! Vou guardar pra sempre! — respondo fazendo um cafuné no menino.

Ele dá uma risada gostosa de ouvir e eu sinto que deveria dar alguma coisa pra ele em troca do desenho.

Enfio a mão no bolso da jaqueta e encontro uma barrinha de chocolate que não tenho a menor ideia de quanto tempo passou perdida ali. Mas, ainda assim, parece que está boa para comer.

— Você gosta de chocolate? — pergunto, entregando a barra um pouco derretida para ele.

— Oba! Obrigado! — ele responde empolgado e já vai abrindo o doce.

— Não conta pra ninguém, mas você foi o meu favorito! Eu volto outro dia pra gente desenhar mais, combinado?

Dudu faz sinal de positivo com a mão e diz alguma coisa que não entendo porque ele está de boca cheia. Então, ele se vira e sai correndo. Dobro o desenho que ganhei de presente, guardo no bolso onde antes estava a barrinha de chocolate e, quando olho para a minha mãe, ela está toda emocionada.

— É por isso que volto toda semana — ela diz baixinho no meu ouvido enquanto ela, Caio e eu caminhamos para o ponto de ônibus.

Quando chegamos em casa, estamos todos cansados. A primeira coisa que faço é correr até o meu quarto e pendurar o desenho que ganhei na parede. Tenho um mural que fica em cima da escrivaninha onde colo pôsteres dos meus heróis favoritos, e a minha versão Batman acaba de conquistar seu espaço. Pra ser sincero, nem gosto muito do Batman. Mas esse desenho é incrível.

Caso você esteja se perguntando (provavelmente não está), este é o meu Top 3 heróis favoritos de todos os tempos:

1. Lanterna Verde, porque ele tem um anel que pode se transformar em, literalmente, QUALQUER COISA, e acho que esse é um dos poderes mais legais de todos os tempos. E essa minha escolha, obviamente, não leva em conta o Lanterna do cinema, porque aquele filme foi uma das piores coisas que a humanidade já criou depois de *Cheetos* Requeijão.
2. Robin, que tecnicamente é um *sidekick* e não tem muitos poderes, mas o adoro e esta lista é minha.
3. Aquaman, que é o herói que mais se aproxima de uma sereia.

QUINZE DIAS 59

Comemos sobras da pizza de ontem juntos na sala, mas hoje a TV está desligada. Estamos exaustos demais para procurar o controle remoto.

— Caio, você nem *sonhe* em contar pra tua mãe que te deixei comer pizza por duas noites seguidas aqui em casa, estamos combinados? — minha mãe diz.

Caio promete guardar segredo e, quando termina sua fatia de pizza, se retira para tomar banho.

Fico sozinho na sala com a minha mãe, e ela encosta a cabeça no meu ombro.

— Adorei passar o dia com você, filho. Você se saiu muito bem! — ela diz enquanto rouba uma azeitona da minha fatia de pizza. — Eu nunca tinha visto o João Eduardo feliz daquele jeito. Ele sempre foi um garoto quieto, não conversa com ninguém. Até estranhei quando o vi correndo pela sala e te puxando pelo braço.

— Às vezes, as pessoas só precisam de alguém que puxe o assunto — digo, porque é isso que estou esperando todos os dias desde que o Caio chegou aqui em casa.

Minha mãe fica pensativa por um tempo, como se estivesse escolhendo as palavras para usar, e, de repente, ela solta uma pergunta como se estivesse fazendo uma confissão.

— Filho, você é feliz, não é?

— Na maior parte do tempo, sim. Eu sou feliz — digo. O que é, tecnicamente, verdade. Mas não estou no clima pra abrir o coração e contar o drama todo pra minha mãe. Não agora.

— Na maior parte do tempo é um bom período de tempo, né?

— Acho que sim.

— E na menor parte do tempo, quando você não está feliz, você sabe que pode conversar comigo, né?

— Eu sei — respondo sem saber aonde ela quer chegar com essa conversa. — Enfim. O dia foi divertido, mas agora preciso de umas vinte horas de sono pra me recuperar.

— Boa noite, filho. A mãe te ama — ela diz, ainda pensativa.

Dou um beijo de boa-noite na minha mãe, tomo um banho rápido e preguiçoso e, quando chego no quarto, Caio já está deitado com seu pijama de marinheiro lendo as primeiras páginas de *As duas torres*.

— Pode apagar a luz se quiser — ele diz. — Não vou conseguir ler por muito mais tempo.

Eu apago, deito na minha cama e de repente toda a minha vontade de dormir desaparece. No escuro, o Felipe confiante que gosta de conversar toma conta de mim.

— E aí? O que você achou do dia lá na ONG? — pergunto.

— Foi divertido! No começo eu achei que seria um desespero. Aquele monte de criança, sabe? Mas no fim das contas acabou valendo a pena — Caio responde.

— É o que a minha mãe sempre diz. Ela adora aquelas crianças. Tem dias que ela fala tanto sobre os alunos que eu quase fico com ciúme! — (Verdade).

— Ah, mas eu teria também! Sua mãe é incrível! Quando fui com ela ao shopping ontem, a gente conversou tanto! Nem com a minha própria mãe eu fico tão à vontade! — Caio diz.

Sinto um pouco de pena e não sei como continuar essa conversa porque, sinceramente, o que vou responder para um garoto que não gosta da própria mãe?

— Não é que eu não *goste* da minha mãe — Caio continua, como se estivesse lendo meus pensamentos. — É só que às vezes ela é tão… complicada.

— Complicada como?

QUINZE DIAS 61

— Ela me protege demais. Mais do que o necessário. Já tenho dezessete anos e estou passando as férias aqui porque ela não confia em me deixar sozinho. Eu tentei negociar, disse que ligaria para o hotel deles toda noite, mas não adianta. Aliás, acho que nunca pedi desculpas por isso, né? Por estragar suas férias. Duvido que você escolheria passar quinze dias preso comigo.

Você não faz ideia, Caio.

— Ah, calma! Tá tudo tranquilo. Não é como se eu tivesse muitos planos — digo com um sorriso no rosto, mesmo sabendo que, na escuridão, Caio não consegue me ver. — Minha mãe só me avisou que você iria ficar aqui em casa três minutos antes de você chegar.

Caio solta uma gargalhada.

— Viu só? — continuo dizendo. — Ela não é a mãe perfeita que você acha que ela é. Dona Rita é uma farsa!

— Se ela é uma farsa eu não sei, mas dá pra perceber como ela te ama — Caio diz, e eu acho bem esquisito ouvir outra pessoa falando dos sentimentos da minha mãe sobre mim. — É sério, Felipe. Ontem no shopping ela falou tanto de você. De como você é responsável, de como é um bom companheiro, como é bom em escolher filmes e em adivinhar quem vai ser eliminado nos reality shows de culinária logo no comecinho do episódio.

Eu me sinto orgulhoso, porque sou bom nisso mesmo e, às vezes, é legal ter um pouco de reconhecimento.

— Mas, olha, isso é coisa de mãe. Aposto que sua mãe também adora falar de você para os outros. Todas são assim! — digo, tentando fazer com que ele se sinta melhor.

— Não sei. Às vezes eu sinto que ela tem vergonha de mim.

— Por que ela teria *vergonha* de você? — pergunto, genuinamente indignado.

— Porque eu sou gay — Caio diz, e no mesmo segundo sinto o ar ficando mais leve.

Vamos esclarecer uma coisa. Saber que o Caio é gay não é um choque para mim. Meu radar é bom e eu sempre soube que ele era. Já vi o perfil do Caio na internet cerca de vinte milhões de vezes. Sei que tipo de música ele ouve, o tipo de lugar que frequenta e o tipo de *selfie* que ele tira.

E, pra ser sincero, acho que, se o Caio fosse hétero, eu não sentiria essa paixão toda por ele. Gosto de garotos que são claramente gays porque *eu* sou claramente gay e sonho com alguém que possa ser claramente gay junto comigo. O tipo hétero não me atrai muito (com algumas exceções, por exemplo: Hugh Jackman).

Mas, ainda assim, ouvir o Caio dizendo "EU SOU G-A-Y" com todas as letras torna tudo tão... *oficial*. Sabe quando o Ricky Martin saiu do armário e todo mundo ficou surpreso, mas não por ele ser gay e sim por ele ter assumido? E de repente escutar *Livin' la vida loca* ficou muito mais legal porque o Ricky Martin é *oficialmente* gay? É assim que eu me sinto agora.

Então, sem vergonha nenhuma, jogo a verdade na mesa.

— Eu também sou. Gay, no caso.

— Pois é, eu imaginei — Caio responde quase que imediatamente.

Nunca conversei com nenhum garoto gay da minha idade (não fora da internet) e, de repente, tenho um milhão de perguntas para fazer. Elas vão surgindo uma atrás da outra na minha cabeça e sinto como se eu fosse explodir.

— E sua mãe sabe? — É a primeira pergunta que faço.

QUINZE DIAS 63

— Sabe. Eu nunca falei, mas também nunca escondi. Acho que é meio óbvio, sei lá. E ela sempre solta uns "Não precisa mexer tanto a mão pra falar, Caio" ou "Senta que nem homem, Caio". Então, pra ser sincero, ela sabe. Mas finge que não sabe. Como eu disse, ela é complicada. E a sua?

— Ela sabe. Eu contei.

— Sério? E como foi? — Caio fica tão empolgado que se apoia nos cotovelos para me ouvir falar.

— Não é uma história muito emocionante. Eu disse: "Mãe, preciso te contar uma coisa. Sou gay. Por favor, me ame". Daí ela disse que sempre soube e que estava tudo bem, e que ela me amaria pra sempre e por aí vai — respondo, mas essa é uma versão bem resumida da história.

Como tudo na minha vida, essa história tem muito mais drama.

Foi no ano passado, quando comprei aquela revista adolescente com dicas para superar as inseguranças com o corpo. Depois de me dar conta de que uma matéria em uma revista idiota não iria me ajudar em nada, chorei um pouco, mas o choro foi perdendo o controle e, de repente, eu estava chorando *feio*. Soluçando, babando e fazendo barulho. Minha mãe, que estava pintando na cozinha, ouviu meu choro e correu até o quarto para ver o que tinha acontecido. Na hora, eu senti tanta vergonha! Vergonha do meu corpo, do meu choro e, principalmente, da minha mãe vendo tudo aquilo. Eu não sabia como explicar pra ela. Eu poderia dizer: "Então, mãe, como você já deve ter percebido, eu sou gordo. Na escola, os gordos não são as pessoas mais queridas e, no geral, tá tudo uma bosta", mas eu não disse. Fiquei com medo de dizer.

Na tentativa de esconder um segredo, acabei revelando outro. Ainda com os olhos cheios de lágrimas, eu disse: "Mãe, preciso te contar uma coisa. Sou gay." Por favor, me ame", e ela chorou, me abraçou e prometeu me amar para sempre. No fim das contas, fui dormir feliz naquela noite. Tinha tirado um peso das costas, e desde então ser gay nunca foi um problema.

É claro que eu não iria contar essa história completa para o Caio na segunda noite em que dividimos o quarto. Mas ele pareceu se contentar com a versão resumida. E, depois de um tempinho de silêncio, ouço ele falar baixinho:

— Eu espero que um dia minha mãe me ame assim também. — Sua voz está um pouco embargada e parece que ele vai chorar a qualquer momento. Tenho vontade de abraçá-lo, porque é isso que se faz com uma pessoa que está prestes a chorar, certo?

Mas não tenho coragem.

— Não seja bobo. Ela é sua mãe. Ela te ama pra sempre desde o segundo em que você nasceu — digo, e espero que essas palavras sejam o bastante pra que ele se sinta abraçado.

Depois disso, Caio não diz mais nada e eu fico em silêncio até o sono chegar.

DIA 5

Acordo com a voz do Caio falando baixinho com alguém ao telefone. Não quero interromper, então finjo que ainda estou dormindo. Sei que não é certo escutar a conversa dos outros, mas não sei o que fazer e estou sonolento demais pra pensar numa saída.

— Sim, mãe. Eu já disse. Está tudo bem, a comida é boa, estou tomando banho todos os dias e vou ter roupa limpa até vocês voltarem — ele sussurra ao telefone e percebo uma leve irritação na sua voz.

A ligação não está no viva-voz, mas ainda assim consigo escutar a mãe dele do outro lado da linha. Não dá para entender palavra por palavra, mas ela parece bem irritada também. Ela sempre foi desse tipo. Do tipo que grita.

— Tudo bem, tudo bem. Assim que a Rita acordar eu peço pra ela te ligar. Mas, sério, não precisa disso. Eu não sou uma crian... — Ele é interrompido e sua mãe continua falando sem parar.

De repente, ela diz alguma coisa que faz Caio soltar um suspiro longo e impaciente. Aparentemente, a mãe dele também escuta o suspiro, porque logo em seguida ele começa a se explicar.

— Não, mãe, eu não estou *bufando*. Olha, está cedo. A gente se fala mais tarde. Está tudo bem. Aproveite a viagem e, se quiser falar comigo, manda mensagem! — Sem se preocupar mais em sussurrar, ele fala: — Não precisa ligar! — E, então, desliga o celular.

Em algum momento desisti de fingir que estava dormindo e, quando me dou conta, Caio está olhando pra mim e eu estou olhando para o teto.

— Desculpa se te acordei — ele diz. — Minha mãe quis ligar porque, segundo ela, ela precisa ouvir minha voz pra saber se estou bem. Porque as duzentas mensagens que ela manda por dia não são o bastante. — Caio dá uma risadinha, mas ainda consigo perceber que está nervoso.

— Não tem problema, eu já estava meio acordado — digo.

— Minha mãe também é assim. Manda mil mensagens quando não estou por perto. Você tinha que ver como foi quando ela descobriu os emojis!

Caio solta uma risada alta e eu me sinto um mentiroso imundo, porque é claro que isso não é verdade (exceto a parte dos emojis, que minha mãe adora usar todos de uma vez). Ela nunca me manda mensagens de preocupação quando não estou perto porque: a) ela não é assim e b) eu sempre estou por perto. Mas, por algum motivo, acho que apontar defeitos na minha mãe pode fazer com que Caio goste mais da mãe dele. E, eu sei, isso não faz o menor sentido.

— Coisa de mãe — Caio comenta, suspirando.

— Ai, ai — eu digo, sem ter a menor ideia de como continuar a conversa.

QUINZE DIAS 67

E, então, passamos um bom tempo em silêncio, mexendo nos nossos celulares, e eu fico me perguntando como as pessoas se livravam de silêncios constrangedores quando não existiam esses aparelhos.

Depois dos sábados em que a minha mãe faz bolo, terças-feiras são meus dias favoritos porque é dia de conversar com a Olívia. Algumas semanas depois de ter saído do armário para a minha mãe, ela sugeriu que eu começasse a fazer terapia. Na hora fiquei meio assustado porque não sabia se ela queria me "curar", ou se achava que eu era maluco.

Ela, pacientemente, me explicou que terapia não é coisa pra maluco.

— Aliás, muita gente fica maluca justamente por *falta* de terapia. — ela disse, rindo.

Tenho sessões semanais com a Olívia, e conversar com ela sempre me faz tão bem que fico ansioso esperando as terças. Terapia não funciona como um remédio pra gripe, que você toma e fica melhor no dia seguinte. Lembro que na minha primeira sessão eu cheguei achando que Olívia me entregaria todos os segredos para uma vida feliz e eu sairia de lá lindo e magro. Não funciona assim, é uma jornada longa. Mas, acredite, essa história teria o dobro de drama e o triplo de autodepreciação se não fosse pela minha terapeuta.

Saio de casa logo depois do almoço e, quando chego no consultório, Olívia está me esperando com o sorriso de sempre. Ela é a mulher mais alta que eu já vi na vida, tem a pele negra, um cabelo crespo cheio, sempre amarrado de um jeito diferente com lenços ou turbantes, e suas roupas são muito elegantes.

Nunca perguntei a idade dela porque nunca senti que era o momento certo para falar "Vem cá, quantos anos você tem?", mas suspeito que seja uns quarenta e poucos. Ela não parece uma mulher de quarenta anos, mas sim uma mulher que diz que tem quarenta anos e você fica surpreso porque achava que ela tinha trinta.

O consultório da Olívia é pequeno, mas muito aconchegante. Não tem um divã como nos filmes (fiquei um pouco decepcionado quando descobri), mas tem uma poltrona grande e confortável. Parece que me sinto menos gordo quando estou sentado nela.

Na parede ao lado da janela há uma prateleira com um monte de bibelôs. A maioria são bonequinhas sentadas em um sofá perto de uma plaquinha escrita "PSICOLOGIA". De todas as bonecas, apenas uma é negra. Acho que isso diz muito sobre a indústria de bibelôs de profissões.

— E então, Felipe? Como foi a sua semana? — Olívia pergunta, depois de me receber e me oferecer água, café e bala de iogurte.

Coloco uma bala na boca enquanto penso por onde começar.

A última semana foi uma loucura, porque na minha vida nunca acontece nada e, de repente, aconteceu tudo. Nas sessões, geralmente falo sobre os problemas que tenho na escola ou sobre como consegui não chorar por quatro dias seguidos. Mas hoje tenho muita coisa pra falar.

E então falo tudo.

Conto sobre a chegada do Caio, sobre como a presença dele me deixa completamente desesperado. Conto sobre como me senti mal quando ele me viu enrolado na toalha. Penso em falar sobre como Caio de pijama é a coisa mais

QUINZE DIAS **69**

linda deste mundo, mas deixo essa parte de fora porque acho que esse é o tipo de coisa que é bem mais ridícula quando dita em voz alta. Escolho deixar Caio de pijama guardado na minha mente. Falo sobre a camisa vermelha que ele escolheu pra mim e sobre como eu queria conversar com ele sobre todas as coisas, mas simplesmente não consigo porque sempre acho que não tenho nada de interessante a dizer.

— Uau — Olívia diz enquanto olha para suas anotações. —Aconteceu muita coisa nos últimos dias, não é mesmo? Mas vamos falar de uma coisa de cada vez. Em primeiro lugar, estou muito orgulhosa do seu avanço, Felipe. Você conseguiu conversar com seu vizinho e isso é ótimo!

Minha dificuldade para socializar com outras pessoas da minha idade é uma coisa que estamos trabalhando desde a primeira consulta.

— Mas as conversas são curtas e ele provavelmente pensa que eu sou estranho — respondo, me recusando a aceitar os parabéns.

— Um passo de cada vez, Felipe. Um passo de cada vez — ela diz. — Esse primeiro contato de vocês dois é importante. Porque se você se abre para um diálogo, isso significa alguma coisa. Você se sente confortável quando está com o Caio? — ela pergunta com a mão no queixo como se fosse Sherlock Holmes investigando um suspeito.

— Às vezes sim, às vezes não — respondo.

— Quando sim e quando não?

— A gente conversa à noite. Antes de dormir. Mas quando chega a manhã eu não consigo falar mais nada. Eu travo e encerro o assunto com "Ai, ai" — digo, frustrado.

— E você sabe o porquê disso? — Olívia pergunta e já sei aonde ela quer chegar.

— Acho que sim. Na verdade, tenho quase certeza de que sei. À noite, no escuro, eu me sinto mais seguro. Porque ele não pode me ver.

— Essa é uma conclusão interessante. E você pretende passar os próximos dias conversando com o Caio à noite e o ignorando durante o dia? — ela pergunta.

— Não, não! — digo com a voz um pouco mais alta, como se eu estivesse tentando dizer isso para mim e não para ela. — Eu quero conversar com ele o dia todo. De uma forma saudável, claro. Você entendeu.

Olívia dá uma risada leve e eu continuo falando.

— Eu não sei o que acontece comigo, mas, quando olho pra ele, as palavras não saem direito. No escuro, eu falo sem pensar.

— Felipe, tenho um exercício pra você esta semana — ela diz e eu reviro os olhos, porque fracasso na maioria deles.

Olívia já me passou vários. São como desafios que tenho que cumprir durante a semana. Geralmente são coisas bobas como dar bom-dia para um aluno que nunca conversou comigo ou fazer um caminho diferente para a aula. Outros são mais difíceis, como não olhar para o chão quando me xingarem na escola.

— Você vai tentar estabelecer um diálogo com o Caio e deve ser o responsável por começar a conversa. Durante o dia. Você acha que consegue?

— Sim — minto.

— Não precisa ser uma conversa que dure horas, mas se esforce para mostrar a sua opinião sobre o tema. Mostrar o que você pensa de verdade. Não tente moldar sua opinião para dizer o que o Caio gostaria de ouvir. Seja honesto — ela diz, e eu

QUINZE DIAS 71

penso que talvez seja melhor pedir papel e caneta para anotar todas essas regras.

Sinto saudade de quando o exercício da semana era só falar com o espelho.

— Tudo bem, Olívia, juro que vou me esforçar. Mas eu nunca sei por onde começar. Não sei como puxar assunto e isso me deixa tão desesperado que pesquisei "como puxar assunto" no Google! Não adiantou nada, os resultados são uma bosta — digo, e meu drama é tão genuíno que não me sinto culpado por ter falado "bosta" na terapia.

— Felipe, não tenha medo de puxar o assunto errado. Se isso acontecer, você pode tentar novamente outra hora. Falar sobre gostos que vocês compartilham é interessante, mas, pra ser sincera, adoro ouvir sobre experiências que eu nunca vivi. Conversas que nos ensinam coisas novas são as melhores — ela responde, e eu anoto essa frase mentalmente porque achei bem boa. — O que vocês dois têm em comum? — ela continua.

Penso rapidamente nisso e começo a listar.

— Nós dois temos dezessete anos. Nós dois somos gays... — E não consigo pensar em mais nada.

— Certo, e o que vocês dois *não* têm em comum? — Olívia pergunta.

— Ah, essa é mais fácil! Nós não estudamos na mesma escola. Eu sou gordo e ele não. Ele usa pijamas bonitos e eu não. Ele ainda gosta de nadar e eu não. A minha mãe é maravilhosa e a mãe dele, bom, é meio doida — digo com uma risadinha.

— Muito bem. Pense mais sobre isso quando estiver voltando para casa. Pense em maneiras de se abrir e mostrar para ele suas opiniões sobre as coisas. Mas não esqueça que esse exercício é sobre você, e não sobre o Caio. O que vai definir se você venceu ou não o desafio é a sua vontade de conversar e não a opinião do Caio sobre o que ele vai ouvir. Estamos entendidos por hoje? — ela diz enquanto se levanta da cadeira. É o seu jeito sutil de dizer que nosso tempo acabou.

Olívia me acompanha até a porta e, antes que eu saia, ela encosta no meu ombro.

— Felipe, uma última dica. Quando estiver falando, não segure seu sorriso. Você fica bonito quando sorri.

Não sei muito bem como lidar com essa informação, então respondo com uma pergunta.

— Quer dizer que agora você também vai me dar dicas de flerte?

Ela dá uma risada antes de responder.

— Só desta vez. Não vou cobrar. E, pelo amor de Deus, você tem dezessete anos! Não use a palavra "flerte" porque ninguém mais fala assim.

Saio do consultório sorrindo, mas o sorriso se desmancha depois de dois minutos porque me dou conta de que, mais uma vez, vou falhar no exercício da semana.

Passo as horas seguintes me esforçando ao máximo pra não ir direto pra casa. Ando pelo parque da cidade que não tem nada de novo pra ver. Os mesmos aposentados jogando xadrez, os mesmos pombos comendo migalhas de pão na beira do lago, as mesmas crianças correndo atrás dos pombos que, coitados, não conseguem nem comer suas migalhas de pão em paz.

QUINZE DIAS   **73**

Cada cena que observo tento transformar em um possível tópico de assunto com o Caio. A maioria das ideias que tenho é bem ruim, mas organizar meus pensamentos assim me ajuda a controlar a ansiedade.

Numa cidade pequena como a minha, é difícil fazer um caminho longo pra qualquer lugar. Tudo é muito perto.

Entro numa banca de jornais, leio alguns quadrinhos e saio sem comprar nada. Passo na livraria e compro um livro de que não preciso. Vou até um café e fico lendo numa mesa escondida até uma funcionária começar a me olhar feio porque já se passaram quase duas horas e eu só pedi um chá gelado. Não tinha dinheiro pra comprar mais nada porque gastei na livraria, então decido que não posso ficar na rua pra sempre. Até porque já está tarde e estou morrendo de fome.

Quando finalmente chego em casa, minha mãe parece não notar que demorei quase quatro horas a mais do que o normal. A do Caio provavelmente já teria ligado para o FBI, mas a minha mãe não é assim. Ela e o Caio estão rindo e conversando na cozinha enquanto ela prepara o jantar e ele lava a louça.

Depois do primeiro dia, quando Caio chegou aqui, nunca mais arrumamos a mesa da cozinha para comer. Esta noite não é diferente. Nós três jantamos no sofá florido, assistindo à TV. O sofá é pequeno (principalmente se levarmos em conta que eu ocupo quase o lugar de duas pessoas), mas, ainda assim, quando estou ali com os dois, me sinto confortável.

Minha mãe conta que passou a tarde pintando com o Caio e os dois começam a rir quando ela diz que, infelizmente, ele não tem talento nenhum pra pintura.

Eu me divirto com a conversa dos dois, mas não digo muita coisa durante o jantar. Só quero entrar no meu quarto, apagar as luzes e esperar o Caio chegar pra gente conversar.

E, acredite, é exatamente isso que eu faço.

Não são nem dez da noite e já estou na cama. O quarto está escuro e a porta, entreaberta. Claro que o Caio não vem imediatamente, porque ninguém dorme nesse horário. Mas eu fico aqui, deitado e esperando. Assisto aos meus tutoriais de sempre no YouTube, leio no Twitter a notícia de que vão lançar mais um filme de *Transformers* (o sexto ou sétimo, perdi a conta) e tuíto minha opinião:

"quem pediu mais um transformers??????" Enviar.

Consigo me distrair o bastante para ser surpreendido quando Caio entra no quarto devagar. Parece que ele acabou de sair do banho porque, de repente, o quarto inteiro fica com o cheiro do seu sabonete. Quando chegou, Caio trouxe o próprio sabonete e eu já me acostumei a sentir esse cheiro no banheiro. Mas aqui, no meu quarto, ele toma conta de cada centímetro. Dá vontade de pular no pescoço dele.

— Oi — digo baixinho quando Caio se vira pra fechar a porta.

Ele parece levar um susto, mas se recupera rápido.

— Ah, oi! Achei que você já estava dormindo — Caio diz, enquanto se deita no colchão ao lado da minha cama.

— Eu só estava cansado, mas sem sono. Hoje foi um dia longo — digo tentando usar um tom de voz exausto, mas sou um péssimo ator.

— Onde você foi hoje? — Caio pergunta, mais por educação do que por curiosidade.

QUINZE DIAS 75

— Terapia — respondo.

"E depois fiquei enrolando na rua porque não queria voltar para casa e lidar com você de luz acesa", penso.

— Sério? — Caio parece bem mais interessado agora. — No começo do ano eu falei para a minha mãe que queria fazer terapia. Mas ela não achou uma boa ideia. Disse que isso é coisa de maluco e que eu sou completamente normal.

Fico feliz por estar escuro e Caio não poder me enxergar revirando os olhos. Porque, sinceramente, qual é o problema da mãe dele?

— Mas terapia não é coisa de maluco! Na verdade, tem muita gente que fica maluca por *falta* de terapia — cito a minha mãe com um tom de revolta, como se a mãe do Caio estivesse aqui para ouvir.

— A terapia te ajudou com essa coisa de, você sabe, ser gay? — Caio pergunta baixinho.

Paro para pensar por um momento e me dou conta de que, nos meus últimos meses com a Olívia, o fato de eu ser gay apareceu muito pouco nas sessões. Nunca tenho problemas para falar sobre isso. Eu sempre soube que era gay, que não posso mudar e que não *quero* mudar. Minha mãe me aceita, eu me aceito e fim. Durante as consultas, na maior parte do tempo, eu falo sobre minha timidez, sobre meu peso e sobre como as pessoas me enxergam. Ser gay sempre foi um detalhe pequeno no meio da minha bagagem de crises.

— Me ajudou com a coisa de ser gay no começo. E hoje em dia me ajuda com um monte de outras coisas. Timidez. Ansiedade. Coisas — respondo rápido, me abrindo para o Caio mais do que gostaria.

76 VITOR MARTINS

Ele fica pensativo por alguns segundos. Parece estar decidindo o que fazer com a informação de que faço terapia para dar um jeito na timidez.

— É engraçado porque a gente era amigo, lembra? Quando a gente era criança. Daí você sumiu, nunca mais foi brincar na piscina e eu lembro que fiquei muito chateado. Depois que a gente cresceu você sempre foi mais caladão, e eu tinha muitas dúvidas. Não sabia se você era tímido ou babaca. Daí você gritou comigo no primeiro dia, assim que cheguei aqui. Naquele dia não tive mais dúvidas. Eu pensei: "Ele é babaca mesmo".

Engulo seco, e Caio parece perceber, porque ele continua a falar apressado.

— Mas calma, calma! A gente começou a conversar e eu não te acho mais babaca, juro! É só timidez mesmo, certo? Às vezes é difícil notar a diferença.

Respiro aliviado.

— Como você faz pra notar a diferença? Entre os tímidos e os babacas, no caso — pergunto.

— Não é uma tarefa fácil — Caio responde fazendo uma voz engraçada, como se fosse especialista no assunto. — É preciso observar os detalhes. No dia que eu cheguei aqui, por exemplo. Lembra? Na sexta de manhãzinha quando estava saindo para a escola, você entrou no elevador e me deu bom-dia. E gente babaca não dá bom-dia.

— Então você está assumindo que é um babaca, porque, pelo que eu me lembro, você não me respondeu! — digo com uma risada.

Caio também ri e com a pouca luz que entra pela janela consigo vê-lo erguendo as mãos para o alto, como se estivesse se rendendo depois de ser pego em flagrante.

QUINZE DIAS   77

— Tá bom, tá bom. Eu *fui* babaca no elevador. Tinha acabado de discutir com a minha mãe sobre os quinze dias que eu iria ficar aqui. Era minha última tentativa de convencê-la de que eu poderia ficar sozinho em casa. Claro que ela disse não. Saí puto da vida, então me desculpa. Eu juro que sou do tipo que responde às pessoas no elevador — Caio se explica.

— Eu gostaria de aceitar suas desculpas, mas preciso de provas.

— Então eu te arrumo provas! — Caio diz, levantando da cama.

Por um segundo, acho que ele vai pular em mim, me beijar intensamente e, então, nosso amor será consumado. Mas, obviamente, não é isso que ele faz. Caio pega o celular e envia uma mensagem de voz pra alguém que não conheço.

— Beca, emergência! Preciso da sua ajuda para provar que não sou um babaca. Então, assim que puder, me envie um depoimento sobre como é maravilhoso ser minha amiga. Mas, por favor, se esforça, tem que ser convincente! Preciso provar para o meu vizinho que sou um ser humano incrível. Obrigado, beijo, tchau — ele diz, gravando a mensagem.

Fico um pouquinho irritado por ser "o vizinho" em vez de qualquer outra coisa.

Alguns segundos depois, Caio recebe uma resposta. Ele dá play na mensagem e eu ouço a voz de uma menina.

"Oi, vizinho do Caio, não acredite nesse menino. Ele tem essa cara bonitinha, mas sua alma é cruel. Ele é reclamão, sempre chega atrasado nos lugares, usa Crocs e acha lindo. Bei..." A mensagem acaba antes que ela termine de mandar beijos. Estou rindo imaginando Caio de Crocs. Caio também está rindo porque o plano não saiu como esperado.

— Beca é minha melhor amiga. E eu tenho certeza de que ela tentou me sabotar porque está com ciúme — Caio explica. Seu celular apita indicando outra mensagem de áudio. Ele aperta o play e a voz de Beca toma conta do quarto novamente. "O último áudio foi brincadeira. Tirando a parte do Crocs, que é cem por cento real. Caio é maravilhoso, dá ótimos conselhos, faz um brigadeiro muito bom e tem três anos de experiência como modelo de cuecas. Tá, essa parte é brincadeira. Mas olha, só deixando claro, a melhor amiga SOU EU, portanto essa vaga JÁ ESTÁ PREENCHIDA. É isso, beijos."

— Viu só? — Caio diz, apontando para mim. — Não sou um babaca e a prova foi revelada.

— Ainda tenho minhas dúvidas quanto ao uso de Crocs — digo, avaliando a situação.

— Cara, Crocs são basicamente pantufas que você pode usar fora de casa. Por que *não* usar? — ele argumenta, e, no fundo, acho que faz sentido.

— Ah, sobre o brigadeiro. Tenho interesse — digo e me arrependo quase que imediatamente.

Porque odeio falar sobre comida. Porque quando você é gordo e fala sobre comida, as pessoas sempre pensam "Lá vem o gordo falar sobre comida!". Mas Caio nem parece pensar nisso. Ele está animado e promete fazer brigadeiro amanhã.

Passamos mais tempo conversando e descubro uma série de fatos aleatórios sobre o Caio. Ele é alérgico a mel, já quebrou o mesmo braço três vezes quando era criança e só aprendeu a andar de bicicleta ano passado. Também conto coisas aleatórias sobre mim. Gosto de pipoca sem sal, sem manteiga, sem nada. Só a pipoca pura, com aquele gosto de isopor. Nunca quebrei nenhuma parte do corpo, mas sempre quis colocar

QUINZE DIAS 79

gesso pra poder me sentir um ciborgue, metade garoto, metade robô. Tentei cortar meu próprio cabelo uma única vez e foi a pior decisão que já tomei na vida.

Ficamos até tarde contando histórias e trocando fatos banais. Vamos revezando e eu nunca sinto como se estivesse falando demais ou de menos. Vou dormir me sentindo mais confortável do que nunca e acreditando que amanhã será um ótimo dia para cumprir o desafio da terapia. Conversar com o Caio é a coisa mais fácil do mundo!

DIA 6

Conversar com o Caio é a coisa mais difícil do mundo. Não sei o que acontece, mas quando ele me olha eu não consigo falar. Esqueço como colocar as palavras em ordem e formar frases. Me sinto estúpido na maior parte do tempo. Acordamos hoje com o barulho de chuva lá fora. Caio puxou assunto sobre o clima. Eu resmunguei qualquer coisa de volta e fiquei olhando para o teto.

Durante a tarde, tentei duas vezes me aproximar e começar uma conversa. Na primeira, comentei sobre a chuva e me dei conta de que já tínhamos falado sobre isso. Caio deu risada, tentou continuar o papo, mas eu fingi que precisava ir ao banheiro e fiquei lá por um tempo. Na segunda vez, pensei em perguntar como eram as coisas na escola dele, mas, quando me aproximei, vi que ele estava concentrado lendo o livro que eu tinha emprestado, então deixei pra lá.

Antes de sair para entregar uns quadros em uma galeria no centro da cidade, minha mãe perguntou se nós dois pretendíamos mesmo passar o dia inteiro trancados em casa. Ao mesmo tempo, Caio e eu olhamos a chuva pela janela e fizemos que sim com a cabeça.

E agora estamos aqui, sozinhos em casa, sentados na sala. Caio continua lendo, mais concentrado do que nunca, e decido ler também. Pego o livro que comprei ontem depois da terapia e continuo a leitura.

É uma história de fantasia sobre uma garota que foi criada como uma pessoa normal, mas, aos dezesseis anos, descobre que tem poderes e um passado misterioso. Agora muitas merdas estão acontecendo no reino, e o futuro de todos está nas mãos da garota que não sabe controlar seus poderes nem faz o menor esforço pra aprender. Já leu algum livro assim? Porque eu já li uns quinze.

Não consigo me concentrar na história e passo mais tempo folheando as páginas do que lendo de fato.

— Tá legal o livro? — Caio pergunta.

Ele está deitado no sofá e eu estou recostado nas almofadas que ficam no chão, perto do tapete. Respiro fundo antes de responder.

— Um dos piores que já li em toda a minha vida — digo, e Caio dá uma risada enquanto se contorce para ver a capa do livro que está na minha mão.

Voltamos a ficar em silêncio, mas de repente Caio levanta e fica parado na minha frente.

— Preciso perguntar uma coisa, mas só responda se quiser — ele diz, e sinto meu corpo gelar.

Abraço forte a almofada que eu estava usando para esconder a barriga e só depois de alguns segundos me dou conta de que Caio está esperando uma resposta minha para começar a falar. Faço um sinal de positivo com a cabeça e isso parece ser o bastante para ele.

— Por que você fica calado de repente? Todo dia. É alguma coisa que eu fiz?

Não sei o que responder, então preciso de um tempo para pensar. Eu já esperava que uma hora ele poderia me questionar sobre isso, mas não fui esperto o bastante para deixar uma resposta pronta na ponta da língua.

— Acho que o problema sou eu — digo baixinho e envergonhado, porque, sinceramente, que bosta de resposta!

— Mas ontem à noite mesmo a gente conversou por tanto tempo, daí a gente acorda e você fica calado e me responde só mexendo a cabeça, e eu acho isso tão estranho — Caio diz, e logo em seguida começa a se desculpar. — Eu não quis dizer que *você* é estranho, tá bom? Eu estava falando da situação e do jeito que você muda do dia pra noite. *Isso* é estranho. Não você.

Dou uma risadinha porque é engraçado ver o Caio todo preocupado, pedindo um milhão de desculpas quando, na verdade, eu sou estranho mesmo. Então tenho uma ideia que pode dar muito certo ou muito errado. Olho para o livro aberto na minha mão e meus olhos caem em um parágrafo em que a protagonista está dizendo "Já basta! Tomarei as rédeas do meu destino, mudarei a minha vida e, finalmente, encontrarei o amor".

Reviro os olhos para esse clichê e então reviro mais ainda porque é exatamente isso que vou fazer. Tomarei as rédeas do meu destino e tudo mais.

— Eu posso tentar explicar — digo, me levantando do chão sem olhar diretamente para o Caio. — Mas provavelmente você vai achar que eu sou doido. Topa?

Caio parece confuso, mas animado ao mesmo tempo. Faço um sinal para ele me seguir e vou até o quarto. A cortina da

QUINZE DIAS 83

janela é clara e o quarto está iluminado demais. Pego um cobertor no armário, prendo duas pontas no topo da janela, fecho a porta e em dois minutos tenho um quarto escuro, como se fosse noite.

— Pode deitar, se quiser — digo, e me dou conta de que isso parece o convite pra sexo mais estranho de todos os tempos.

Caio não diz nada. Ele deita no seu colchão, eu deito na minha cama e ficamos em silêncio.

Preciso de um tempo para juntar toda a coragem que existe dentro de mim (que geralmente é quase nenhuma) e fico pensando em como começar a falar sobre isso. Decido, então, começar falando a verdade.

— Não consigo falar com você durante o dia porque não gosto de ser observado. Tenho vergonha de como você pode me enxergar e por causa disso só consigo ser sincero no escuro. Viu só? Eu sou oficialmente estranho — digo tudo de uma vez com uma risadinha no final.

Mas Caio não ri.

Ele demora um tempo para processar a informação e parece que a qualquer momento vai levantar e sair do quarto. Não quero que ele saia. Eu o quero aqui comigo.

— Por que você sente vergonha? — ele pergunta.

E, como não tenho mais nada a perder, digo a verdade mais uma vez.

— Porque eu sou gordo.

Está feito. A palavra foi jogada. Da mesma maneira que as coisas mudaram quando Caio disse "eu sou gay", elas mudam quando falo "eu sou gordo". Porque "gordo" é o tipo de palavra que as pessoas tentam esconder a qualquer custo. Todo mundo diz "fofinho", ou "forte", ou "grande", ou "cheinho", mas nunca GORDO. Gordo é uma palavra sem volta. Quando você afirma uma coisa, por mais que ela esteja óbvia pra todo mundo, ela se torna real.

Caio respira fundo e, mais uma vez, parece escolher as palavras antes de falar. No geral, isso é uma coisa que me irrita. É muito ruim ser a pessoa que sempre precisa esperar por uma resposta porque os outros escolhem demais as palavras. Eu me sinto frágil e odeio me sentir assim.

— Você não deveria ter vergonha de ser quem você é.

Respiro fundo para não responder "É muito fácil falar quando você é magro, Caio", mas não digo isso porque sei que ele está se esforçando para me ajudar.

Qualquer outra pessoa poderia ter me aconselhado a emagrecer. Já cansei de ouvir dicas de dieta que nunca pedi, ou exercícios físicos que não quero fazer. Caio poderia ter reagido como qualquer outra pessoa. Mas fico feliz ao perceber que ele não é assim.

Ficamos em silêncio por um tempo. Minha mente reveza entre o alívio de ter colocado isso para fora e o peso de ser ridículo a ponto de pendurar um cobertor na janela para poder dizer "eu sou gordo" para o garoto de quem gosto.

Por sorte, minha mãe chega em casa gritando meu nome. Corro pra abrir a porta do quarto e saio da escuridão. Caio vem atrás de mim, e nós passamos o resto da tarde fingindo que nada aconteceu.

Uma coisa que você precisa saber sobre a minha mãe é que ela é completamente obcecada por TV a cabo. Ela assiste de tudo.

Programas de culinária, documentários sobre animais, reality shows bizarros e programas sobre acumuladores. Não reclamo porque também adoro.

Teve uma época em que ela decidiu transformar a nossa vida em um canal de TV paga e inventou dias da semana temáticos. Segunda-feira na cozinha (em que nós dois cozinhávamos juntos). Quintas com estilo (basicamente dia de lavar roupa). Sábados *décor* (quando a gente tentava pôr em prática dicas de decoração usando materiais que tínhamos em casa, e é claro que tudo ficava horroroso). Nenhum dos dias temáticos durou muito tempo. Com exceção da quarta musical. Ao contrário do que o nome sugere, a quarta musical não é um dia de karaokê (o que não seria má ideia). Minha mãe descobriu que ama musicais depois de assistir a *Mamma mia!* pela primeira vez, e, desde então, a gente assiste a um musical por semana, sempre às quartas-feiras. Por causa disso, descobri muitos filmes incríveis e outros não tão incríveis assim (*A noviça rebelde* precisava *mesmo* ter quase três horas de duração?).

Se você está se perguntando quais são os meus cinco filmes musicais favoritos, não se preocupe! Já tenho uma lista pronta:

- *O mágico de Oz*, de 1939.
  Esse é um dos melhores clássicos de todos os tempos. Além das músicas muito divertidas, esse filme tem tudo que uma boa história tem que ter: amizade, uma boa lição e bruxas.
- *Os miseráveis*, de 2012.
  Minha mãe odiou, mas não estou nem aí porque esse filme é incrível. Chorei do começo ao fim. Me apaixonei

por todos os personagens, que cantam basicamente todas as falas. *Os miseráveis* é a prova de que o Hugh Jackman é o homem mais gato do mundo, mesmo sujo de lama dos pés à cabeça.

- *Sete noivas para sete irmãos*, de 1954.

Esse filme conta a história de uma mulher que se casa com um cara pra sair da vida dura que levava como cozinheira em um bar. O cara é bonitão, barbudo e tem uma casa nas montanhas. Quando ela chega na tal casa, descobre que o cara bonitão tem mais seis irmãos folgados e todos esperam que ela cozinhe, lave e arrume a casa. Mas é claro que ela não faz isso! Ela ensina aos caipiras algumas coisas básicas da vida em sociedade (tipo tomar banho).

- *Dreamgirls – Em busca de um sonho*, de 2007.

Basicamente Beyoncé.

- *Footloose*, de 1984 (pelo amor de Deus, não assista ao *remake*).

Kevin Bacon novinho se muda para uma cidade onde, atenção, é proibido *dançar*. Ele quebra todas as regras, todo mundo dança junto e chove glitter no final.

Estamos todos na cozinha quando minha mãe explica a dinâmica da quarta musical para o Caio. De cara não consigo perceber se ele está empolgado ou desesperado.

— Como você é nosso convidado, pode escolher o filme de hoje! — ela diz.

Caio abre um sorriso.

— Tem alguma regra? — pergunta.

— Tem que ser musical. E tem que ter final feliz porque hoje eu não quero chorar — minha mãe responde, e Caio

QUINZE DIAS 87

parece estar consultando sua lista mental de musicais com finais felizes.

— Posso fazer brigadeiro? — Caio pergunta.

— Não precisa perguntar duas vezes! — minha mãe responde, entregando uma panela para ele.

Caio escolheu *Hairspray*. A versão de 2007, com o John Travolta vestido de mulher e a Michelle Pfeiffer cheia de botox. Claro que eu já tinha assistido a esse filme antes. É divertido, tem músicas incríveis e o Zac Efron está bem gracinha. Minha mãe, que não conhecia *Hairspray* até então, ficou toda empolgada. Ela dançou sentada no sofá, mas na última cena ela se levantou e me puxou para dançar "You can't stop the beat" com ela. Morri de vergonha, mas Caio se levantou também, então nós três dançamos até os créditos finais aparecerem na TV.

Fazia tempo que a quarta musical não era tão divertida. E não acredito que acabei de usar o nome "quarta musical" como se isso fosse realmente oficial e não uma coisa que a minha mãe inventou.

Quando o filme acaba, já está tarde, mas preciso tomar um banho. Entro no chuveiro e começo a pensar na escolha de filme do Caio e na nossa humilhante conversa no escuro hoje à tarde. *Hairspray* é um filme incrível que fala sobre a luta dos negros americanos na época da segregação. Fala sobre vencer o preconceito e abrir espaço para todos. Mas, além disso tudo, é um filme com uma protagonista gorda que, no final das contas (*spoiler alert!*), acaba ficando com o Zac Efron!

A parte do meu cérebro que adora criar teorias improváveis entra em ação e começa a imaginar se isso não seria um sinal.

Caio pode estar mandando pistas de que ele quer ser o Zac Efron da minha vida. Hoje falei pra ele que tenho vergonha de conversar à luz do dia. "Porque eu sou gordo", eu disse, com todas as letras. E, algumas horas depois, ele escolhe um filme que passa um monte de mensagens legais e uma delas é "Tudo bem ser gordo". E isso faz com que eu me sinta levemente feliz.

Quando volto para o quarto, devidamente vestido com um short de dormir e uma camiseta velha do Gato Félix (sempre muito sexy), Caio já está deitado. Ele está ao celular, conversando com a mãe. Pelo que entendi, está tentando convencê-la de que não pegou chuva nos últimos dias e que não entende de onde ela tirou que ele está com voz de gripe.

Caio desliga o celular, apaga a luz e nós dois ficamos deitados em silêncio. Sinto aquele friozinho no estômago porque sei que agora é a nossa hora oficial de conversar. Tenho medo que o clima entre nós dois fique estranho, ou que Caio comece a me sugerir maneiras de aceitar meu corpo ou, pior, de emagrecer. Então, como se a conversa estranha no escuro não tivesse acontecido hoje, ou como se Caio não tivesse escolhido um filme para a quarta musical que *definitivamente* era uma mensagem para mim, puxo assunto da maneira mais aleatória possível.

— Quer jogar um jogo? — pergunto.

— Qual jogo?

— Ele não tem nome, porque eu que inventei. Mas temporariamente podemos chamar de "O Melhor e o Pior do Mundo" — respondo, e já sigo explicando a brincadeira tentando parecer o menos idiota possível. — Funciona assim: um jogador fala uma categoria e o outro tem que responder escolhendo o melhor e o pior do mundo dentro dessa

QUINZE DIAS

categoria. Mas a graça é escolher categorias bem específicas para fazer a outra pessoa pensar. Não vale falar, sei lá, fruta. Ou cor. Ou coisas que qualquer pessoa já tem um favorito e um menos favorito.

Tentei explicar da melhor maneira possível, mas Caio ainda parece confuso. Não sei como deixar as regras do jogo claras porque nunca precisei explicar essa brincadeira. Esse é um desafio que geralmente faço sozinho, dentro da minha cabeça.

— Conforme a gente for brincando, você vai entendendo. Podemos começar com categorias fáceis e aí a gente vai deixando mais difícil.

— Tudo bem, posso começar perguntando? — Caio diz, meio desinteressado. Digo que sim e ele me dá a primeira categoria. — Filmes com alienígenas.

— Essa é fácil — respondo. — Melhor do mundo: *E.T.: o Extraterrestre*, porque tem alienígenas, amizade e aventura. Pior do mundo: *Invasores*, porque tem a Nicole Kidman em um dos piores papéis da vida dela, coitada.

Caio dá uma risadinha com a minha resposta.

— Boas respostas — ele diz. — Mas eu acho que colocaria *Space Jam* no lugar de pior do mundo. Porque tem alienígenas lutando contra o Pernalonga. Quem achou que isso seria uma boa ideia?

— Basicamente todo mundo??? — respondo indignado, porque *Space Jam* é maravilhoso, e eu sinto uma inexplicável necessidade de defender esse filme. Mas como não tenho muitos argumentos, já jogo uma categoria para o Caio e mudo de assunto. — *Girlbands* com menos de quatro integrantes.

— Impossível! — ele responde quase de imediato. — Porque a melhor do mundo tem cinco integrantes. E a pior tem duzentas. Spice Girls e Pussycat Dolls, se você quer saber minha opinião.

— Não importa. Quero *girlbands* com menos de quatro integrantes. Se vira — digo com uma risada para não parecer o autoritário da brincadeira.

— Vale Rouge? Depois que a Luciana saiu ficaram só quatro — Caio diz.

— Você colocaria Rouge como melhor ou pior?

— Pior — Caio diz, decidido.

— Não vale Rouge — respondo, porque adoro Rouge e também sinto uma inexplicável necessidade de defendê-las.

— Tudo bem. *Girlbands* com menos de quatro integrantes. Melhor do mundo: TLC. Pior do mundo: SNZ — ele responde e eu solto uma gargalhada alta com a lembrança de que um dia SNZ existiu.

Ao longo das rodadas, as categorias vão ficando mais complicadas e vou conhecendo melhor as preferências do Caio. Em algumas coisas nós combinamos muito. Ele também ama Lady Gaga (a categoria era divas da música pop que já fizeram filmes ruins) e adora a cena em que todo mundo dança "Thriller" do Michael Jackson em *De repente 30* (a categoria era cenas musicais em filmes que não são musicais).

Nós dois já estamos morrendo de sono, mas não temos vontade alguma de dormir. A brincadeira começou a ficar bizarra e sem sentido quando Caio sugeriu a categoria bundas masculinas em cenas inesperadas. Dei uma gargalhada alta, mas, surpreendentemente, eu tinha as respostas na ponta da língua.

— Ok, lá vai. Bundas inesperadas no cinema. Melhor do mundo: bunda do Hugh Jackman em *X-Men: dias de um futuro esquecido*. Pior do mundo: bunda desnutrida do Matt Damon em *Perdido em Marte*.

Caio ri sonolento, mas parece surpreso.

— Eu achei que essa categoria ia te fazer pensar por alguns segundos, mas você respondeu logo de cara!

— Não me subestime, sou especialista em bundas. — E de repente nós dois ficamos em silêncio, assimilando o que acabei de dizer.

Começo a pensar em uma maneira de mudar de assunto quando Caio começa a gargalhar mais alto do que nunca. Ele fica repetindo "especialista em bundas" como se isso fosse a coisa mais engraçada do mundo, e eu começo a rir também porque me parece o certo a fazer.

— Você é engraçado, Lipe — Caio diz, recuperando o fôlego.

Congelo porque ninguém me chama de Lipe desde que a minha avó morreu. Eu achava que sentiria raiva se outra pessoa, em algum momento da minha vida, me chamasse assim. Mas não sinto raiva. Eu me sinto... confortável. É aquela sensação de quando você vai viajar e semanas depois volta para casa e se dá conta de como sentiu falta da própria cama.

Caio percebe meu silêncio.

— Tudo bem eu te chamar assim, né? De Lipe, quero dizer. Porque se você achar que estou forçando demais é só dizer e...

— Tá tudo bem — eu interrompo. — Gosto quando me chamam de Lipe.

E então caio no sono. Sorrindo.

DIA 7

Acordo no meio de um sonho engraçado. Eu e Caio vivíamos no nosso próprio musical, e a gente cantava uma música atrás da outra. E, sem nenhum motivo aparente, estávamos vestidos de Power Rangers. As músicas eram sobre coisas idiotas, como café da manhã, e durante o sonho as letras pareciam incríveis, mas, agora que estou acordado, me dou conta de que eram bem ruins ("Pão quente, leite frio, tudo isso é o que me faz feliz. Fe-liz!", veja bem). Quando abro os olhos, ainda estou com um sorriso na cara. Provavelmente eu estava rindo enquanto dormia, e se Caio me viu sorrindo assim, espero que tenha achado fofo, e não perturbador. Tenho vontade de contar sobre o sonho pra ele. Cantar a música até. Mas sinto um nó na garganta.

O cobertor que pendurei na janela na tarde de ontem despencou durante a noite, e o quarto está iluminado. Consigo ver as partículas de poeira voando pela luz do sol e fico hipnotizado por elas durante alguns segundos. Acho engraçado como a poeira está no ar o tempo todo, mas a gente só a enxerga *de*

QUINZE DIAS 93

verdade quando existe um feixe de luz. Ela é como eu, só que ao contrário. Porque eu só me mostro de verdade no escuro, entendeu? E também porque não passo despercebido em momento algum.

Tudo bem, essa foi a pior metáfora de todos os tempos. Vamos em frente.

Quando olho para o lado, Caio já está acordado, lendo *As duas torres*. Ele parece concentrado na história, mas percebe que eu acordei. Sem tirar os olhos do livro, ele fala as primeiras palavras de hoje.

— Bom dia, Lipe.

— Bom dia, Caio.

Só agora me dou conta de como é difícil arrumar apelidos para o nome dele.

E lá vamos nós de novo. Não sei o que dizer, tenho vontade de me enrolar no cobertor e fingir que não estou ali. Repasso mil vezes a voz de Olívia na minha cabeça dizendo que meu desafio da semana é conversar com o garoto. Penso em possíveis assuntos interessantes pra começar o dia ("Dormiu bem?", "O livro tá legal?", "Esfriou ou foi impressão minha?"), mas não falo nada disso. Porque estou cansado de não saber o que dizer e de sentir uma tonelada de palavras entaladas na garganta. Estou cansado de ser uma partícula de poeira dançando no quarto sem nunca ser notado (ok, desisto dessa coisa da poeira porque realmente não faz sentido algum).

E então, para quebrar o silêncio, digo a verdade. Porque quem diz a verdade abre o caminho para as coisas boas. Acho que foi minha mãe que disse isso uma vez. Ou Dumbledore.

— Minha psicóloga me passa desafios às vezes, de coisas que eu tenho que fazer. E sei que você não pediu pra se meter nisso, mas, adivinha só, o desafio desta semana é conversar com você durante o dia. Uma conversa normal. Sem cobertor pendurado na janela. E eu não quero que pareça que estou implorando "Conversa comigo, peloamordedeuuus", mas, basicamente, eu estou — digo, tudo de uma vez só, olhando fixamente para o teto e torcendo para que ele não ache isso tão ridículo como eu estou achando.

Caio começa a rir a partir do momento que falo "Conversa comigo, peloamordedeuuus" porque eu faço uma voz engraçadinha.

— Legal essa coisa do desafio. Ela faz isso sempre? Você ganha prêmios? — ele pergunta, interessado.

— Não tem prêmios — respondo intrigado, porque eu nunca tinha pensado na possibilidade de *ter prêmios*. Vou sugerir na próxima sessão. — Mas se você me ajudar, eu te dou um. "Um beijo ardente e apaixonado", penso.

— Tá legal. Eu ajudo. O que tenho que fazer? — Caio diz, fechando o livro enquanto se senta na cama para poder me olhar melhor.

O olhar dele me deixa desesperado.

— Não sei. Essa conversa precisa ser relevante. E durar uns dez minutos, pelo menos. Ou o tempo que conversas normais duram. E tem que ser durante o dia. Na claridade. Essas são as regras — digo, ainda olhando para o teto porque, se meus olhos encontrarem o Caio de pijama e todo iluminado, talvez eu morra.

— Tudo bem. Pode começar a falar.

Estou sob pressão. Não consigo organizar meus pensamentos. Então falo a primeira coisa que me vem à cabeça.

— Eu tive um sonho com você — digo, e Caio dá uma risada abafada.

QUINZE DIAS **95**

Demoro um pouco para me dar conta de que "tive um sonho com você" pode significar um milhão de coisas. Começo a me explicar, tentando parecer o mais calmo possível. Conto sobre o sonho dessa noite. O musical, a letra sobre café da manhã e a fantasia de Power Ranger. Caio dá uma gargalhada alta nessa parte.

— Qual Power Ranger você seria? — ele pergunta, mudando completamente o foco.

Fico feliz por ele ter mudado o assunto, porque eu não saberia como continuar a conversa depois de falar desse sonho doido.

— Eu nunca parei pra pensar nisso — respondo. — Definitivamente, eu nunca seria o vermelho. Os vermelhos são sempre os mais chatos.

— Eu seria a Ranger rosa, sempre — Caio diz, fazendo uma pose engraçada, encostando a ponta do seu pé direito no joelho esquerdo.

Até hoje eu nunca tinha imaginado que essa era uma posição real que seres humanos conseguem fazer. Eu jamais conseguiria.

— Então eu seria a amarela — digo, porque minha cor favorita é amarelo. E porque não sei mais o que dizer.

— E nós seríamos melhores amigaaaaas! — ele responde com uma risada e outra pose de diva.

Dou uma risada, mas por dentro estou sentindo a pressão de vinte baldes de água fria caindo na minha cabeça, porque essa coisa toda de Ranger rosa e amarela me lembra que "melhores amigaaaaas" é o mais perto que posso chegar do Caio.

— Dez minutos — ele diz, estalando os dedos e olhando para a tela do celular.

—Ahn? — pergunto, confuso.

— Já passaram os dez minutos. Doze na verdade. Parabéns, sr. Felipe, você acaba de cumprir seu desafio! — ele diz imitando uma voz que, pelo que entendi, é para ser a voz da Olívia.

Fica bem claro que Caio nunca fez terapia na vida, porque ele acha que qualquer terapeuta chama seu paciente de "senhor".

— É. Parece que sim — digo, e decido não corrigir ele desta vez.

— Mas não precisa ficar quieto de novo. A gente pode continuar conversando.

— Sim, sim. Claro. Podemos. Podemos conversar muito. O dia todo. Se você quiser, sei lá. Se não for chato ficar um dia inteiro conversando — digo, me perdendo nas minhas palavras sem sentido.

— Tive uma ideia! — ele diz enquanto mexe no celular trocando mensagens com alguém. — Estou falando com a Beca e ela quer conhecer você! Vamos sair hoje?

— Hmmmmmm, não sei — digo, porque realmente não sei.

E também porque não sei registrar direito a informação de que a Beca *quer* me conhecer. Ninguém nunca quis me conhecer por vontade própria. Eu geralmente sou só uma consequência na vida dos outros. Nunca uma escolha.

— Por favor, vamos! Eu te ajudei com a coisa da conversa de dez minutos. Você está me devendo um prêmio! — Caio tenta me chantagear fazendo cara de cão abandonado, e eu digo que sim.

Qualquer um diria sim para a cara de cão abandonado do Caio.

Quando concordo em sair com ele e com a Beca, Caio se levanta empolgado para tomar banho.

— Obrigado por topar. Sua casa é ótima, mas eu não aguento mais ficar o tempo todo aqui — ele diz com uma risadinha e sai do quarto.

Solto um suspiro longo e, como de costume, começo uma lista mental de tudo que pode dar errado no dia de hoje.

Minha mãe dá um pulo de alegria quando aviso que Caio e eu vamos almoçar no shopping. De verdade. Ela literalmente PULA.

— Tenho duas encomendas de telas pra terminar ainda hoje e tudo que eu preciso é de uma casa em silêncio. Não precisam ter pressa pra voltar. Divirtam-se, meninos! — ela diz, me entregando o cartão de crédito e dando um beijo na minha testa.

E também um na testa de Caio, o que acho bem engraçado. Parece que ela realmente está levando a sério essa coisa de "arrumei mais um filho".

Hoje está frio e eu adoro dias frios. Estou vestindo um moletom preto com bolsos na frente, e isso é ótimo porque, assim que entramos no elevador, Caio e eu tentamos apertar o botão do térreo ao mesmo tempo. Ele aperta primeiro, nossas mãos se esbarram e eu encosto sem querer no botão do segundo andar. Não tenho a menor ideia do que fazer com as minhas mãos.

Enfio as duas rapidamente nos bolsos do casaco e Caio dá uma risada porque, quando faço isso, esbarro com o cotovelo no botão do primeiro andar. Dou uma risada sem graça, sinto meu rosto ficar vermelho e nós dois apreciamos em silêncio essa viagem de elevador que dura uma eternidade, porque paramos em quase todos os andares do prédio.

Marcamos de encontrar a Beca no shopping que, assim como a maioria das coisas que existem nesta cidade, fica perto da minha casa. Morar em cidade pequena tem suas vantagens. Tudo é perto e você consegue chegar rápido em qualquer lugar. Pra ser sincero, talvez essa seja a única vantagem de morar numa cidade pequena.

Temos alguns minutos de caminhada e não quero que eles sejam cheios de silêncio esquisito. Estou determinado a exterminar os silêncios esquisitos do meu relacionamento com Caio. Então pergunto como ele e a Rebeca se conheceram, mais para evitar o silêncio do que por curiosidade. Mas isso muda no instante em que vejo o rosto de Caio se iluminar para falar da amiga. Nesse momento, quero ouvir tudo que ele tem a dizer.

— Nós estudamos na mesma escola desde o quinto ano, mas ela é um ano mais velha, então a gente nunca estudou na mesma turma. Uma vez ela me defendeu de uns caras mais velhos que estavam me perturbando na hora do intervalo e, depois disso, a gente começou a andar juntos.

Eu me pego pensando se Caio era perseguido na escola também. E os motivos pelos quais outras pessoas o perseguiam. E como ele lidava com isso. Tenho vontade de perguntar tudo, mas não interrompo a história que ele está contando, mais empolgado do que nunca.

— Quando eu estava no oitavo ano e Beca no nono, ela disse que precisava me encontrar depois da aula em algum lugar longe da escola porque tinha uma coisa séria pra me contar. Na hora eu fiquei com medo, sabe? Medo de ela dizer que era apaixonada por mim e me pedir um beijo. Porque eu já tinha certeza de que era gay. E, ao mesmo tempo, não queria magoá-la. Quando as aulas acabaram, fomos juntos até o parque do centro, escolhemos um banco escondido e sentamos para

QUINZE DIAS 99

conversar. Ela toda tímida, nem sabia como começar o assunto e isso foi me deixando meio desesperado.

Caio é um excelente contador de histórias porque, a essa altura, eu também estou desesperado.

— De repente, eu tirei meu caderno da mochila e disse pra ela escrever o que queria me contar, porque assim poderia ser mais fácil. Ela puxou o caderno da minha mão, pegou uma caneta na própria mochila e começou a escrever. Ela rabiscou umas três vezes até se sentir satisfeita com o que tinha escrito. Daí ela rasgou a folha de papel em um pedaço bem pequenininho, dobrou ao meio, me entregou e virou de costas pra mim. Abri o bilhete e ela tinha escrito "Eu gosto de meninas", e eu lembro que na hora tive que me segurar pra não dar um berro. Então peguei a caneta e escrevi logo embaixo "Eu gosto de meninos" e entreguei pra ela por cima do ombro. Ela leu, soltou um suspiro aliviado, virou pra mim e disse que sempre soube. Beca foi a primeira pessoa pra quem eu disse que era gay, e desde então a gente decidiu ser amigo pra sempre. Era mais fácil quando a gente se via todos os dias, mas ela é mais velha, né? Se formou ano passado, entrou na faculdade, começou a namorar e quase nunca tem tempo pra mim.

Caio conta toda a história com muita empolgação, mas consigo perceber sua voz um pouco triste quando chega ao final. Por um segundo sinto um pouco de raiva da Rebeca, por ser o tipo de pessoa que esquece os amigos quando começa a namorar. Eu nunca seria assim! Provavelmente porque nunca vou namorar. Ou ter amigos.

Mas, no fundo, sinto um pouco de inveja da história de Caio e Rebeca. Eu queria ter uma amizade assim. Queria que a primeira pessoa que soubesse que eu sou gay fosse uma melhor amiga e não a minha mãe.

— Agora fiquei mais animado ainda pra conhecer a Rebeca — minto.

Minha mão passa a suar frio com a ideia de conhecer gente nova. Meu estômago revira e só agora começo a me arrepender de ter topado isso tudo. Tarde demais, eu acho.

Nós dois estamos esperando no ponto de encontro (um chafariz na entrada do shopping que, de um certo ângulo, parece um pinto gigante), e eu fico olhando para todos os lados pra não ter que encarar o Caio. Me esforço tanto pra prestar atenção em qualquer outra coisa que quase não percebo que ele está falando comigo.

— Você vai adorar a Beca. Ela é incrível. E linda — Caio diz sem conseguir conter o entusiasmo.

"E não muito pontual", penso uns quinze minutos depois, quando ainda estamos esperando em frente ao chafariz. De repente, Caio abre um sorriso maior do que o próprio rosto. E eu percebo esse sorriso porque, a essa altura, já desisti de tentar não olhar pra ele.

— Lá vem ela!

Olho por cima do ombro e vejo Rebeca chegando. Estou literalmente de queixo caído porque ela é diferente de tudo que eu imaginava. Tento fechar a boca rápido antes que alguém perceba e organizar na cabeça tudo que estou vendo.

Bem, não vou fazer esse suspense todo. Rebeca é gorda.

No pouco tempo que ela leva para nos alcançar, começo a pensar em um milhão de coisas. É estranho como a cabeça da gente está acostumada a pegar sempre os mesmos padrões como ponto de partida. Eu não sabia muita coisa sobre a Rebeca, mas, ainda assim, na minha cabeça, ela era magra. Sempre

QUINZE DIAS 101

a imaginei magra porque não me ocorreu em momento algum que poderia ser diferente.

Por um segundo eu me sinto um babaca por pensar assim, mas não tenho tempo pra desenvolver o pensamento. Quando me dou conta, Rebeca já está me abraçando e falando que é um prazer me conhecer e revelando que o Caio falou muito de mim. É muita coisa pra lidar ao mesmo tempo, então tento apenas sorrir e parecer simpático.

— Desculpa o atraso, mas o Caio me conhece. Eu sempre chego atrasada, então nem sei por que ele ainda chega na hora. Mas agora estou aqui — Rebeca diz, levantando os braços e fazendo uma reverência como se estivesse agradecendo os aplausos depois de um espetáculo.

Sua pele é negra e seus cachos estão presos em um rabo bem no topo da cabeça, formando um pompom de cabelo. Ela está usando um par de brincos pendurados que são a cabeça do Darth Vader. No moletom largo está escrito BITCH DON'T KILL MY VIBE e sua calça justa tem estampa de galáxia.

Imediatamente decido que quero *ser* essa menina.

— Eu nem acredito que finalmente a gente está se vendo — Caio diz para Rebeca, e então se vira para mim. — Porque, sabe, Felipe, existem *certas pessoas* que entram na faculdade, começam a namorar e esquecem os amigos.

— Então, Felipe — Rebeca me diz, encostando no meu ombro. — Existem *certas pessoas* que não entendem como é difícil conciliar a faculdade, um estágio de merda e um namoro à distância. E que sermão é tudo que eu menos preciso agora, sabe?

Fico no meio dos dois sem entender se essa é uma discussão séria ou se eles estão só brincando. Também não entendo por que eles estão me usando para conversar um com o outro. Então decido falar o que me parece mais sensato no momento.

— Gente, tô com fome.

Rebeca dá uma risada, pega na minha mão e eu me assusto, mas não solto porque não sei se seria educado.

— Já gostei de você! — ela diz.

Caio sorri para mim como se estivesse orgulhoso e aliviado por eu ter recebido a aprovação de Beca tão rápido. Eu me sinto orgulhoso e aliviado porque Caio sorriu pra mim e eu não vomitei.

Juntos, nós três caminhamos para a praça de alimentação e paramos em uma lanchonete que serve os melhores hambúrgueres que você pode encontrar por menos de dez reais. Peço um x-bacon com bacon extra (porque sim), Caio pede um x-burguer com maionese temperada e Rebeca, um hambúrguer vegetariano. Quando a garçonete termina de anotar nossos pedidos e está prestes a sair, Caio pede para ela esperar. Ele encosta na minha mão, e fico surpreso porque talvez hoje seja o dia em que eu mais fui encostado durante toda a minha vida.

— Felipe, quer dividir uma porção de batata? — ele pergunta.

E digo sim sem pensar duas vezes.

Enquanto esperamos os lanches, Rebeca conta para Caio tudo que aconteceu na vida dela nos últimos meses. Pelo que entendi, os dois não se veem desde o Carnaval. Ouço tudo com atenção enquanto brinco com um canudo para manter as mãos ocupadas.

— Eu ainda não acredito que meu namoro com a Melissa tá durando isso tudo, porque eu jurava que ela ia terminar comigo depois de duas semanas — Rebeca diz para o Caio.

QUINZE DIAS   103

— Melissa é a namorada da Rebeca. Elas se conheceram no Carnaval e dois dias depois já estavam namorando — Caio explica para mim.

— Só que ela não mora aqui. Ela é da capital e eu passei os primeiros três meses desesperada porque ela está numa cidade enorme cheia de pessoas lindas e eu estou presa aqui por, pelo menos, três anos e meio — Rebeca diz, olhando pra mim desta vez.

— Que merda essa situação — digo, porque não sei o que dizer.

— Mas agora está tudo bem melhor. A gente briga às vezes porque eu sou ariana e ela é escorpiana. E essa é a pior combinação de todos os tempos. Mas a gente faz dar certo — ela diz e eu apenas aceno com a cabeça porque não entendo nada de signos.

— A Beca sempre foi a doida da astrologia — Caio diz para mim, e então olha para a amiga e solta um desafio. — Adivinha o signo do Felipe, vai. Adoro quando você faz iss...

Rebeca nem espera ele terminar de falar e já solta a resposta.

— Peixes, óbvio.

E dou uma risada porque ela acertou.

— Viu só? — Caio bate na mesa, empolgado. — Ela sempre acerta!

— Mas... como? — pergunto.

— Pra se dar bem assim com o Caio, logo de cara, você só podia ser de Peixes. Piscianos são bonzinhos. Caio é de Câncer e é preciso toda a paciência do mundo pra aguentar um canceriano. Eles são metade princesa e metade bruxa má, abre o olho! — ela diz, quase sussurrando pra mim como se estivesse compartilhando uma dica preciosa.

— Ei, eu tô bem aqui — Caio diz e dá uma piscadinha pra mim.

Sinto meu rosto ficar vermelho porque eu realmente não estava esperando por essa piscadinha.

Nosso lanche chega, nós comemos juntos e está tudo uma delícia. Eu e Caio revezamos de maneira sincronizada na hora de pegar as batatas, então nossas mãos nunca se esbarram, o que é uma pena. Pra ser sincero, nem sei o que poderia acontecer se nossas mãos se esbarrassem na bandeja de batata frita, mas confesso que fiquei torcendo para que isso acontecesse.

Quando terminamos de comer, saímos da lanchonete e andamos sem rumo pelo shopping vazio, olhando as vitrines das mesmas lojas de sempre. Caio e Rebeca entram em uma papelaria, e peço para eles me esperarem ali porque preciso ir ao banheiro.

Corro até o banheiro mais próximo, entro em uma cabine reservada, pego meu celular, abro o navegador e digito:

"Peixes e Câncer dão certo?" Pesquisar.

Descubro que sim, damos certo. E saio do banheiro com um sorriso no rosto.

Como você deve imaginar, não existe muita coisa pra fazer numa tarde de quinta-feira em um shopping de cidade pequena. Olhamos as vitrines e Rebeca conta sobre como seu estágio em uma agência de publicidade é uma tortura e o chefe é um babaca em tempo integral. Caio conta histórias sobre um professor que já deu aula para Rebeca e os dois ficam relembrando piadas internas e situações que eu não conheço. Não entendo muita coisa do que eles estão falando, mas na maior parte do tempo estou sorrindo porque a companhia dos dois é muito boa.

Confesso que gosto bastante de ver os dois conversando sobre a escola deles porque não me sinto na obrigação de participar. Posso ficar quieto apenas observando sem parecer um cara esquisito. Porque, naquele momento, o meu silêncio faz sentido.

Entramos numa loja de departamento que está em liquidação e Rebeca anda de um lado para o outro olhando peças de roupas e soltando comentários como "Não entendo essa coleção que eles chamam de *plus size* e só tem até o 46" ou "Estas calças deviam vir com um aviso dizendo que só servem para quem nasceu literalmente sem bunda".

Estou me divertindo com as coisas que ela diz, mas, de repente, meus olhos são fisgados por um setor que eu nem sabia que de fato existia. No fundo da loja, atrás da seção de cuecas, encontro uma placa que diz "PIJAMAS MASCULINOS" e vou andando até lá.

Nunca saio pra comprar roupas. Geralmente minha mãe faz isso por mim. Agora, imagine a minha surpresa quando descubro que existe um setor só de pijamas e dentro desse setor há pijamas de super-heróis. Fico meio apreensivo de cara porque toda vez que encontro roupas legais tenho que lidar com a decepção imediata que é não ter nada do meu número. Mas a indústria de pijamas de super-heróis (ao contrário da indústria de bibelôs para psicólogas) é bem inclusiva e tem modelos de todos os tamanhos. Vou direto procurar um do Lanterna Verde e encontro sem dificuldades (afinal, ele é *verde*).

Não sou muito fã de cores. Gosto de cores *nas coisas*, mas nunca em mim. Seguro o pijama do Lanterna na minha frente, tentando me imaginar dentro dele, quando escuto o Caio me chamando.

— Psiu, e este aqui? Vai ficar igual ao desenho que você ganhou lá na ONG — ele diz, sacudindo um pijama do Batman na frente do corpo.

Ele é todo preto, com o morcego amarelo no meio da camiseta e, apesar de nem gostar do Batman, eu o compro mesmo assim. Pijama bege, nunca mais.

Já é fim de tarde quando saímos do shopping. Rebeca precisa ir embora para buscar a namorada, Melissa, que chega hoje à cidade. Melissa vai passar o fim de semana aqui e Rebeca não consegue parar de falar sobre isso. Eu não me importo porque acho bonitinha a maneira como ela fala sobre a namorada, toda apaixonada. E imagino como deve ser complicado morar longe da pessoa que você ama.

Antes de ir embora, Rebeca joga os braços em volta do meu ombro, e ao longo do dia ela já encostou tanto em mim que a esta altura não me surpreendo mais.

— Gostei de você. Você é bonzinho. Quero te ver mais vezes, viu? — ela diz, e eu retribuo com um sorriso porque também gostei dela. Ela é boazinha. E quero vê-la mais vezes.

E agora, olhando para mim e para o Caio, ela começa a fazer os planos para o dia seguinte.

— A Melissa tá doida pra te ver. Vamos fazer alguma coisa juntos amanhã. Só me ligar.

— Mas… — Caio começa a falar, e logo é interrompido pela amiga.

QUINZE DIAS 107

— Mas o cacete, Caio! Sua mãe não tá na cidade, a gente tem que aproveitar! — ela diz, mexendo a cintura numa dancinha engraçada.

Caio concorda e dá um abraço de despedida na amiga.

Não sei se minha intimidade com Rebeca já chegou no nível de abraçar apertado, então só aceno com a mão.

— Tchau, Rebeca! — digo.

Ela se vira para ir embora, mas, antes de sair andando, olha pra mim pela última vez.

— Pode me chamar de Beca, gato.

E eu fico sem reação porque nunca ninguém me chamou de gato antes.

Tudo bem que ela provavelmente disse "gato" ironicamente. Ou ela chama qualquer um de gato. Ou às vezes ela me acha mesmo gato, mas de um jeito lésbico. Olho para o chão e vou andando com pressa para que o Caio não perceba minha cara ficando vermelha pela milésima vez desde que saímos de casa.

No caminho para casa minha mãe me manda uma mensagem no celular:

FAMINTA!!!!!!!!!

Seguido de quatrocentos emojis de comida, carinhas chorando e um alien que, provavelmente, ela enviou por engano.

Eu e Caio paramos em um restaurante chinês na rua de casa (o favorito da minha mãe) e pedimos o jantar para viagem. Quando chegamos e ela vê a sacola do restaurante na minha mão, me agradece desesperadamente, como se eu tivesse salvado o dia em uma escala mundial. Seu cabelo está preso formando um ninho no topo da cabeça e tem tinta respingada pela roupa inteira. Ela dá uma última olhada na tela que está trabalhando (um campo de flores vermelhas e, no meio das flores, umas cabeças humanas escondidas) e joga os pincéis num pote com água.

— Chega de trabalho por hoje! Agora eu só quero comer meu yakisoba, assistir a qualquer lixo na TV e me divertir com meus dois meninos! — ela diz, levando a comida para a sala.

Vou atrás tentando relevar o fato de que ela nos chamar de "meus meninos" é bem esquisito. Caio faz uma careta divertida pra mim e acho que ele provavelmente está pensando a mesma coisa.

Nós três nos apertamos no sofá, cada um com sua caixinha de comida chinesa na mão. Assistimos a três episódios seguidos de *The Bachelorette*, que é um reality show ruim de doer, em que uma mulher solteira fica presa em uma casa com uns vinte caras completamente *iguais* e no final ela tem que escolher um deles. Todos são brancos, sarados e meio babacas, mas minha mãe e eu adoramos esse programa por causa do constrangimento.

Quando terminamos a maratona de TV, minha mãe dá uma batidinha na minha perna.

— Vamos ver o que sua avó tem para nos dizer hoje? — ela diz com um sorriso sincero no rosto.

Caio parece confuso. E com razão, porque ele sabe que minha avó está morta. Minha mãe logo percebe a confusão e começa a explicar.

— Desde que a minha mãe faleceu, Felipe e eu tentamos arrumar maneiras de nunca esquecer dela. Um dia, Felipe

QUINZE DIAS   109

tirou uma sorte no biscoito chinês que, por coincidência, era uma frase que ela sempre dizia. E desde então a gente acredita que ela se comunica com a gente via biscoito da sorte.

É meio absurdo, eu sei. Mas isso se tornou um ritual tão sério aqui em casa que a possibilidade do Caio pensar que somos dois malucos nem passa pela minha cabeça. Olho para a minha mãe e dá pra perceber que seus olhos estão cheios d'água.

Caio ouve a história com um sorriso e faz carinho no ombro dela.

— E o que estava escrito no papelzinho? — ele pergunta, olhando para mim.

— O mundo inteiro é seu — respondo, um pouco emocionado do jeito que eu sempre fico quando lembro da vó Thereza.

Ficamos os três em silêncio por alguns segundos, mas minha mãe se levanta, pega os três biscoitos da sorte que estavam na mesa de centro e distribui entre nós.

— Chegou a hora de ver o que dona Thereza quer falar. Vamos lá, um de cada vez. O Caio pode começar porque ele é visita.

Caio abre o biscoito, tira o papelzinho e lê a sorte.

— O destino pode ser um escudo ou uma espada. Cabe a você decidir.

E então nós três começamos a rir porque isso não faz sentido algum.

— Às vezes dona Thereza está um pouco confusa — minha mãe diz, e então abre seu próprio biscoito, tira o papel e lê sua sorte: — O passarinho não canta porque tem uma razão. Ele canta porque tem uma canção.

Nós três soltamos um "Owwnn" porque essa sorte foi bem fofa, e então Caio e minha mãe estão olhando para mim, esperando que eu leia a minha sorte. Esse é sempre um momento importante para mim, mesmo sabendo que, na maioria das vezes, as frases desse biscoito parecem ter saído de uma página cafona do Facebook. Abro meu biscoito, tiro o papel, respiro fundo e leio em voz alta.

— Coisas incríveis podem acontecer se você começar a falar.

Engulo em seco quando termino de ler porque, se a minha avó está mesmo se comunicando comigo via biscoito da sorte, ela poderia ao menos tentar um pouco de sutileza, não é mesmo?

Quando finalmente chega a hora de dormir, estou empolgado para usar meu pijama novo. Quero dizer, *realmente* empolgado. Não consigo lembrar quando foi a última vez que me senti desse jeito por causa de uma peça de roupa.

Tomo banho, visto o pijama e me olho no espelho. Infelizmente, esse não é um momento como a transformação da Anne Hathaway em *O diário da princesa,* que viveu a vida inteira se sentindo estranha e de repente descobre que era linda esse tempo todo. É preciso muito mais que um pijama novo pra fazer isso comigo. Mas quando vejo meu reflexo, apesar de enxergar apenas o mesmo eu de sempre vestido de Batman, me sinto melhor. Não *bonito.* Mas melhor.

Saio do banheiro e, quando entro no quarto, encontro Caio sentado no colchão, com cara de quem acabou de sair de uma discussão. Ele está encarando o celular com a sobrancelha cerrada, seu rosto está vermelho de raiva e, se eu parar para ouvir com atenção, acho que dá para escutá-lo rosnando baixinho. Ele me vê entrando e se esforça para sorrir.

QUINZE DIAS 111

— Ficou legal o pijama novo. E agora? Quem poderá nos defender? — ele diz.

— Essa frase é do Chapolin — respondo.

— Desculpa, sou ruim com heróis — Caio fala enquanto enxuga uma lágrima que ficou esquecida no rosto.

— O que aconteceu? — digo, mudando completamente de assunto porque: a) essa coisa de Batman x Chapolin não ia dar em lugar algum e b) aparentemente o menino estava *chorando*.

— Briguei com a minha mãe. De novo.

Solto um longo suspiro tentando pensar na coisa certa a dizer. Fecho a porta, apago a luz e deito de lado na minha cama, olhando para o Caio com ajuda da luz que entra pela janela.

— Quer desabafar? Eu não sei o que dizer na maioria das vezes, mas sou bom em escutar.

— Hoje, no shopping, eu tirei uma foto com a Beca e postei na mesma hora — Caio diz.

— Sei — digo, porque eu *realmente* sei.

Meu celular me envia notificações toda vez que Caio posta alguma coisa. Por favor, não me julgue. Obrigado.

— E então minha mãe viu a foto, me ligou e me deu a maior bronca. Me disse coisas horríveis que eu não queria ter escutado. Fez o maior drama, ficou gritando com o meu pai, mandando ele cancelar o resto da viagem porque ela queria voltar *agora*. E é claro que eles não vão cancelar a viagem, mas minha mãe adora fazer escândalo. Meu pai pegou o celular da mão dela, disse que ele resolveria a situação e me pediu para que eu evitasse causar qualquer desconforto — ele diz, e eu não entendo muito bem aonde essa história vai chegar.

Caio limpa a garganta e ainda assim sua voz continua embargada enquanto ele prossegue com a história.

— Minha mãe não gosta da Beca. Porque ela é lésbica. Ela acha que a Beca é uma má influência e que a missão dela é me arrastar para o caminho da perdição, sei lá. Claro que minha mãe nunca *disse* isso de fato. Mas eu sei porque não sou burro. E eu só queria que ela soubesse que, sem a Beca na minha vida, as coisas poderiam ser muito piores. Eu seria muito mais infeliz do que sou hoje.

Essa informação me pega de surpresa. Porque nunca, em nenhuma circunstância, eu imaginei a remota possibilidade de Caio ser infeliz. Ele está sempre sorrindo, sempre bem-humorado e, vamos ser sinceros, ele é lindo pra cacete.

— O que te deixa infeliz? — pergunto, porque realmente quero saber.

— A escola é um inferno — ele responde, e, por um segundo, Caio e eu parecemos ser a mesma pessoa. — Beca sempre foi minha melhor amiga. Melhor e única. Desde muito cedo, os garotos começaram a pegar no meu pé. Por causa da minha voz e do meu jeito de falar. Porque eu não jogo futebol e não converso com os caras. Sempre encarei isso calado. As provocações, as piadas, os empurrões no corredor. Fiquei calado até quando escreveram "Caio chupa rola" no banheiro masculino — ele diz, com a voz tremendo como quem ainda precisa chorar mais um pouco.

— E você nunca contou para ninguém? — pergunto.

— Só para a Beca. Ela sempre soube de tudo e sempre ficou do meu lado. Ela me defendia quando podia e eu me sentia seguro. Só que ela se formou no ano passado e este ano estou sozinho. Sei que faltam só seis meses, mas eu não aguento mais. E aí vem a minha mãe me dar sermão por causa da única pessoa que ficou… do meu lado… esse tempo… — ele não termina a frase porque começa a chorar.

QUINZE DIAS 113

E ouvir o choro dele parte meu coração em duzentos pedaços. Eu queria ser capaz de colocar as palavras pra fora e dizer coisas bonitas. Dizer que eu também não aguento mais. Que entendo a dor dele.

Não sei se entendo *exatamente* a dor dele, porque nunca sofri homofobia. Ser gay é algo que está dentro de mim e, quando as pessoas me olham, elas não conseguem ir além da minha aparência. Mas sei o que é passar cinco horas por dia cercado de gente que te odeia. E já escreveram apelidos nojentos para mim na minha carteira um monte de vezes. Então acho que, no fim das contas, entendo a dor dele.

Sinto vontade de abraçá-lo, mas não faço isso. Talvez eu abraçasse se estivéssemos de pé, mas como se abraça alguém que está deitado? Sem que o abraço seja completamente íntimo, no caso?

Então, coloco minha mão no ombro dele e fico em silêncio. E isso parece ser o bastante porque, aos poucos, ele para de chorar.

— Desculpa por essa cena — ele diz, constrangido.

— Não precisa se desculpar.

— Obrigado por me ouvir.

E, então, ele vira para o lado para tentar dormir. Minha mão continua apoiada no seu ombro e eu a deixo ali até meu braço começar a ficar dormente.

— Vai ficar tudo bem — eu sussurro, mas acho que ele não está mais me ouvindo.

DIA 8

Uma das coisas que mais me irrita na sociedade é gente que não te conhece puxando assunto sobre o clima. *Esfriou, né? Vai chover, né? E esse calor, menina?* Mas, neste momento, preciso ser esse tipo de pessoa. Porque não tem como ignorar o fato de que ontem fui dormir com o pé congelando e hoje acordei mergulhado no inferno de tão quente. O sol bate na minha janela logo cedo e queima a minha cara de um jeito que não dá para continuar dormindo.

Quando acordo, Caio não está mais no quarto. Me levanto com a empolgação de quem acordou dentro de um forno de pizza e, quando chego na sala, encontro Caio e minha mãe estirados no sofá florido, cada um com um copo de limonada na mão e o ventilador de teto ligado sem fazer muita diferença.

— Menino, que calor é esse? — minha mãe pergunta.

Solto um gemido preguiçoso porque é o máximo que consigo fazer nessa situação.

A TV está ligada no jornal da manhã e um repórter está mostrando dados de como hoje pode ser um dos dias de inverno

QUINZE DIAS 115

mais quentes no estado desde 1996. Pego um copo de limonada na cozinha e, quando volto para a sala, acabo sentando no chão porque ele parece geladinho. E também porque é impossível sentar no sofá sem encostar no Caio e na minha mãe ao mesmo tempo. Juntar o meu suor com o suor deles não me parece uma boa ideia. O gelo que coloquei na limonada derrete em dois segundos.

Por alguns minutos, nós três ficamos em silêncio, focados na TV e soltando suspiros ocasionais. O âncora do jornal chama uma matéria sobre o que fazer com seus filhos durante as férias escolares, e o conteúdo é o mesmo de sempre. Colônia de férias, cinema, banho de mangueira. Mas nessa última parte meu coração para de bater. Porque a TV está mostrando um grupo de crianças se molhando e se divertindo. E Caio abre um sorriso largo, como quem acabou de ter a melhor ideia de todas. E eu sinto meu suor escorrer com mais força porque sei exatamente o que ele está prestes a dizer.

— Vamos para a piscina? — ele diz.

Na verdade, ele *grita*.

Minha mãe se engasga com a limonada porque ela me conhece. Ela sabe que não vou para a piscina em hipótese alguma. Mas, por um segundo, ela parece se esquecer disso e decide ignorar completamente a minha liberdade para tomar minhas próprias decisões.

— Olha, Caio, eu tenho trabalho acumulado, não posso nem pensar em diversão. Mas vocês dois estão de férias, aproveitem o dia!

E depois de jogar essa bomba, ela dá dois tapinhas no meu ombro, se levanta e vai andando para a cozinha.

Caio se levanta também.

E eu acabo me levantando porque não faz sentido ficar sentado sozinho no chão da sala. Mas, considerando que minha segunda opção é ir para a piscina, eu não reclamaria de ficar no chão.

O nível de empolgação do Caio é compatível com meu nível de desespero. Ele corre para a cozinha (e eu vou atrás porque quero mais limonada).

— Posso chamar minhas amigas? — Caio pergunta para a minha mãe, quase pulando de tão empolgado.

— Que amigas? — minha mãe responde, de um jeito curioso e não desconfiado.

— A Beca, que o Felipe conheceu ontem, e a namorada dela. Melissa. Espero que não tenha problema. Quer dizer...

— Lésbicas? — minha mãe grita com a voz aterrorizada fingindo surpresa. E então, solta uma risada e completa: — Não tem problema nenhum. Eu mesma quase namorei uma garota por um tempo na faculdade.

Eu e Caio ficamos em silêncio por alguns segundos, absorvendo a informação, e então ele sai correndo para pegar o celular. Eu e minha mãe ficamos sozinhos na cozinha. Junto toda a ironia que existe dentro de mim e condenso em duas palavras.

— Obrigado, mãe.

Ela me dá um beijo na testa (do jeito que sempre faz, mas, neste caso, considero um ato de amor verdadeiro porque, caso você tenha se esquecido, eu não consigo parar de suar) e então diz baixinho para que só eu possa escutar.

— Filho, o trem da oportunidade só passa uma vez. Aproveite o dia.

Não faço a menor ideia do que ela está falando.

QUINZE DIAS **117**

Saio da cozinha pisando forte no chão para tentar fazer uma cena dramática. Não dá muito certo porque minha mãe começa a rir de mim. Ela pode até fazer com que eu vá até a piscina, mas não pode me obrigar a *entrar* nela.

Uns trinta minutos depois, Beca e Melissa já estão aqui em casa. As duas são completamente opostas. Enquanto Beca já chega toda soltinha, falando sem parar e chamando minha mãe de "miga" depois de conversar com ela por, literalmente, um minuto, Melissa é calada e muito tímida.

Sua pele é muito branca e seu cabelo é comprido e loiro com algumas pontas pintadas de rosa. E ela é, possivelmente, a pessoa mais magra que eu já vi. Seus braços são ossudos, suas pernas são longas, e acho que quem inventou o termo "barriga negativa" tinha acabado de conhecer a Melissa.

Ela é uma menina muito bonita. Bonita tipo essas modelos alternativas com olho grande e dentes separados.

— Oi, eu sou o Felipe — digo, sem saber se aceno, estendo a mão ou dou um abraço em Melissa.

Faço as três coisas ao mesmo tempo e o resultado é bem desengonçado.

— Prazer, Melissa. Ou Mel. Mas nunca Meli. Por favor, não me chame de Meli — ela diz com um sorriso, e então vejo que seus dentes da frente de fato são separados.

Oficialmente uma modelo alternativa.

Caio e Beca não param de falar, minha mãe oferece limonada para as meninas e a sala de casa parece uma festa.

Enquanto esperávamos as duas, Caio colocou um short, uma regata e espalhou protetor solar no rosto e nos braços. Eu vesti uma bermuda, um boné de Pokémon que ganhei quando era criança e que, surpreendentemente, ainda cabe na minha cabeça, e uma camiseta de manga curta.

Eu nunca uso regatas. Não gosto de mostrar meus braços em público. Sinto como se eu tivesse sido atacado por dois hipopótamos, um de cada lado, e eles continuassem pendurados no meu corpo balançando para a frente e para trás conforme eu ando.

Meus braços são os hipopótamos, caso você tenha encontrado dificuldade na hora de criar essa imagem na sua cabeça.

Pego uma bolsa e enfio o filtro solar, uma garrafa de água, três gibis e um livro. Meu plano é basicamente ficar sentado lendo minhas coisas e respondendo "Daqui a pouco!" toda vez que me perguntarem se não vou entrar na água.

Não é um plano engenhoso, mas, acredite, costuma funcionar. Em último caso, posso fingir que preciso ir ao banheiro ou sair correndo gritando "ESTE É UM PAÍS LIVRE E NINGUÉM VAI ME OBRIGAR A NADA!" se a situação ficar extrema.

— Todo mundo protegido? — minha mãe pergunta.

— Sim — nós quatro respondemos em coro como a plateia de um programa de auditório.

— Agora vamos porque quero mergulhar até o dedo do pé enrugar — Beca diz, e eu acho isso igualmente engraçado e nojento.

Todas as crianças do condomínio estão de férias e este é o primeiro dia de sol em meses. É claro que a piscina está lotada. Tem gente correndo por todo lado, meninos e meninas pulando e espalhando água para fora da piscina, uma gritaria sem fim. Me arrependo de não ter colocado fones de ouvido na bolsa.

QUINZE DIAS 119

A área da piscina é cercada por mesas com guarda-sóis, espreguiçadeiras e cadeiras de plástico. Conseguimos a última mesa vaga e, um por um, vamos colocando nossas tralhas em cima dela. Beca chegou usando um vestidinho desses de praia que não é bem um vestido de verdade (não sei qual é o nome oficial, mas você sabe do que estou falando). Em um movimento rápido, ela tira o vestido e de repente está só de biquíni.

Ouço uma risada abafada vinda da mesa ao lado, onde uma vizinha está sentada com um chapelão na cabeça e bronzeador espalhado por todo o corpo. Ela faz algum comentário que não consigo escutar, mas uma outra mulher responde sem se esforçar para ser discreta.

— Mas tem gente que não tem a mínima noção, né? — E as duas voltam a compartilhar risadinhas agudas.

Fico puto da vida porque sou especialista em risadinhas e comentários maldosos. Elas estão falando da Beca. Que é gorda. E está de biquíni.

Eu quero, ao mesmo tempo, dar um soco na cara das vizinhas e um abraço em Beca, mas ela parece não se importar.

— Ainda bem que meu corpo não tá aqui pra agradar ninguém, *não é mesmo?* — Beca diz com um tom de voz bem mais alto do que o necessário. O condomínio inteiro deve ter escutado, e eu acho ótimo.

Então, Beca desfila em direção à água e dá um mergulho perfeito, caindo na piscina como uma sereia. Fico aliviado porque ela não se sentiu ofendida. Orgulhoso porque ela arrasou no mergulho. E envergonhado porque eu nunca teria coragem de fazer o mesmo.

— Não vai entrar? — Caio pergunta, me tirando da cena imaginária em que levanto uma placa com a nota 10 para o mergulho de Rebeca.

E, quando olho para o lado, quase tenho um troço.

Esqueça tudo que eu disse sobre Caio de pijama porque agora as coisas atingiram um novo nível.

Caio.

De.

Sunga.

Vou tentar ser breve nesse assunto porque não quero deixar ninguém desconfortável, mas posso garantir que a vista é bem impressionante. Seu corpo faz as curvas certas, sua sunga amarela se ajusta perfeitamente nos lugares onde sungas têm que se ajustar. Caio não é inexplicavelmente sarado como um protagonista de qualquer livro erótico. Mas tudo nele é distribuído do jeito certo. É difícil escolher minha parte favorita, mas, ainda assim, imediatamente crio um top 3 mentalmente: coxas, ombros e bunda.

— Daqui a pouco — digo, tentando me recompor.

Caio dá um sorriso e mergulha perfeitamente. Me sinto frustrado porque desde quando todas as pessoas *sabem mergulhar*?

Quando sento na cadeira de plástico e tiro um gibi da bolsa, percebo que Melissa também não entrou na piscina.

— Quer um gibi? — Ofereço porque acho que é o mais educado a se fazer.

Ela faz que não com a cabeça e eu tento me concentrar na leitura, parando de três em três segundos para observar o Caio nadando.

— Você tá doidinho por ele, não tá? — Melissa diz.

QUINZE DIAS **121**

— *Pfffff*, não. Nós somos amigos — respondo.

— Era isso que o meu ex-namorado dizia. Ficamos quase três anos juntos.

— Namorado? Então... antes da Beca você... quer dizer... — digo, me enrolando com as palavras.

— É bissexual o nome — ela responde, com uma risada irônica.

Eu me sinto um idiota, mas Melissa alivia o clima me dando um soquinho no ombro.

— A gente estava falando de você e do Caio, não mude de assunto! — ela diz sorrindo.

— Não vai entrar na piscina? — pergunto, desesperado para mudar de assunto.

— Daqui a pouco — ela responde, e eu sei que ela não vai entrar daqui a pouco. Parece que nós, usuários do código do daqui a pouco, conseguimos reconhecer uns aos outros.

Pra ser sincero, tenho vontade de perguntar por que ela prefere ficar aqui derretendo no calor quando é magra e pode entrar e sair da piscina a hora que quiser. Se eu fosse magro, andaria em todos os lugares apenas sendo magro. Mas é claro que não pergunto isso, porque já bati a minha cota diária de diálogos constrangedores com uma total desconhecida.

— Me dá um gibi, vai! — ela diz.

Entrego a ela a última edição de Mulher Maravilha que comprei.

Uma hora se passou.

Uma hora de silêncio entre mim e Melissa. Uma hora de Beca intercalando suas atividades entre mergulhar e boiar.

Uma hora de espiadinhas no fenômeno Caio de Sunga que está acontecendo bem aqui na minha frente.

O sol está ficando mais forte e várias mães preocupadas começam a levar os filhos embora. A piscina está menos barulhenta e em alguns momentos até consigo aproveitar o calor batendo nas minhas pernas e nuca.

— Ei, seus nerds! — Beca grita jogando água na nossa direção. Estamos perto o bastante da água para conseguir conversar, mas longe o bastante para não sermos atingidos pela água que ela joga.

— Que horas vocês vêm? — Caio pergunta e, quando olho para ele, vejo que está com uma boia de flamingo na cabeça. Sim. É uma boia infantil, dessas de cintura. Claro que ela não cabe na cintura de Caio, mas se encaixa perfeitamente na cabeça dele.

— De quem é esse flamingo? — pergunto para mudar de assunto (e também porque quero saber de quem é aquele flamingo).

— Alguma criança esqueceu aqui. Estou cuidando dele por enquanto. Ele se chama Harry — Caio responde.

— Potter? — pergunto.

— Styles — ele responde imitando uma dancinha do One Direction, e eu dou uma risada.

Só então percebo que Beca está séria. Ela sai da piscina e vem caminhando na direção da nossa mesa. Ela dá um beijo rápido nos lábios de Melissa e eu olho em volta para ver se as vizinhas fofoqueiras viram isso (infelizmente não viram).

— Vida — Beca diz, e eu abro um sorrisinho porque nunca ouvi ninguém chamando outra pessoa de Vida.

As duas começam a conversar e eu não consigo ouvir tudo porque Melissa realmente fala muito baixo. Só pego as partes da

QUINZE DIAS 123

Beca porque aparentemente ela não nasceu com a habilidade de sussurrar.

A conversa segue mais ou menos assim:

Beca: Só tem a gente aqui, não precisa ter vergonha.
Melissa: *Ssshh shhs shhssh shhs sh*
Beca: Eu só quero aproveitar este dia com você.
Melissa: *Shhh shsh shhhhs sh*
Beca: Você é a mais linda que existe.
Melissa: *Shhhhhhh*
Beca: Eu tô falando sério, sua doida.
Melissa: Tá bem.

E então Melissa se levanta, convencida a entrar na água. Ela tira primeiro os chinelos e hesita antes de tirar o vestidinho de praia (qual é o nome disso, afinal?). De supetão ela tira tudo de uma vez e começa a caminhar até a piscina.

E então entendo por que ela não queria tirar a roupa.

Melissa está de maiô, mas ele não consegue cobrir todo o seu corpo. Seus ombros são cheios de espinhas e marcas de espinhas que um dia já existiram. Suas costelas são projetadas para fora, marcando o maiô como se o tecido estivesse cobrindo uma gaiola. E do meio dos seus seios aparece uma longa cicatriz na vertical.

Melissa não mergulha perfeitamente. Ela entra na piscina com calma, descendo pela escadinha que quase ninguém usa, e faz uma careta quando sente o corpo entrar em contato com a água gelada. Beca entra logo em seguida e começa a nadar em torno da namorada até parar de frente para ela. O olhar das duas se encontra e Beca sussurra um "eu te amo" que não consigo ouvir daqui, mas entendo mesmo assim porque sempre fui bom em leitura labial. E então me pego sorrindo feito um bobo porque essa é uma das coisas mais bonitas que vi nos últimos dias.

Neste momento eu percebo três coisas:

1. Mesmo sendo magra, Melissa também tem suas inseguranças. Então a magreza não é um prêmio que se ganha na loteria da vida e garante a felicidade eterna.

2. Já assisti a comédias românticas e frequentei sessões de terapia por tempo demais para saber que a minha felicidade não pode depender de outra pessoa. Mas *ainda assim* eu queria ter alguém que me chamasse de Vida e me convencesse a entrar na piscina e dissesse que me ama baixinho, de um jeito que só dá pra ouvir bem de perto.

3. Quem eu quero que me chame de Vida e me ame baixinho está brincando com um flamingo inflável chamado Harry Styles e provavelmente nem percebeu tudo que acabou de acontecer aqui.

Caio, Beca e Melissa ficam na piscina o dia inteiro. Minha mãe traz sanduíches e suco na hora do almoço, eu consigo ler todos os meus quadrinhos e os primeiros capítulos do livro que enfiei na minha bolsa (uma ficção científica sobre dinossauros e robôs) e, quando o sol começa a se pôr, estou exausto, mesmo sem ter feito nada a tarde inteira. O calor me cansa.

Os três decidem sair da água e voltar pra casa, e meu coração está dividido. Metade está feliz porque não aguento mais ficar sentado aqui e a outra metade vai sentir saudades de ver o Caio de sunga. Juntamos nossas coisas e voltamos para o apartamento.

Minha mãe insiste que Beca e Melissa fiquem para o jantar, mas as duas têm planos para a noite e rejeitam o convite educadamente.

— Amanhã a gente se vê de novo! — Beca diz para o Caio antes de se despedir, e eu fico feliz em ouvir isso.

Primeiro porque sei como Caio fica feliz quando está com a melhor amiga. Dá pra ver na cara dele. Ele parece um labrador viajando de carro numa estrada, com a cabeça na janela e a língua pendurada para fora.

Segundo porque, de certa forma, eu me sinto parte do grupo. Mesmo quando estou só observando de longe, sinto que eles me notam. Quando Beca faz uma piada, Caio olha pra mim pra ver se estou rindo. Quando Caio diz alguma coisa estúpida, Beca olha pra mim para revirar os olhos. Eu me sinto parte. E esse é um sentimento bom.

— Tudo certo, a gente combina. Mel, você fica até quando? — Caio pergunta.

— Até domingo. Só mais dois dias — Melissa responde, e Beca curva a boca para baixo fazendo uma carinha triste.

Daí começa aquele ritual de despedidas em grupo que é sempre desajeitado e bagunçado. Beca abraça e beija Caio, enquanto Melissa abraça e beija minha mãe, e então, quando as duas vão trocar, Melissa abraça e beija Caio, e Beca me abraça e me beija, e de repente Beca está abraçando Caio de novo e rola o clássico "Opa, já dei tchau pra você", e todo mundo fica perdido e falando ao mesmo tempo.

126 VITOR MARTINS

Melissa aproveita a confusão pra me abraçar forte (mais forte do que é convencionalmente aceitável abraçar uma pessoa que você conhece há um dia) e fala baixinho no meu ouvido.

— Deixa de ser bobo, ele também é doidinho por você.

E deixo escapar uma risada de nervoso como quem diz "Do que você tá falando, garota?". Melissa apenas sorri pra mim e vai embora pelo corredor do prédio de mãos dadas com Rebeca. As duas são pessoas muito diferentes, mas quando estão assim, andando juntas, parecem a combinação mais legal do mundo.

Quando chega a noite, eu coloco novamente meu pijama do Batman e sinto dois questionamentos martelarem minhas ideias:

- Número um: Do que a Melissa estava falando? Claro que eu sei que era sobre o Caio, não sou burro. Mas *de onde* ela tirou isso? Será que essa é uma informação real e oficial ou Mel é uma pessoa sensitiva que percebe as intenções das pessoas? Porque, se for o segundo caso, ela percebeu errado.
- Número dois: Quantas vezes posso usar o mesmo pijama sem lavar? Porque não é como uma roupa normal, que você usa o dia inteiro, mas ainda assim o pijama fica no seu corpo por horas. E fez calor essa noite. Mas eu conferi e o pijama não está fedendo. Está até com cheirinho de novo, na verdade. O certo é ter dois pijamas para usar um enquanto o outro estiver lavando? Porque, se esse for o caso, eu poderia comprar um pijama do Robin. Não seria má ideia.

Quando chego no meu quarto, Caio já está deitado lendo *As duas torres*. Só agora percebo como ele ficou ainda mais

QUINZE DIAS **127**

bonito depois de passar o dia inteiro pegando sol. Sua pele está mais bronzeada e os lábios estão mais rosados. Tenho vontade de me jogar em cima dele e falar sobre todos os meus questionamentos.

Mas como não posso perguntar "É verdade o que estão dizendo por aí que você é doidinho por mim?", faço a pergunta número dois.

— Quantos pijamas em média uma pessoa precisa ter?

Caio solta uma risada e fecha o livro marcando a página onde ele parou.

— Eu tenho três — ele diz.

— Eu tenho um — digo, escondendo a existência do pijama bege.

E como não sei mais o que falar, apago a luz e deito na minha cama sentindo as costas um pouco ardidas por causa do sol.

— Pijamas são como os melhores amigos. A gente precisa se sentir confortável com eles. E não precisa ter um monte — Caio diz.

— Boa metáfora. Quantos melhores amigos você tem? — pergunto, e Caio demora dois segundos para responder, como se estivesse repassando mentalmente a sua lista de melhores amigos.

— Acho que só a Beca. A Melissa é legal, mas eu não a conheço direito. Não dá pra chamar de melhor amiga. Eu já tive mais amigos na escola, mas eles foram se afastando aos poucos conforme foi ficando mais óbvio que eu sou... gay. — Ele diz a última palavra num volume mais baixo, como se ainda fosse um segredo. — E você? Quem são seus melhores amigos?

Eu devia ter pensado que Caio devolveria a pergunta para mim, mas sou pego de surpresa. Não tenho um melhor amigo. Mesmo quando eu era uma criança sem esse monte de crises que tenho hoje, eu não tinha um melhor amigo. Colegas de escola, talvez. Uns primos que vinham visitar de vez em quando. Mas nunca um amigo que pudesse escutar tudo que tenho a dizer.

Caio foi o primeiro a me ouvir.

Mas é *claro* que não vou dizer "Você, Caio. Você é meu melhor amigo", porque não quero parecer desesperado. Também não posso dizer "Amigos? Não tenho nenhum", porque seria ainda pior. Então faço o que qualquer pessoa na minha situação faria.

— Meu melhor amigo se mudou pro Canadá ano passado. Para estudar. A gente ainda se fala, mas não muito — minto.

— Que pena. Qual é o nome dele? — Caio pergunta.

— Jake — digo o primeiro nome que me vem à cabeça, que, por acaso, é o *pior nome* que eu poderia ter escolhido.

— Um brasileiro chamado Jake? Que legal — Caio comenta e eu consigo notar a desconfiança no tom de voz dele.

— A mãe dele é americana. Ele nasceu em Michigan e se mudou para cá quando tinha três anos. A família vive se mudando porque o pai dele vende… aviões — digo.

— Ah, sim — Caio diz com o tom de voz de quem acabou de ouvir a mentira mais esfarrapada já contada.

— Jake não existe — confesso.

Caio solta uma risada e eu me sinto um idiota.

— Lipe, tá tudo bem — ele diz. — A gente pode ser melhor amigo um do outro, assim você não precisa mentir quando te perguntarem.

QUINZE DIAS **129**

Depois de ouvir uma coisa dessas, eu normalmente entraria numa crise infinita sobre Caio querer ser meu melhor *amigo*, postaria no Twitter algo sobre estar na *friendzone* e tudo mais. Mas hoje não entro em crise. Porque isso era justamente o que eu precisava ouvir.

Mas, como sou viciado em me diminuir, não deixo a oportunidade passar em branco.

— Nunca fui melhor amigo de ninguém, então talvez eu não seja muito bom nessa função — digo.

— Você está se saindo bem — Caio responde. — Ficar o dia inteiro sentado no sol enquanto eu estou na piscina, quando você gostaria de estar em qualquer outro lugar, é coisa de melhor amigo.

— Desculpa por não ter entrado na água.

— Obrigado por ter ficado por perto.

DIA 9

Nas férias, todo dia parece sábado, mas quando acordo sentindo cheiro de bolo, me dou conta de que hoje é *oficialmente* sábado.

— Hoje o bolo ficou pronto mais cedo — minha mãe diz quando entro na cozinha.

A mesa está posta pela metade. De um lado, uma toalha xadrez, um bolo de laranja fresquinho, leite e café. Do outro, os materiais de pintura da minha mãe, bagunçados como sempre.

— Cadê o Caio? — pergunto, tentando parecer casual. Quando saí do quarto, o colchão dele já estava vazio.

— Ele saiu. Está no corredor do prédio. A mãe dele ligou e acho que ele ficou meio sem graça de conversar com ela na minha frente — minha mãe diz enquanto me serve uma fatia de bolo e um copo de leite.

— A mãe dele é doida — digo baixinho.

— Todas as mães são, Felipe. Está na nossa genética. É difícil não ficar doida depois que um ser humano sai de dentro de você — ela diz, e eu solto uma risada.

Minha boca está cheia, e deixo escapar uns farelos de bolo. Nesse exato momento, Caio entra pela porta da cozinha respirando fundo e tentando manter a calma.

— Minha mãe é *doida!* — ele diz.

E eu jogo o meu famoso olhar de "Eu te disse" para a minha mãe.

— O que foi desta vez? — pergunto, ainda com a boca cheia de bolo.

— Ainda sobre a Beca — Caio diz, enchendo um caneca de café.

— O que tem ela? — minha mãe pergunta, curiosa.

— Minha mãe odeia a Beca — Caio diz.

— Mas ela é tão boazinha — minha mãe diz. Boazinha é o adjetivo favorito dela.

— É porque ela é lésbica — digo, porque sei que Caio fica sem graça de falar sobre lésbicas na frente da minha mãe.

Ela revira os olhos com tanta força que me assusta. Sei como ela odeia gente preconceituosa, mas também sei que ela não falaria nada que ofendesse a mãe do Caio.

— Um dia ela vai entender, tenho certeza — ela diz, fazendo carinho no ombro de Caio.

— Eu espero que sim, dona Rita.

— Pelo amor de Deus, não me chama de *dona*. Pode ser só Rita.

— Só Rita eu acho muito sério — ele diz.

— Eu acho bonitinho quando as crianças da ONG te chamam de tia Rita — digo.

Minha mãe abre um sorriso.

— Tia Rita eu gosto.

— Entãoooo, tia Rita — Caio diz, prolongando as palavras mais do que necessário. — Hoje vamos ver a Beca de novo e, se minha mãe perguntar, você pode dizer que não sabe de nada? Minha mãe olha pro teto, pensando no que responder.

— Vamos fingir que eu realmente não sei *de nada*, tudo bem? Vocês podem sair, voltem a hora que quiserem, mas, *por favor, Caio*, não morra num acidente. E não faça nenhuma tatuagem. E não perca nenhum membro visível. Eu não quero ter que explicar essas coisas pra sua mãe depois.

— Pode deixar! — Caio diz, dando um beijo de agradecimento na bochecha da minha mãe. — Só não posso garantir nada sobre a tatuagem.

— Se for escondida, não tem problema. — Ela dá uma piscadinha e aponta para a virilha do Caio.

E eu levanto da mesa porque esse foi o diálogo mais constrangedor que já presenciei.

Tudo chega atrasado na minha cidade. Restaurantes de comida japonesa só chegaram no ano passado. *Titanic* só estreou nos cinemas daqui em 2005. Então não fico surpreso quando Caio me diz que hoje vamos a uma festa *julina*.

O mês de junho passou sem nenhuma comemoração na cidade, então decidiram fazer uma festa junina em julho pra não perder a oportunidade. Independente do mês, as festas daqui são sempre iguais. Uma banda de forró toca ao vivo na praça, cercada de barraquinhas de comida e bebida.

No geral, essas festinhas são bem ruins, mas todo ano eu passo por lá para comer cachorro-quente e milho cozido. Encaro qualquer evento se tiver cachorro-quente e milho cozido.

QUINZE DIAS 133

Quando o céu começa a escurecer, Caio decide se arrumar para a festa. Estou deitado na minha cama assistindo a coisas sérias no YouTube (irmãs gêmeas coreanas dançando músicas da Madonna) quando vejo Caio andando de um lado para o outro, tirando várias peças de roupa da mala e tentando escolher o que vestir. Pela cara que ele faz, parece que está escolhendo qual fio deve cortar para desativar uma bomba-relógio.

Quase uma hora depois ele está pronto. E nunca o vi tão arrumado assim. Seu cabelo está jogado pra cima, mas de um jeito legal. Ele está usando um jeans justo, que deixa suas pernas muito (desculpa, não consegui encontrar uma definição melhor) deliciosas, e uma camisa azul com os dois primeiros botões abertos.

Eu escolho meu jeans de sempre e uma camiseta preta. Entro no banheiro para me vestir e em dois minutos estou pronto. Quando volto para o quarto, Caio me olha de cima a baixo, e no seu olhar consigo ler a palavra DESASTRE.

Ele para por um instante, põe a mão no queixo, pensa mais um pouco e então começa a mexer numa pilha de roupas minhas que estão largadas em cima da cadeira. Do fundo da pilha ele tira a camisa xadrez que minha mãe comprou para mim. A camisa vermelha que ele escolheu.

— Acho que esta vai ficar legal — ele diz, me entregando a peça.

Eu visto por cima da camiseta preta e começo a abotoar, torcendo para os botões não ficarem apertados em volta do meu corpo. Quando estou no terceiro botão, Caio dá um tapa nas minhas mãos.

— Não! Fica mais bonito com a camisa aberta.

E não sei se quando diz "mais bonito" ele está falando de mim ou da roupa.

Ele pega as mangas da camisa e dobra com cuidado até a altura do meu cotovelo. Depois, puxa meu cabelo ondulado para cima e joga um pouco de spray. Fico imóvel e seguro a vontade de espirrar porque o spray tem cheiro de vó. Não da *minha* avó. Minha avó era mais cheirosa. O spray tem um cheiro de avós no geral.

Quando Caio termina de fazer sua mágica em mim, abro meu armário e me olho num espelho grande que fica pendurado na parte interna da porta. A vida inteira evitei espelhos porque nunca gostei muito do que eles me mostravam, mas hoje é diferente. Porque olho para o meu reflexo e não me odeio imediatamente. Aliás, por alguns segundos, até gosto de ficar me observando. Meu cabelo está arrumado de um jeito novo, a camisa fica bonita em mim (talvez vermelho seja *mesmo* a minha cor) e eu não me sinto horrível.

Pra falar a verdade.

Eu até me sinto.

Bonito.

— Por que você nunca me disse que tinha um espelho escondido aí dentro? Esse tempo todo eu fiquei me arrumando no espelho do banheiro! — Caio diz, interrompendo meu transe.

— Caio, espelho. Espelho, Caio — digo, apresentando os dois, e Caio dá uma risada empurrando meu ombro de leve.

Quando chego na sala, minha mãe está assistindo a um episódio de *Estava grávida e não sabia* (um reality show sobre mulheres que, bom, estavam grávidas e não sabiam).

— Uau! — ela diz, quando tira os olhos da TV e olha para mim. — Onde você vai lindo desse jeito?

QUINZE DIAS   135

Sinceramente, preciso repensar a maneira como ando me vestindo. Porque só precisei de uma camisa nova e spray de cabelo, e minha mãe está *maravilhada*.

— Festa julina na praça — digo com o rosto vermelho de vergonha, mas tentando agir naturalmente.

Minha mãe enfia a mão no bolso e tira umas notas emboladas.

— Toma dinheiro pro milho. Divirta-se e, se for chegar tarde, tenta não fazer aquele barulho todo que você faz para abrir a porta. Parece um furacão, Deus me livre!

— Tudo bem, vou tentar.

— E você — ela diz, apontando para o Caio. — Nada de tatuagens clandestinas.

Os dois compartilham uma risada, minha mãe beija nossas testas e então saímos para a noite. Ou seja lá o que você diz quando está saindo pra comer milho cozido na praça da cidade.

Rebeca e Melissa já estão na praça quando chegamos. As duas estão nos esperando numa mesa de plástico perto de uma barraca de churrasquinho. Beca está com uma camisa xadrez amarrada com um nó na frente e Melissa está com um vestido estampado, botas de caubói e o cabelo amarrado em uma maria-chiquinha bem no topo da cabeça. As duas levaram a sério mesmo essa coisa de festa julina.

— Pela primeira vez na vida você não está atrasada! — Caio diz, e nós dois nos sentamos nas cadeiras vagas em volta da mesa.

— Nessas festas é sempre melhor chegar antes que a praça fique cheia de bêbados insuportáveis — Beca responde revirando os olhos.

A festa ainda não está cheia, mas algumas barraquinhas de comida já têm fila. Em um palco improvisado, uma banda de forró faz a passagem de som antes de começar o primeiro show da noite, e consigo encontrar alguns rostos conhecidos espalhados. Pessoas da escola que sabem que eu existo, mas não faço questão de cumprimentá-las.

Quando volto a atenção para a mesa, percebo uma lata de cerveja na minha frente. Não sei em que momento Caio, Beca e Mel começaram a beber (e também não sei de onde saiu essa cerveja), mas os três estão com suas latas na mão olhando pra mim.

— Um brinde! — Beca diz, apontando para a minha lata.

— Ah, sim — digo, pegando a lata e tentando agir naturalmente, sem deixar muito na cara que nunca bebi cerveja na vida.

— Às festinhas na praça que são meio caídas, mas que eu amo mesmo assim! — Beca diz, levantando sua lata.

— Às bandas de forró que vão tocar as mesmas quatro músicas a noite inteira! — Caio diz, encostando sua lata na de Beca.

— Ao meu cabelo que está lindo, mas que daqui a pouco vai estar fedendo a churrasquinho! — Melissa diz, sacudindo a cabeça para fazer a maria-chiquinha balançar.

— Ao milho cozido que é a melhor coisa desta festa — digo baixinho, mas fico feliz quando os três começam a rir.

Cada um dá uma golada na cerveja, eu respiro fundo e tomo um gole também.

Não vou mentir. É bem ruim. Amarga, forte e, para o meu azar, morna. Devo ter feito uma cara tão feia que Beca percebeu na hora.

— Você nunca bebeu, né? — ela pergunta.

Faço que não com a cabeça.

— Eu juro que uma hora o gosto melhora. E nem todas são mornas desse jeito. Cerveja morna parece xixi.

Balanço os ombros, finjo não me importar e continuo bebendo aos poucos.

A banda de forró começa a tocar e nós precisamos falar um pouco mais alto para a conversa funcionar. Passamos um tempo ouvindo Mel e Beca contarem sobre o namoro delas. Os avós de Mel moram na cidade, então ela acaba usando isso como desculpa para visitar Beca. Elas dizem que os fins de semana são sempre curtos demais, mas o amor é bem maior que a distância. Dou um sorriso quando elas dizem isso, mas no fundo achei a frase cafona.

— Como vocês se conheceram? — pergunto para as meninas.

— Eu amo essa história! Conta! Conta! — Caio diz empolgado, cutucando Beca no braço.

— Era Carnaval e o destino trouxe Melissa para a cidade — Beca diz.

— O destino na verdade se chama aniversário de casamento dos meus avós — Melissa interrompe.

— Eu prefiro chamar de destino — Beca diz. — Resumindo: Caio e eu saímos em um bloco de Carnaval aqui nesta praça. Eram sete da noite e a mãe dele já estava ligando desesperada, mandando ele voltar para casa, e Caio, frouxo como sempre, foi embora. Me deixou largada sozinha no bloco mais deprimente de todos.

— Dramaaaa — Caio diz baixinho, numa voz aguda.

— Então eu tropecei nela — Beca diz, passando os braços em volta da Melissa.

— Eu tinha perdido uma lente de contato. Me ajoelhei no chão jurando que ia encontrar — Mel diz. — Beca me pediu um milhão de desculpas por ter tropeçado em mim, eu disse que estava tudo bem, mas que precisava encontrar minha lente. E sabe o que ela me disse?

— Você nunca vai achar essa lente. Desiste de procurar e me beija — Beca responde de imediato.

Solto uma gargalhada alta.

— E você beijou? — pergunto.

— Fiquei encarando Beca bem de perto porque eu não estava enxergando direito. Daí eu tapei meu olho esquerdo pra poder ver melhor e ela disse "Eu sei que você não está enxergando bem, mas eu juro que sou bonita", então beijei — Mel responde.

— E foi o melhor beijo do mundo. Eu ficaria beijando para sempre, mas depois de uns minutos jogaram uma lata de cerveja na minha cabeça porque esta cidade de merda prefere ver enforcamento em praça pública do que duas garotas se beijando — Beca diz. — E falando em lata de cerveja... — Ela se levanta sem completar a frase.

E eu sei que ela foi buscar mais.

Só então me dou conta de que, enquanto eu ouvia a história das duas, bebi minha lata inteira. Em algum momento a cerveja deixou de ser muito ruim e passou a ser tolerável.

— Agora quero ouvir as histórias de beijo de vocês dois — Mel diz, apoiando os cotovelos na mesa, como se estivesse se preparando para uma história longa e interessante.

Fico confuso com a pergunta e meu fluxo de pensamentos acontece na seguinte ordem:

QUINZE DIAS   **139**

- Ela quer saber a história de como *Caio e eu* nos beijamos?
- Provavelmente não, levando em conta que nunca nos beijamos.
- O que é uma pena.
- Então ela quer saber uma história de beijo *no geral*, certo?
- O que continua sendo meio desesperador, levando em conta que nunca beijei ninguém.

Antes que eu consiga pensar em uma maneira de fugir dali (e pegar milho cozido durante a fuga), Beca chega com mais cerveja e Caio já está falando.

— Então, eu tenho uma história de beijo. Mas não é bonita que nem a de vocês. É bem deprimente, na verdade — ele diz, um pouco sem graça.

— Eu adoro histórias deprimentes! — Mel diz, fazendo uma cara de psicopata que não sei dizer se é real ou encenação.

— No ano passado, eu e Beca fomos à cidade vizinha, pra ir a uma balada *alternativa* — Caio começa a contar, mas logo é interrompido pela melhor amiga.

— Pior. Balada. Do mundo — Beca diz. — A gente precisou enganar os pais do Caio, conseguir identidades falsas que, no fim das contas, a gente nem usou, e o DJ só tocava David Guetta.

— E isso nem foi a pior parte! — Caio diz, tentando segurar a risada. — Quando eu me dei conta de que a festa ia ser um fracasso, decidi que ia beijar o primeiro que me desse mole. Acabei beijando um garoto chamado Denis. Ele era até bonitinho...

— Não era. — Beca interrompe novamente.

— Mas o beijo do Denis foi a pior coisa que eu já experimentei nesta vida — Caio continua sem se importar com as intromissões de Beca. — O grande problema era que Denis gostava de morder durante o beijo, e eu não sei quem inventou que mordida no beijo é gostoso, porque não é. Denis ficou lá *mastigando* a minha boca por uns cinco minutos até que começou a tocar Black Eyed Peas e eu tive que fingir que gostava. Falei "Ai, menino, vou ali dançar porque essa é minha músicaaaa!" e fiquei fugindo do garoto pelo resto da noite.

Beca e Mel estão rindo junto com Caio, e eu estou com um sorriso amarelo na cara, tentando tirar da minha mente a imagem de Caio tendo sua boca mastigada por outro garoto. Chamado Denis. Que com certeza não é gordo.

— Sua vez de contar uma história de beijo, Felipe! Pode ser boa ou ruim — Beca diz, e os três ficam me encarando.

Estou nervoso, desesperado e com vontade de sumir. Ao fundo, percebo que a banda da festa está tocando uma versão forró de "Toxic", da Britney Spears, chamada "Envenenada", que é, ao mesmo tempo, horrível e maravilhosa.

Respiro fundo, dou um longo gole na minha lata de cerveja e conto a primeira história que me vem à cabeça.

— Tenho uma tia-avó chamada Lourdes, que vem à cidade todo ano no feriado de Finados. Uma vez, quando ela veio se despedir de mim, fui dar dois beijinhos, mas ela me surpreendeu com um "Três beijos pra casar", o que, sinceramente, não faz sentido nenhum. Eu não estava esperando um terceiro beijo, então virei a cabeça sem querer e foi assim que beijei uma mulher de sessenta e quatro anos na boca — digo.

E todo mundo fica em silêncio.

Mas no segundo seguinte os três estão gargalhando. E eu começo a rir também, porque acho que rir é a única saída quando você confessa que beijou sua tia-avó na boca.

Olho para as latas de cerveja na mesa e o sentimento é de gratidão. Porque se não fosse a cerveja, duvido que essa história seria realmente engraçada.

Passamos a noite inteira contando histórias. Algumas são muito divertidas (quando o pai do Caio trocou as embalagens dos presentes de Natal dele e da mãe, e Caio abriu a caixa e encontrou uma calcinha de renda vermelha e velas decorativas) e outras são um pouco trágicas (quando a Mel teve que fazer uma cirurgia cardíaca de emergência bem no dia do vestibular, daí ela não conseguiu fazer a prova e ficou com uma cicatriz enorme no peito).

E assim os temas vão mudando, de calcinhas a cirurgias, de receitas de bolo a memes da internet, de política a séries de tv. Eu falo quando acho que devo falar, dou mais risada do que estou acostumado e, depois da terceira (ou quinta) cerveja, quase não me lembro mais do nome do garoto que beijou/mordeu a boca do Caio (mentira, lembro sim. É Denis).

A bebida me deixa com fome, e quando olho em volta para procurar a barraca do milho, meus olhos encontram os olhos dele. Bruno. Sinto o sorriso sumir da minha boca enquanto olho fixamente para o garoto que faz da minha vida um inferno. Jorge aparece logo em seguida, e Bruno aponta em minha direção. Eu não deveria ter ficado encarando, mas a parte do meu cérebro que me manda olhar para baixo não funcionou desta vez.

Quando os dois chegam perto da mesa em que estamos sentados, Caio está contando uma história, mas é interrompido pela voz grossa (e um pouco bêbada) de Jorge.

— Grande Pudim! Já chegou aqui para acabar com a comida da festa! — ele diz. Bruno dá uma risadinha fina e se aproxima de mim.

No mesmo instante, sinto meu rosto ficando vermelho de raiva. Beca, Mel e Caio parecem surpresos, e os três olham para mim com cara de "Você conhece esses dois?", e eu não sei como me livrar dessa situação.

— Não vai apresentar as amigas, cara? A loirinha até que é gostosinha — Jorge diz, apontando para Melissa.

Beca dá um soco na mesa. Parece que ela vai pular em cima do Jorge a qualquer momento.

— Ninguém te quer aqui. Vai embora, cara — Beca diz com a voz dura e em seguida pega na mão da Mel, que está claramente constrangida.

—Aaaah, a loirinha é sapatão? — ele pergunta com escárnio na voz e Bruno continua rindo.

Só então Jorge percebe a presença de Caio na mesa. Ele para por um segundo para nos observar e então volta a me encarar com uma expressão confusa.

— Porra, Pudim! Este aqui é seu namoradinho? Vai dizer que, além de gordo, tu escolheu ser viado, cara?

E então tudo acontece muito rápido. Bruno explode numa gargalhada alta e começa a cutucar minhas costas. Caio olha pra mim desesperado, e consigo ver seus olhos se enchendo d'água. Rebeca está puta da vida e ameaça se levantar, mas eu me levanto antes.

Não sei se é a bebida que me enche de coragem ou a vontade de defender meus amigos. Talvez seja só o fato de que agora eu *tenho* amigos. Só sei que me levanto e, pela primeira vez, estou de frente para esses dois garotos sem olhar para o chão. Sem me sentir pequeno. Na verdade, percebo agora que sou um pouco mais alto que o Jorge e *muito* mais alto que o Bruno. E isso me dá mais coragem ainda!

De imediato, não sei como me defender. Não vou mentir pra eles. Sim, eu sou gay. E, claramente, sou gordo. Falar o contrário não vai me fazer vencer a discussão. Então, acho que não me resta outra opção.

— Bruno, Jorge — digo olhando para os dois, e a minha voz sai mais alta do que eu estava planejando. — Vão se foder.

E os dois ficam em silêncio. Nem sequer uma risadinha do Bruno. Jorge parece confuso porque, pela primeira vez, eu reagi. E eu continuo de pé, torcendo para que eles sumam daqui, porque não tenho nenhum plano B.

— Calma, calma. Não aguenta uma brincadeira, Pudim? — Jorge diz com um sorriso frouxo no rosto, como se eu já não tivesse aguentado uma vida inteira de brincadeiras.

Nessa hora, Beca dá mais um soco na mesa e Bruno dá um pulo, assustado. Seguro a risada porque não quero que eles pensem que está tudo bem.

— Beleza então, cara. A gente vai nessa. Mas na escola eu te vejo de novo — Jorge diz com um tom de ameaça na voz, e então se vira e vai embora. Bruno, como bom lacaio, vai logo atrás.

Desabo na cadeira, respirando fundo e tentando entender tudo o que acabou de acontecer. Espero a raiva passar tomando um gole da minha cerveja (a última, juro) e, quando olho para o Caio, ele está sorrindo pra mim.

— Desculpa. Eu não queria que… — começo a dizer.

— Esses otários são da sua escola? — Beca me interrompe.

Faço que sim com a cabeça.

— Olha, Fê — Beca diz, com a voz mais tranquila. Eu dou um sorriso porque ninguém nunca me chamou de Fê. — Na minha escola também tinha esses tipinhos e eu achava que na faculdade ia melhorar. Spoiler: Não melhora. O mundo é cheio de gente babaca e dificilmente isso vai mudar.

— Beca sempre otimista — Caio diz com uma risada.

— Mas é verdade, ué. As coisas sempre vão ser mais complicadas para quem foge do padrãozinho. Quando foi a última vez que a vida foi fácil pra você?

Paro para pensar por um instante antes de responder.

— Quando eu tinha oito anos e era fofo ser gordinho — respondo.

— Quando eu tinha oito anos minhas tias já insistiam em me colocar numa dieta. Quando você é mulher, ser gorda nunca é fofo. Você precisa ser sempre magra — Beca responde.

Engulo seco porque nunca tinha parado para pensar nisso.

— Agora, imagina só. Eu, gorda, mulher e negra. Ouvindo na rua todos os tipos de ofensa que você pode imaginar. Daí lá pelos meus doze anos eu me dei conta de que sou lésbica, e tudo de ruim que eu ouvia na rua comecei a ouvir dentro de casa. A coisa fica ainda pior quando as pessoas deixam de falar e começam a *fazer* coisas contra você. Pra te diminuir. Pra te destruir — Beca diz e sua voz vai ficando cada vez mais baixa.

Pela primeira vez desde que conheci Beca, consigo enxergar vulnerabilidade nela. Por um momento ela deixa de ser a garota forte, durona e engraçada que conheci nos últimos dias e sinto meu coração apertar dentro do peito. Sinto vontade de poder proteger essa garota pelo resto da vida.

— Ninguém vai nos proteger a não ser nós mesmos — ela diz como se estivesse lendo meus pensamentos. — Mas olha, Felipe, te juro que um dia as coisas melhoram. Um dia você aprende a gostar mais de quem você é, e isso vai refletir em

QUINZE DIAS **145**

como as outras pessoas vão te enxergar. Gente babaca vai existir para sempre, mas a gente aprende a resistir. E isso é o mais importante. Não abaixar a cabeça e lutar pelo que você acredita. Lutar pelo direito de poder casar com quem você ama, pelo direito de ter seu corpo respeitado independente de como ele é ou do que você está vestindo. Lutar pelo direito de andar na rua sem ser atacada pela cor da sua pele.

Caio, Melissa e eu ouvimos atentamente o discurso de Rebeca. Tenho medo de piscar e perder alguma parte importante. Quando Beca termina de falar, a mesa fica em silêncio. Ninguém sabe o que dizer. Tenho vontade de bater palmas, mas não sei se seria adequado.

— Eu fico inspirada quando bebo — Beca diz, finalmente.

E todo mundo começa a rir e a falar ao mesmo tempo. Mas Beca me dá um abraço de lado e sussurra no meu ouvido.

— Você arrasou, Fê!

E se eu soubesse que mandar Bruno e Jorge se foderem me faria tão bem, já teria feito isso antes.

Já passa da meia-noite quando a festa acaba. Aos poucos, as barracas de comida vão fechando (e sim, eu consegui pegar meu milho cozido a tempo), a banda para de tocar e a praça vai esvaziando.

— Amanhã você ainda vai estar aqui pela cidade, Mel? — Caio pergunta enquanto nós quatro caminhamos de volta para casa.

— Vou, sim. Até o fim da tarde, mais ou menos — ela responde, cheirando as pontas do cabelo. Pela cara que faz, provavelmente estão com cheiro de churrasquinho.

— Olha, Caio — Beca interrompe. — Eu sei que você me ama, mas amanhã somos só nós duas — ela diz e dá uma piscadinha.

Caio finge ter ficado ofendido e passa a mão em volta do meu ombro.

— A gente não se importa, né, Lipe? Amanhã somos só nós dois também — ele diz, e, pelo tom da sua voz, ele está um pouquinho bêbado.

Também estou, mas isso não me impede de começar a suar frio porque Caio está, praticamente, me abraçando. Para a minha tristeza, esse meio abraço dura só três segundos. Caio tira os braços de mim, quase tropeça durante o processo e pula em cima de Beca para se despedir.

— Vê se não esquece de mim, sua ridícula — ele diz, com a cara enfiada no pescoço da amiga.

— Eu nunca esqueço — Beca responde.

Nos despedimos das meninas e seguimos andando para casa. Caio me surpreende passando o braço em volta dos meus ombros novamente. Sou alguns centímetros mais alto, e ele precisa andar na ponta do pé.

De repente me sinto corajoso novamente. Sinto a adrenalina correndo pelo meu corpo, de cima a baixo. Respiro fundo, levanto meu braço e deixo ele cair em volta dos ombros de Caio também. Estamos juntos nesse abraço.

Precisamos parar de andar porque, por um momento, somos uma bagunça de braços enroscados e é difícil caminhar desse jeito. Mas ele não tira o braço, e eu também não.

Caio olha nos meus olhos, bate forte o pé direito no chão e eu entendo o que ele quer fazer. Seguimos pelo resto do caminho andando em passos iguais.

QUINZE DIAS 147

Direito.

Esquerdo.

Direito.

Esquerdo.

Quando chegamos em casa, me esforço ao máximo para obedecer as ordens da minha mãe. Tento abrir a porta sem fazer barulho e, como já era de se esperar, não consigo. Caio sussurra alguma coisa que não entendo, e eu começo a rir baixinho, sei lá por quê.

Depois de algumas tentativas frustradas de enfiar a chave no buraco certo, consigo trancar a porta e vou para o quarto escorando o Caio, que está esbarrando em *todas* as paredes desta casa. Me jogo na cama e Caio fica parado na porta.

— Eu preciso de água — ele diz, baixinho.

E antes que eu possa dizer qualquer coisa, ele sai andando pelo corredor. Quando minha cabeça encosta no travesseiro, as coisas começam a girar. Tento procurar a estrela solitária no teto, mas a bebida faz com que ela se multiplique. Vejo várias estrelas. Uma constelação inteira no meu próprio quarto.

— Trouxe água pra você — Caio diz, entrando no quarto e fechando a porta. Ele parece estar um pouco mais sóbrio, mas quando dá um passo adiante pra me entregar o copo, tropeça em um tênis que estava jogado no chão, cai de joelhos em cima do seu colchão e entorna toda a água.

O colchão amortece a queda, o que é ótimo, porque a última coisa que eu gostaria de ter que lidar agora era com Caio machucado. Ou um copo quebrado.

— Tá tudo bem? — pergunto baixinho.

E Caio começa a rir.

É uma risada diferente de todas as risadas que já ouvi saindo da boca dele. Os últimos dias me tornaram um especialista em risadas de Caio, e essa é inédita. É aguda, porém contida. Ele tenta fazer silêncio, mas, ao mesmo tempo, precisa botar a risada para fora. Quando tenta retomar o fôlego, Caio faz um grunhido de porco tipo a Sandra Bullock em *Miss Simpatia*, e então começo a rir também. Enfio a cara no meio do travesseiro para abafar o barulho e dou risada até a barriga doer. Numa situação que não envolvesse três ou cinco latas de cerveja, isso não seria tão engraçado assim.

De repente, ainda com o rosto virado para o travesseiro, sinto uma *presença*. Levanto a cabeça assustado e encontro Caio espremido na beirada da minha cama. Não sou muito bom com números, mas acredito que quarenta por cento do corpo dele está encostado no meu enquanto ele me empurra em direção à parede, tentando conquistar mais espaço no colchão.

Eu fico em silêncio. Minha cabeça, que até um minuto atrás não parava de girar, agora está lúcida e alerta. É como se eu tivesse apertado um botão que removesse todo o álcool do meu corpo em um segundo.

Satisfeito com o espaço que conseguiu, Caio deita de frente pra mim. Sua respiração está pesada e eu consigo sentir o álcool no seu hálito. Seus olhos estão bem abertos, mas ele dá piscadas demoradas, como se estivesse lutando contra o sono. Seu cabelo está colado na testa suada e quase todos os botões de sua camisa estão abertos.

— Eu é que não vou dormir nesse colchão molhado — ele diz, com o rosto tão perto do meu que não consigo enxergar sua boca. Só vejo seus olhos.

QUINZE DIAS 149

Caio solta uma risada de porquinho novamente. Só que desta vez eu não dou risada junto.

— Tu-tudo bem. Po-po-pode ficar na minha cama. Eu durmo ali embaixo — digo, gaguejando.

Tento levantar da cama (o que é bem difícil quando a sua cabeça está pesando umas duas toneladas), mas Caio é mais rápido. Ele empurra meus ombros pra baixo e me coloca deitado novamente.

— Não — ele diz. — Fica aqui comigo.

E eu fico.

Caio encosta a cabeça no meu ombro e fecha os olhos. Permaneço deitado olhando para o teto sem conseguir entender o que está acontecendo. Sinto o peito dele subir e descer numa respiração pesada. Sinto meu coração batendo forte como se um trio elétrico estivesse passando dentro de mim.

Meu braço começa a ficar dormente, mas não quero me mexer. Porque não quero que esse momento acabe. Então fecho os olhos, penso em como seria bom dormir assim todo dia e de repente já estou dormindo.

DIA 10

Acordo bem cedo e preciso de um tempo para entender tudo que está acontecendo. Minhas costas estão doendo, minha roupa está suada e meu hálito é uma mistura de cerveja e milho cozido. Minha cabeça está coçando e, quando tento levar a mão até ela, me dou conta de que meu braço está preso. Debaixo do Caio. Que ainda está dormindo. Na minha cama, caso isso não tenha ficado claro.

Sabe tudo o que eu já disse sobre Caio dormir de um jeito lindo? Acho que isso não se aplica quando ele passou a noite bebendo. Caio está dormindo de boca aberta, roncando alto e deixando uma mancha de saliva na manga da minha camisa. Surpreendentemente, não sinto nojo.

Com todo o cuidado, puxo meu braço devagar, segurando a cabeça do Caio para ele não se assustar com o movimento. Me arrasto pelo canto da cama tentando não fazer barulho e me coloco de pé.

Então vem a dor.

Começa na altura dos olhos e vai subindo pela cabeça até dar a volta e chegar na nuca. Sinto uma dor latejante como se um mestre chinês estivesse tocando um gongo dentro da minha cabeça. E sambando ao mesmo tempo.

Olho o relógio digital na minha escrivaninha. Não são nem oito da manhã ainda. Vou em direção à cozinha, disposto a encontrar qualquer coisa na caixinha de remédios que faça essa dor passar. Ando pelo corredor em silêncio, mas, quando chego lá, minha discrição de nada adiantou. Minha mãe já está acordada, pintando em silêncio.

— Senta — ela diz, sem olhar pra mim.

Me sento na cadeira e, à minha frente, encontro um copo d'água e uma aspirina.

— Hnnhn — digo, na tentativa de dizer "bom-dia".

Minha mãe coloca o pincel que está usando em um copo com água, limpa as mãos na barra da camiseta suja de tinta e senta na minha frente. Com um olhar severo, ela empurra a água e o remédio em minha direção e eu tomo. A sensação da água descendo pela garganta já melhora consideravelmente o meu estado.

— Olha, Felipe. Eu não quero que isso seja um sermão sobre bebida — ela diz.

— Como assim? — Tento me fazer de desentendido porque não consigo pensar em nada melhor.

— Eu sei que você bebeu. Pela hora que você chegou, pelas duzentas vezes que tentou acertar o buraco da fechadura ontem, pelo cheiro da sua roupa. Eu sei.

Sua expressão está séria como nunca vi antes. Claro que eu e minha mãe já brigamos, mas ela nunca falou comigo assim. Como se o assunto fosse realmente importante. Eu quero pedir desculpas, explicar que foram só umas latinhas de cerveja, dizer que o gosto nem é bom, pra ser sincero, mas não falo nada.

— Você já está quase fazendo dezoito anos. Vai tomar suas decisões, seguir tua vida, e acho que a essa altura eu já te ensinei tudo que precisava ensinar. Mas ontem, pela primeira vez na vida, eu me senti insegura em relação a você. Passei a noite revirando na cama, me perguntando se sou uma boa mãe ou...

— Mas é claro que é! — interrompo, porque não consigo ouvir minha mãe dizendo um absurdo desses.

— Psssttt, quieto. Eu estou falando — ela diz, pousando o dedo na minha boca. — Como eu disse, este não é um sermão sobre bebida. Quando se trata de responsabilidades, você me deixa segura, filho. Até porque você não consegue nem esconder os rastros da noite de ontem!

— Não? — pergunto, confuso, tentando me lembrar se existe a possibilidade de eu ter vomitado no banheiro.

Minha mãe só aponta para mim e eu entendo. Não preciso de um espelho para saber que estou um bagaço.

— O meu medo — minha mãe continua — são as coisas que você *consegue* esconder. As coisas que você não me conta.

— Pode ficar tranquila, mãe. Essas coisas eu conto na terapia.

Ela dá uma risada leve e pega na minha mão.

— Eu queria poder saber tudo que se passa na sua cabeça — ela diz e, depois de uma pausa, continua falando. — Bem, quase tudo. Queria poder te ajudar a passar por todas as crises dessa fase da vida sem se machucar. Eu sei que às vezes a gente pode se achar o dono do mundo depois de beber duas latas de cerveja.

"Ou cinco", penso.

QUINZE DIAS   **153**

— Mas você vai ser sempre meu menino. E eu vou ser sempre sua mãe. Então você pode contar comigo sempre. Não me esconde as coisas, filho. Pode me contar tudo que se passa na sua vida. Porque eu te amo e nada muda isso.

Não entendo o que ela está esperando de mim nesse momento. Não entendo se ela quer que eu peça desculpas, se quer que eu conte tudo que aconteceu na noite de ontem, ou tudo o que aconteceu no resto da minha vida.

Independente do que ela espera, minha cabeça ainda está doendo e não estou em condições de pensar em nada muito inteligente para dizer.

— Eu preciso da sua ajuda, então — digo, e os olhos da minha mãe brilham com a possibilidade de me ver abrindo o coração. — Como faço pra essa dor de cabeça passar?

Ela solta uma risada frouxa, mas não consegue esconder a frustração.

— O nome é ressaca, Felipe — diz, levantando da mesa e dando um tapinha na minha nuca (o que não ajuda em nada). — A aspirina já, já vai fazer efeito. Mas, por via das dúvidas, vou passar um café fresquinho.

Faço cara de nojo porque odeio café, mas quando ela coloca uma caneca cheia daquele líquido preto fumegante na minha frente, eu mudo de ideia. Só o cheiro já faz com que eu me sinta melhor.

— Obrigado, mãe — digo, depois de dar o primeiro gole.

— Eu te amo, filho — ela responde, bebendo café junto comigo.

— Você sabe que esse foi o sermão sobre álcool mais frouxo da história da humanidade, né?

— Eu sei.

— E que provavelmente você vai ser desligada da Associação das Mães depois disso, certo?

— Cala a boca, Felipe! — ela diz com uma risada, quase se engasgando com o café.

E eu dou um sorriso porque, afinal, a ressaca está mesmo passando.

Toda a conversa com a minha mãe me faz esquecer momentaneamente que passei a noite inteira abraçado com o Caio. Então, quando ele chega na cozinha e se senta à mesa para tomar café da manhã, eu não estou preparado.

Caio já está de banho tomado, lindo, cheiroso e com um sorriso na cara. Chega a ser uma afronta, levando em conta que ainda estou com a mesma roupa suada de ontem. Tento enfiar o nariz debaixo do meu braço de maneira discreta para sentir como está a situação ali. Caso você esteja se perguntando, está ok. Poderia ser pior.

— Bom dia — digo, tentando fingir que não acabei de cheirar meu sovaco casualmente. Sovaco que, por sinal, serviu de travesseiro para ele durante a noite inteira.

Caio responde com um sorriso e se serve um copo de leite. Diferente de mim, ele parece saudável e não apresenta nenhum sinal de ressaca. Nenhum. Talvez ele esteja fingindo para não ter que se explicar para a minha mãe. Ou talvez ele já seja experiente no ramo de ressacas e três (ou cinco) latas de cerveja não tenham mais nenhum efeito sobre ele.

Sinto o suor frio descendo pela minha testa. Minha mãe está concentrada preenchendo uma revista de palavras cruzadas, então mal presta atenção em nós dois. Caio esbarra seu

QUINZE DIAS 155

braço no meu quando se estica para pegar o requeijão. Eu olho para ele, ele olha pra mim, e a gente fica nessa troca incansável de olhares.

Será que ele se lembra? Provavelmente sim.

Ele sabe que nós dormimos juntos porque acordou deitado na minha cama. Mas será que ele se lembra da parte em que me abraçou e disse "Fica aqui comigo"?

— Inesquecível — Caio diz, em alto e bom som.

— Ahn? — pergunto, confuso, quase derrubando minha segunda caneca de café.

— Memorável, com doze letras — ele diz, apontando para as palavras cruzadas da minha mãe. — I-N-E-S-Q-U-E-C-Í-V-E-L — Caio soletra, contando as letras nos dedos.

— Ah, obrigada, querido! — minha mãe diz, preenchendo a revista no local onde Caio apontou.

Eu me levanto frustrado e começo a lavar a louça. Provavelmente Caio não se lembra. Provavelmente ele não dormiria do meu lado se não estivesse bêbado. E se por um acaso ele se lembrar, será essa história que vai contar quando "momentos constrangedores que passei com um vizinho sem noção" for assunto numa mesa de bar.

Felipe com sete letras. I-L-U-D-I-D-O.

Depois do café, decido tomar um banho demorado pra ver se a água do chuveiro me traz um sentimento bom. Tudo que ela trouxe até agora foi autossabotagem. Não consigo parar de pensar no que Caio pode estar pensando, e isso é tão exaustivo!

Eu poderia simplesmente dizer: "E essa noite em que dormimos juntos sem nenhum motivo aparente, numa posição bem desconfortável, mas ainda assim foi uma experiência ótima, hein, Caio?".

Mas meu maior medo é saber o que ele pode responder. E quando se tem medo da resposta, você simplesmente não pergunta. E é isso que faço durante o dia inteiro. Caio tenta puxar conversa algumas vezes. Respondo sem graça tentando encontrar sinais em cada palavra que ele diz. Na maior parte do tempo, não encontro sinal nenhum. Percebo que oficialmente arruinei nossa amizade quando Caio desiste de tentar conversar e retoma a leitura de *As duas torres*. Esse livro é a barreira imaginária que criamos desde o começo, e, quando ele está lendo, eu fico quieto, porque sei que Caio não tem nada a dizer.

Tento me distrair assistindo à TV, mas, sério, você já *tentou* assistir à TV aos domingos? É uma tortura.

E assim o domingo passa se arrastando. Ando pela casa de um lado para o outro. Ajudo minha mãe a preparar o jantar. Tomamos sorvete de sobremesa. Sugiro uma partida de Uno, mas ninguém quer jogar e, quando me dou conta, o dia já acabou.

Me preparo para dormir (com um short e uma camiseta velha porque decido dar um descanso para o meu pijama do Batman, mas ainda não sei se está na hora de botar pra lavar) e, assim que entro no quarto, Caio já está deitado. Infelizmente, não é na minha cama.

— Pode apagar a luz, se quiser — ele diz quando me vê chegando. E sinto que agora é a hora da redenção. Sinto que, com as luzes apagadas, vamos conversar por horas e esclarecer as coisas. E tudo vai ficar bem novamente.

Apago as luzes.

Deito na minha cama.

QUINZE DIAS 157

E, então, Caio liga a lanterna do celular e aponta para o livro, para continuar lendo. E eu, claro, quero morrer.

— Boa noite — sussurro.

Sem esperar uma resposta, me viro de costas para ele e me forço a dormir.

Ainda bem que não esperei, porque a resposta não veio.

Não sei quanto tempo se passou quando sinto o terremoto. Estou no meio de um sonho com o Ben Affleck, o qual não vou contar aqui por ser constrangedor demais, e de repente tudo começa a tremer. Acordo assustado e, mesmo na escuridão da madrugada, vejo Caio cutucando meu ombro.

— Felipe! Felipe! — ele me chama baixinho, mas sua voz tem um tom de desespero.

— Ahn? — É tudo que consigo dizer.

— Desculpa te acordar assim.

— Não tem problema — minto, porque não consigo ficar bravo com esse garoto.

— É que eu precisava falar disso com alguém, e esse alguém tinha que ser você, claro. E eu estou muito empolgado, não dava pra esperar até amanhã.

— Quê? — pergunto, sentindo um rastro de saliva escorrendo pelo canto da boca. Tento, casualmente, limpar na gola da minha camiseta.

— Ele voltou!

"Seu desejo de dormir abraçadinho comigo a noite inteira?", penso.

— O Gandalf! — Caio continua. — Ele voltou! Eu sabia que ele era importante demais pra morrer no primeiro livro. Mas, sabe, eu já tinha superado. Daí ele vem e retorna da morte!

E então começo a rir.

Porque é muito engraçado ver o Caio genuinamente empolgado com uma informação que está disponível no mundo desde 1955.

— Que bom que você está gostando. Do livro, sabe — digo, ainda com a voz embargada de sono.

— Acho que termino de ler até o fim da semana.

E então sou atacado pelo sentimento familiar de que o assunto vai morrer. A conversa vai acabar, e eu não quero deixar isso acontecer. Busco dentro de mim a coragem que ontem eu descobri ter (é um pouco difícil sem a cerveja e um pouco mais fácil no escuro).

— Você se lembra? — pergunto finalmente.

Caio não parece surpreso. Ele sabe exatamente do que estou falando.

— Lembro do quê? De ter dormido do seu lado na sua cama e de ter sido meio constrangedor? De ter passado o dia inteiro lendo porque eu não sabia o que dizer? De ter inventado essa desculpa de "Gandalf voltou!" só pra ter um motivo para te acordar porque não queria dormir sem conversar com você? Lembro, sim — ele diz tudo de uma vez.

Eu suspiro aliviado.

— Achei que você era do tipo que bebe e esquece o que faz.

— Não. Eu lembro perfeitamente de tudo.

E então um silêncio constrangedor de quase um minuto.

— Que nem aquele episódio de *Friends* em que o Joey e o Ross dormem juntos no sofá sem querer e descobrem que foi muito bom. Daí eles ficam fazendo isso em segredo — digo finalmente.

— Nunca assisti a *Friends* — Caio diz, e essa é uma resposta péssima em vários aspectos.

— Mas olha, relaxa. Tá tudo bem — digo, tentando amenizar o clima.

— Eu fico meio carente quando bebo. Desculpa. Isso não vai acontecer de novo.

E sinto o famoso balde de água fria. Porque eu queria que acontecesse de novo. Queria que acontecesse agora, pra ser sincero. Mas não digo isso. Não digo nada.

— Que bom que você está bem. Não queria passar mais um dia em silêncio. Não depois de ter me oferecido para ser seu melhor amigo — Caio diz.

E eu escuto a voz dele repetindo "melhor amigo" dentro da minha cabeça por duzentas vezes antes de cair novamente no sono.

DIA 11

O terremoto chega de novo.

Acordo com minha mãe sacudindo meu ombro. Não são nem oito da manhã e já estou mal-humorado porque, sinceramente, o que deu nas pessoas desta casa pra me acordarem assim o tempo inteiro?

— Filho, acorda. Hoje tem ONG. Você vai? Não posso perder o ônibus! — ela diz, sem se preocupar em falar baixinho para que os meus ouvidos recebam a informação de maneira confortável.

— Ahn? — digo minha resposta oficial para quando sou acordado de forma inesperada.

— Tô indo pra ONG. Você vai? — minha mãe diz, desta vez mais lentamente, parecendo um robô.

— Vou ficar em casa — decido em dois segundos.

— Tudo bem. Tem comida no congelador. O Caio já tomou café. Ele tá indo comigo. Se cuida, beijo, tchau — ela diz, beijando minha testa e desaparecendo sem me dar a chance de repensar.

Um minuto depois, ouço os dois saindo e estou sozinho em casa.

Já estou arrependido de ter ficado para trás, mas agora não tenho mais o que fazer. Viro para o lado e durmo mais um pouquinho.

Acordo algumas horas depois e a primeira coisa que percebo é o silêncio. Essa poderia ser uma parte da história onde falo um monte de besteira sem sentido sobre *sentir* o silêncio. Ou poderia chutar o balde e dizer a frase mais cafona de todos os tempos: "o silêncio era ensurdecedor".

Mas o que notei, na verdade, é que senti saudades dessa calma.

Não que Caio seja uma visita barulhenta. Ele é tão quieto quanto eu. Mas a presença dele faz barulho. Quando estou ao lado dele é como se uma sirene estivesse ligada dentro da minha cabeça. E isso acontece mesmo quando estou dormindo.

Durante o sono percebo ele no quarto, tento me colocar em uma posição que mostre menos a minha barriga, metade do meu cérebro fica acordada pra me avisar se estou roncando. E eu passei os últimos dias dormindo assim, sem nem notar que estava dormindo mal. E agora percebo como é bom acordar sem me importar se a camiseta subiu e meu corpo está oitenta por cento à mostra. Sem ter que disfarçar a famigerada ereção matinal.

Dormir bem me fez falta.

E eu dei essa volta toda para dizer que, *ainda assim*, é estranho acordar sem ele do meu lado.

Que tipo de pessoa eu estou me tornando? O tipo de pessoa que critica "o silêncio era ensurdecedor", mas, no minuto seguinte, diz "a presença dele faz barulho". Esse é o tipo de pessoa que estou me tornando.

Isso me assusta porque esse tempo todo eu enxergava o Caio como aquele crush que a gente tem numa celebridade de Hollywood. Mas agora consigo vê-lo de perto. Já ouvi Caio chorando. Já o ouvi gargalhando. A gente já bebeu junto. A gente já *dormiu* junto. E eu nunca fiz isso com nenhuma celebridade. Caio é real. E talvez eu esteja, sei lá, apaixonado. Quer dizer, *realmente* apaixonado. Do tipo "quero te beijar não só agora, mas todos os dias" apaixonado.

O que as pessoas fazem pra ter certeza disso? Existe um teste?

É claro que, enquanto penso nisso tudo, já estou pesquisando "como saber se estou apaixonado" no Google. O que encontro é o seguinte:

- Uma matéria sobre "pensamento intrusivo" que, como acabo de descobrir, é uma paixão obsessiva que leva a pessoa a gastar oitenta e cinco por cento do tempo de vida dela pensando na pessoa amada. Acho que não estou nesse quadro. É meio perigoso, aliás. E bem bizarro.
- Um quiz em um site machista apontando que, se você não se importa com as estrias na bunda de uma mulher, é paixão verdadeira.
- Uma apresentação de slides com cenas de *Diário de uma paixão* cheia de frases de efeito sobre o amor.

Todos os resultados mostram "estar apaixonado" como uma situação doentia, problemática ou um pouco brega. Não é isso que eu sinto. O que sinto é bom.

QUINZE DIAS   163

Queria ter um melhor amigo pra conversar sobre isso. Mas, até o momento, não tenho nenhum melhor amigo que não seja o cara por quem estou *de fato* apaixonado. De uma maneira saudável que não envolve pensamento intrusivo em hipótese alguma, claro.

É estranho pensar que, antes do Caio aparecer aqui em casa, tudo o que eu queria era passar as férias inteiras trancado no meu quarto. Metade do dia já passou e não aguento mais a solidão.

Almocei lasanha congelada e comecei uma série nova na Netflix sobre adolescentes lutando pela sobrevivência em um apocalipse zumbi (aparecem vampiros no terceiro episódio). A série é horrível, mas já estou quase terminando a primeira temporada.

Quando estou tentando me decidir entre mais um episódio ou um breve cochilo, ouço um celular tocando no meu quarto. Não é o meu. Na mesa de cabeceira, o celular de Caio está vibrando e piscando. Olho para a tela e vejo que é Rebeca quem está ligando. Caio salvou o número dela como "Beca Linda <3".

Deixo o celular tocando até Beca desistir porque acho que não é educado atender o celular de outra pessoa assim, sem permissão. Ela liga de novo e eu ignoro novamente. Mas quando o celular começa a tocar pela *terceira vez* decido atender porque: a) me irrita muito o barulho de um celular vibrando em cima de *qualquer* superfície e b) pode ser uma emergência.

— Alô?

— Quem tá falando? — Beca diz, desconfiada.

— Oi, Beca, é o Felipe. O Caio saiu com a minha mãe. Esqueceu o celular em casa.

— Ah, sim — ela diz naturalmente, sem estranhar o fato de Caio ter saído com a minha mãe e não comigo. — Avisa ele que eu liguei. Se quiser falar que notou um tom de arrependimento na minha voz ajudaria bastante.

— Arrependimento? — pergunto.

— Ah, Fê. Eu tenho sido uma amiga de merda, né? Desde que comecei a namorar, abandonei o Caio e, quando encontrei com vocês no final de semana, ele estava tão diferente e cheio de coisa pra contar e… sei lá. Eu me senti distante. Liguei agora pra pedir desculpas. Não quero perder o Caio.

— Sem chances de isso acontecer. Sério, Rebeca. Ele adora você — digo, tentando animá-la. — Ele salvou seu nome como "Beca Linda Coraçãozinho" no celular.

Beca solta uma risada gostosa de ouvir.

— Ele também gosta de você, Felipe. Confesso que no começo até fiquei com ciúme — ela diz.

— De mim? Tá doida?

— Você tinha que ver. Caio falava de tudo que vocês faziam! "Ai, porque Felipe me emprestou tal livro. Felipe me mostrou tal filme. Felipe isso, Felipe aquilo", eu não aguentava mais! — ela diz, bem-humorada.

E eu fico feliz e confuso ao mesmo tempo. Feliz porque Caio disse coisas boas de mim e confuso porque, sério, a gente não fez *nada* desde que ele chegou. Nada além de assistir à tv, pedir comida pelo telefone e compartilhar um breve constrangimento toda vez que a minha mãe fala qualquer coisa do tipo "quase fui lésbica na faculdade". Quero saber tudo que Caio falou de mim para a Rebeca, mas não sei como perguntar de maneira sutil.

Então digo de maneira direta mesmo.

— O que o Caio falou de mim pra você? — Tento colocar um pouco de ironia no meu tom de voz. Mas parece que ela já sabe exatamente aonde quero chegar.

— Você quer saber se ele me contou que vocês dormiram juntinhos? — ela diz, debochando de mim.

Ou seja, ele disse.

— Não vou ficar fazendo o correio sentimental aqui, porque já passei dessa idade — Rebeca continua. — Mas, depois da piscina no sábado, Mel me disse que você estava maluquinho pelo Caio. Eu achei que não tinha nada a ver porque, sei lá, eu não entendo como vocês gays funcionam. Se vocês fossem duas lésbicas, já estariam casadas no terceiro dia e adotando um gato na semana seguinte. Você está? Maluquinho por ele, quero dizer.

Fico em silêncio.

Rebeca entende meu silêncio e continua falando.

— Daí Caio me contou que vocês dormiram juntos, e *apenas* dormiram, e eu achei fofo. Caio nunca foi de gostar de ninguém, sabe? Ele morre de medo de se apaixonar, os pais descobrirem e tudo mais. Você conhece a mãe dele, né? Doida.

Ouço tudo com atenção, imaginando Caio e eu adotando um gato juntos. Pego um pedaço de papel e começo a rabiscar possíveis nomes para o nosso gato. E Rebeca, claro, não para de falar nem por um segundo.

— Eu não consigo perceber quando Caio está a fim de alguém porque isso nunca aconteceu antes. O menino tem um coração de gelo. Mas posso garantir que ele gosta de você. E a boa notícia é que eu *também* gostei de você. O que é ótimo porque eu não aguentaria ele falando sem parar sobre um cara que odeio. Ponto pra você, Fê!

— Obrigado? — digo, tentando processar todas as informações.

— Isso foi uma pergunta?

— Sei lá, não sei lidar com elogios.

Rebeca ignora meu comentário e continua falando.

— O que eu quero dizer é o seguinte: foi legal você ter aparecido. E era exatamente isso que eu queria dizer para o Caio se ele não tivesse esquecido o celular. Quem esquece o celular? É como sair de casa sem braços! Mas, *enfim*. Eu tenho sido uma amiga bem bosta, sempre trabalhando, estudando ou dando uns beijos na Melissa. — Beca faz uma pausa pra rir da própria piada. — E eu não quero jogar a responsabilidade toda na sua mão, mas fico feliz por dividir a guarda do Caio com você. Nossa escola é cheia de gente babaca, Caio não fez amizade com ninguém desde que eu me formei. Eu prometo ser uma amiga melhor daqui pra frente. Mas cuida dele direitinho, ok? Ele é uma das minhas pessoas favoritas no mundo. Junto com a Melissa, minha mãe e o Barata. Que é meu cachorro, no caso. Você precisa conhecer o Barata qualquer dia. *Enfiiiim*, cuida bem do meu amigo.

Pelo amor de Deus, como essa menina fala!

— Pode deixar. Serei um bom amigo — eu prometo.

— *Show*. Tenho que correr agora. Atrasada pro trabalho. Atrasadíssima, na verdade. Avisa pro Caio que eu liguei. E se precisar de qualquer coisa, qualquer dia, pode me ligar. Na verdade, não liga não. Manda mensagem. Não tenho paciência pra falar no telefone.

— Não parece — digo e dou uma risada.

— Babaca — ela diz.

Trocamos nossos números de telefone e desligamos. Respiro aliviado, aproveitando o silêncio novamente.

QUINZE DIAS 167

Dois segundos depois, recebo uma mensagem de Beca no celular (no meu, desta vez).

Beca:
se vc gosta dele, vc tem que deixar BEM CLARO
pq caio é meio lerdo
e meio burrinho às vezes
mas é um amor de pessoa

Fico encarando a tela do celular por um tempo. Sem pensar, digito "obrigado pela dica" e envio. Releio a minha resposta e sinto que pareci meio seco. Mando um "haha" depois. E um emoji de unicórnio só pra garantir.

E então me preparo para passar um dia inteiro me torturando com a possibilidade de Caio também gostar de mim. E com o fato de que eu preciso deixar meus sentimentos "BEM CLAROS", assim, com letras bem grandes.

Que desastre.

Quando chega o fim da tarde, já tenho uma lista com trinta e dois possíveis nomes para o gato que Caio e eu iremos adotar um dia. Meus cinco favoritos até o momento são:

- Bisnaga, porque dá pra chamar de Bisnaguinha quando ele fizer alguma coisa fofa, e Bisnaguinha é uma das palavras mais fofas que existem na língua portuguesa.
- Bilbo, porque minha história com Caio começou com *O senhor dos anéis*.
- Catsby, que é tipo a versão felina de Gatsby (odeio o livro, adoro o filme).

- Queijo, porque acho que seria engraçado ter um gato chamado Queijo.
- Espeto, para o caso de adotarmos um gato gordo. Todo mundo adora animais com nomes irônicos.

Claro que preparar essa lista elaborada não tirou a minha cabeça da conversa que tive com a Beca. Estou cheio de responsabilidades que eu simplesmente não tinha quando acordei hoje de manhã. Me sinto responsável por ser um bom amigo para o Caio, responsável por tomar uma atitude se eu quiser que essa história vá além da amizade e mais responsável ainda pelos gatos que iremos adotar no futuro.

O ditado diz "Com grandes poderes vêm grandes responsabilidades" (na verdade, quem disse isso foi o tio do Homem-Aranha), e no momento eu só tenho grandes responsabilidades e nenhum poder.

As horas se arrastam, e quando minha mãe e Caio chegam em casa, estou terminando de assistir a um vídeo de meia hora no YouTube em que um cara joga diversas coisas em um triturador gigante. É hipnotizante, sério. Ele joga uma *geladeira* dentro do triturador e em cinco segundos ela vira pó.

— Oi, filho, senti saudades — minha mãe diz, entrando na sala e beijando minha testa.

— Eu também — Caio diz, e meu rosto fica vermelho instantaneamente.

Quero me jogar dentro de um triturador gigante.

— Como foi lá na ONG? — pergunto.

Minha mãe responde, mas não presto atenção. Fico apenas observando Caio enquanto ele revira a mochila procurando alguma coisa.

QUINZE DIAS **169**

Ele tira um pedaço de papel dobrado lá de dentro e me entrega.

— Mandaram isto pra você.

Desdobro o papel e um sorriso cresce no meu rosto. É mais um desenho do Dudu. Desta vez ele fez um autorretrato. Ele está vestido de Robin. Na fantasia ele desenhou o "R" ao contrário e no canto da página escreveu "Eu".

— Dudu sentiu sua falta. Ficou triste quando não te viu chegando. Mas eu disse que um desenho novo ia te deixar muito feliz, e ele ficou o dia inteiro trabalhando nessa obra de arte — Caio diz enquanto eu continuo observando os detalhes do desenho.

— E deixou mesmo.

Me levanto e vou até o quarto colar o desenho novo na parede, ao lado do que ganhei na semana passada. Meu quarto está parecendo uma sala de escola, mas não me importo.

— Por que você preferiu ficar em casa? Se eu soubesse, tinha ficado também — Caio está atrás de mim, falando mais baixo que o normal.

— Eu estava com sono. Nada de mais. Desculpa ter abortado a missão sem ter te falado nada — respondo, também com a voz baixa. Como se estivéssemos compartilhando um segredo.

— Mas tá tudo bem, né? Quer dizer. Com você. E comigo. A gente está... bem. Né?

Não faço a menor ideia do que responder, então me viro como posso.

— Você esqueceu o celular em casa. A Beca ligou. Daí ela ligou mais duas vezes e eu achei que poderia ser coisa séria e atendi — digo.

— E era?

— O quê?

— Coisa séria.

— Não — respondo. — E sim — continuo.

— Como assim?

— Ela só queria dizer um oi. Mas um oi importante. Disse que te liga depois.

Caio começa a mexer no celular desconfiado.

— Felipe, vocês ficaram doze minutos ao telefone. Ninguém leva doze minutos pra dizer um oi importante.

— Ela me pediu dicas de quadrinhos — minto.

— Ah, sim — Caio parece acreditar na mentira e minha mãe dá um grito nos chamando para jantar.

Segunda-feira é o dia oficial de pedir comida pelo telefone e minha mãe levanta uma votação para decidir o que vamos comer pelo simples prazer de transformar qualquer coisa da nossa rotina em um jogo de programa de auditório.

Eu voto em comida chinesa porque estou precisando urgentemente de um conselho da minha avó. Mas Caio e minha mãe preferem pedir no restaurante mexicano, e eu tenho que me conformar que essa noite não vou ter a ajuda dos biscoitos da sorte paranormais.

Enquanto comemos nosso sofisticado jantar mexicano dividindo o sofá apertado e assistindo a um episódio de "Acumuladores" (que é um programa bem nojento para se assistir durante uma refeição), o celular do Caio começa a tocar.

Ele revira os olhos e solta um suspiro impaciente, mas quando olha a tela do telefone e descobre que não é sua mãe ligando, seu rosto se ilumina.

QUINZE DIAS 171

— É a Beca. Vou atender lá no quarto.

E então ele sai, deixando pra trás metade de um burrito de carne em um prato apoiado no braço do sofá.

Eu e minha mãe continuamos comendo em silêncio, assistindo à TV atentamente. No episódio de hoje, acompanhamos uma acumuladora viciada em artigos de casamento e gatos. Ela nunca se casou, mas guarda centenas de vestidos brancos. Quando a equipe do programa encontra um gato morto debaixo de uma pilha de revistas de noiva, eu e minha mãe trocamos um olhar de desgosto e decidimos que está na hora de assistir a outra coisa.

Meia hora se passa e Caio ainda não voltou. Consigo ouvir a voz dele no quarto, mas não dá pra entender o que ele está falando. Às vezes ele solta uma risada alta, mas na maior parte do tempo parece que a conversa é séria.

Minha mãe está exausta. Me dá um beijo de boa-noite e vai dormir. E então ficamos só eu, a TV e o burrito de Caio. Me sinto tentado a terminar de comê-lo, mas guardo na geladeira porque me parece o certo a fazer.

Entro no quarto em silêncio e Caio continua conversando com Rebeca. Tento perguntar "Posso entrar?" apenas com gestos.

— Quê? — Caio pergunta, afastando o celular do rosto.

Aparentemente sou bem ruim com mímicas.

— Posso entrar? — pergunto baixinho.

Ele sorri para mim, faz um sinal afirmativo com a cabeça e volta para a conversa.

— Mas então — ele diz. — Eu vou desligar agora. Mas obrigado pela conversa. Eu estava precisando disso. Você sabe como me fazer carinho e dar um tapa na minha cara ao mesmo tempo.

Dou uma risada imaginando como deve ser a sensação.

Caio desliga o telefone e me entrega um pedaço de papel.

— Circulei meus favoritos.

É a lista de nomes de gato que eu deixei em cima da minha escrivaninha.

Respiro aliviado, porque no topo da lista escrevi apenas "Possíveis nomes do gato" e não "Possíveis nomes do gato que Caio e eu iremos adotar durante nosso primeiro ano de casamento".

Passo os olhos pela lista e vejo os nomes que Caio circulou: Nescau, Jonas, Nugget, Beyoncé e Bisnaga. Este último é o nosso favorito em comum, então é oficial. Nosso gato vai ser Bisnaga.

Não são nem dez da noite ainda, mas Caio já está apagando a luz e se arrumando para dormir.

— O dia foi cansativo. Aquelas crianças sugaram todas as minhas forças — ele se justifica. — Elas não param quietas um segundo.

— Você não era muito diferente disso — digo, lembrando das tardes que passei brincando com Caio na piscina do condomínio. Ele era capaz de correr e mergulhar por horas, sem nunca parar para descansar. Mas se eu me cansava (o que acontecia com muita frequência), ele se acalmava e nadava devagar comigo.

Caio fica em silêncio por um tempo e eu já estou achando que ele pegou no sono quando o escuto falar baixinho:

— Era legal, né? Quando a gente era criança. Na piscina e tudo mais. Pena que não durou até hoje.

— Era sim. Eu nem lembro porque parei de ir mergulhar com você — eu minto pela segunda vez nas últimas duas horas.

— A gente pode voltar a mergulhar qualquer dia. Eu nunca digo não para a piscina. Só me chamar! — ele responde, e sinto

QUINZE DIAS 173

uma gota de suor escorrendo da minha testa, nervoso só de imaginar Caio e eu na piscina. — Se você quiser, claro — Caio completa quando percebe que fiquei meio sem graça.

— Me conta tudo o que perdi não sendo seu amigo durante esses últimos anos. Só as melhores partes — digo, tentando mudar de assunto.

— Ah, sei lá. Quando a gente parou de se ver todo dia a gente tinha o quê? Uns doze anos?

— Treze.

— Nossa, treze anos! Foi uma época difícil pra mim.

— Treze anos não é uma época fácil pra ninguém — comento.

— Às vezes você fala como se tivesse sessenta anos.

— Às vezes eu sinto que tenho sessenta anos.

Caio dá uma risada e levanta o braço para dar um soquinho no meu ombro. Sinto meu rosto queimar porque acho que nunca vou estar preparado para sentir esse garoto me encostando.

— Com treze anos eu fazia teatro na escola. Escondido da minha mãe, claro. Mas a professora acabou com meus sonhos e disse que eu não levava jeito pra atuar. Superei rápido e tentei ir para as aulas de dança. Eu gostava muito, mas aí minha mãe descobriu e disse que eu precisava me dedicar a "coisas de menino" — Caio diz, fazendo aspas no ar.

— Você é tipo o Billy Elliot então! — digo, empolgado. Porque sou apaixonado por Billy Elliot. E provavelmente pelo Caio também.

— Billy quem?

— O filme — eu explico um pouco frustrado. — Sobre o menino que sonha em ser dançarino, mas o pai dele não aceita. Spoiler: no final do filme o pai acaba aceitando, Billy se torna um grande bailarino e anos depois esse filme vira um musical incrível com músicas do Elton John.

— Lipe, você é uma enciclopédia gay ambulante. Eu adoro isso em você — Caio diz, com uma risada, e eu sinto minha mão suar porque Caio *adora* uma coisa em mim.

— Gostei disso! Talvez eu tente transformar "enciclopédia gay ambulante" em uma profissão! Será que dá pra ganhar dinheiro com isso? — digo.

— Você pode ter seu próprio Game Show na TV testando conhecimentos gerais gays dos competidores! — Caio diz empolgado.

Eu estou sorrindo porque esse parece exatamente o tipo de coisa que minha mãe e eu gostamos de assistir.

— Tudo bem, vamos treinar! Qual banda inspirou o nome artístico da Lady Gaga? Tempo! — eu digo quase gritando.

— É… É… — Caio entra rápido na brincadeira e se senta no colchão para pensar melhor. — Queen! Queen! "Radio Gaga" do Queen! — ele grita, finalmente, sacudindo o meu braço.

— Sssshhh. — Tento acalmar os ânimos porque minha mãe pode estar dormindo. — Resposta certa. Mas essa foi fácil, vai. Ganhou seis pontos.

— Manda mais uma! — Caio diz, quase sussurrando desta vez.

— Qual é o nome verdadeiro da Madonna?

— Dá uma dica — Caio diz de imediato.

— Se eu te der uma dica, a resposta certa vai valer apenas metade dos pontos — digo, inventando as regras na hora.

— Eu aceito o risco.

— Tá beleza. Começa com "M".

— Mary… Jane? — Caio chuta.

QUINZE DIAS 175

— Resposta errada. O nome dela é Madonna mesmo!

— Não vale! — Caio sussurra se esforçando muito para não gritar. — Essa foi pegadinha.

— Ninguém disse que seria fácil. Perdeu doze pontos.

Caio solta uma risada.

— Seu sistema de pontuação não tem lógica nenhuma!

— Eu sei! Meu programa, minhas regras. Próxima pergunta — digo, levando muito a sério essa coisa de apresentador de TV. — Em qual ano foi lançado o filme *Priscila: A rainha do deserto*?

— Essa tem que ser múltipla escolha! — Caio apela.

— Tudo bem. Mil novecentos e noventa e quatro, noventa e cinco ou noventa e seis?

— Noventa e quatro?

— Está certo disso? — pergunto, numa imitação bem ruim do Silvio Santos.

— Não! É noventa e cinco!

— Errou! É noventa e quatro!

— Eu sou péssimo nesse jogo! — Caio diz, fingindo que está chorando.

E assim a gente continua por um bom tempo. Eu invento perguntas, decido quantos pontos cada uma merece e Caio faz o seu melhor para tentar acertar tudo. Às vezes, coloco perguntas fáceis porque sou bonzinho e não quero ver o Caio perdendo.

Quando finalmente fecho os olhos para dormir, ainda estou com um sorriso no rosto.

DIA 12

Ficar acordado até tarde criando perguntas de conhecimento geral gay para o meu programa de TV imaginário me faz acordar tarde hoje. A manhã passa voando e quando me dou conta já está na hora do meu encontro semanal com Olívia.

No caminho para a terapia, tento organizar meus pensamentos. Pela primeira vez desde que minhas sessões começaram, tenho muita coisa pra contar e isso me deixa ansioso e um pouco preocupado.

Quando chego no consultório (pingando de suor, como sempre), me sento na poltrona, pego uma bala de iogurte na mesa e nem sei por onde começar.

— E então, Felipe? Como foi a semana? — Olívia pergunta, gentil como sempre.

— Você provavelmente vai achar que eu morri e fui substituído — respondo. Ela me olha confusa. — Nos últimos dias muitas coisas aconteceram. Coisas que nunca, jamais, em hipótese alguma, aconteceriam na minha vida — eu continuo.

QUINZE DIAS   177

O olhar confuso da minha terapeuta, de repente, ganha um ar de preocupação, e eu me apresso para me explicar.

— Calma, calma. Não é nada ilícito. Só um pouco. Talvez.

— Comece pelo começo, então — ela diz, sempre sugerindo a opção mais óbvia que, até o momento, não tinha passado pela minha cabeça.

— A notícia boa é que eu consegui cumprir o desafio. Eu conversei com Caio de dia. E a gente conversa bastante, o tempo todo, na verdade. E é bem mais fácil agora.

Olívia abre um sorriso imenso e eu me sinto feliz por causar esse tipo de emoção numa pessoa tão... adulta.

— Isso é bom, Felipe. Muito bom, na verdade — ela diz, empurrando o jarro com balas de iogurte na minha direção, para que eu pegue mais uma. Aparentemente, esse é o prêmio por vencer o desafio. Pego mais uma bala e enfio no bolso.

E então começo a contar tudo que aconteceu. Falo sobre como foi sair com Caio e conhecer a Rebeca. Olívia parece feliz porque estou fazendo novos amigos. Falo sobre como passamos a tarde na piscina e, mesmo tendo ficado o dia inteiro sentado observando, eu me senti parte do grupo e isso foi bom. Olívia fica feliz porque estou ampliando meus horizontes. Falo até sobre o pijama novo que eu comprei. Olívia não diz nada porque isso não parece ser muito relevante no momento.

Por fim, chega a parte que eu estava evitando. Porque não sei como ela vai reagir. Mas preciso contar, então digo uma frase atrás da outra, sem parar para respirar.

— Então. No sábado. Fomos pra uma festa. Bebi cerveja. Jorge e Bruno apareceram. Eu mandei eles se foderem.

Engulo em seco, esperando a polícia entrar pela porta e me prender porque bebi álcool sendo menor de idade e (talvez) porque falei "foderem" numa sessão de terapia.

— É nessa parte que eu devo achar que você morreu e foi substituído? — ela diz, com uma risada que eu não estava esperando.

Faço que sim com a cabeça.

— Me explique melhor essa história.

E então eu conto tudo. A festa julina, as latinhas de cerveja, as provocações, a minha coragem repentina e tudo mais. Depois de ouvir tudo com muita atenção, Olívia respira fundo, passa os olhos em algumas anotações e começa a falar.

— Bem, Felipe. Sobre a bebida... — ela começa.

— Já ouvi o sermão. Já aprendi a lição. Juro — digo, mostrando as minhas duas mãos para que ela veja que não estou cruzando os dedos. Essa é, provavelmente, a coisa mais idiota que já fiz nesse consultório.

— Certo. Vamos seguir em frente, então. O confronto com os rapazes da sua escola. Você pode repetir para mim exatamente o que você fez quando se sentiu ameaçado?

— *Exatamente?* — pergunto.

— Sim.

— Com palavrão e tudo?

— Felipe, eu já ouvi coisa muito pior nesta sala, acredite — ela diz com um sorriso leve e eu me sinto mais confortável.

— Tá bem. Eu levantei da mesa, olhei pra eles e falei "Jorge, Bruno. Vão se foder", e eles foram embora — digo, sem entender aonde ela quer chegar.

— Você levantou da mesa e...

— Mandei eles se foderem?

— Não, não. Antes disso.

— Olhei pra eles?

QUINZE DIAS 179

E então ela dá uma batidinha na mesa como se tivesse acabado de desvendar um mistério.

— Você percebe como isso é importante, Felipe? Você olhou para eles. Você não olhou para baixo. Você encarou.

Abro um sorriso sem graça porque, sim, eu olhei pra eles. Posso não lembrar de tudo com detalhes. Mas lembro que olhei pra eles. De repente, me sinto um super-herói.

— É. Eu olhei pra eles — digo, ainda meio impressionado.

Acho incrível como a terapia sempre faz as coisas mais óbvias parecerem a descoberta do século.

— Você consegue me dizer o que te motivou a reagir de forma diferente dessa vez? — Olívia pergunta.

— A cerveja? — digo, torcendo para estar errado.

— Será? Esse pode ser seu desafio da semana. Repasse a noite de sábado na sua cabeça e tente descobrir de onde veio essa coragem repentina. Na próxima semana nós conversaremos um pouco mais sobre isso.

Faço uma careta porque, pela primeira vez, meu desafio da semana não é uma coisa prática. O desafio é basicamente repensar coisas que eu fiz e tentar entender o que estava se passando na minha cabeça. Faço isso o tempo inteiro. A vida inteira. Mereço um caminhão de balas de iogurte por isso.

E então Olívia se levanta e eu percebo que nosso tempo acabou.

— Não, não! Espera! Eu ainda não terminei! — digo, um pouco afobado.

— Felipe, infelizmente eu tenho outro paciente agendado para daqui a dez minutos. Eu não teria problema nenhum em te escutar mais um pouco, mas...

— Caio e eu dormimos juntos! — digo, tentando roubar a atenção dela. Seus olhos ficam espantados e eu continuo contando tudo da maneira mais rápida e resumida que consigo, sem me esquecer dos detalhes importantes. — Na verdade, nós não dormimos *dormimos* juntos. Nós apenas deitamos na minha cama. Os dois, na mesma cama. E adormecemos um do lado do outro. E no dia seguinte, meu Deus, foi um constrangimento sem fim porque eu não sabia o que aquilo significava. Daí nós conversamos e aparentemente não significa nada. Mas então eu tive um surto e me dei conta de que talvez eu esteja apaixonado. E não é uma paixão dessas que a gente tem pelos caras bonitões dos filmes. É tipo uma paixão real com possibilidade de dar em alguma coisa. E então a Beca ligou e ela acha que eu preciso demonstrar que estou a fim dele. E eu não tenho a menor ideia de como fazer isso. Porque tenho medo de ouvir um "não". Porque eu tenho medo de muita coisa, na verdade. Porque você sabe... eu sou gordo — digo tudo isso, e no final a minha voz já está fraca.

Olívia faz algumas anotações no seu bloco, olha para o relógio e seu telefone começa a tocar. É a recepcionista. O próximo paciente já chegou.

— Felipe. Nós já conversamos sobre isso em muitas sessões, e eu fico muito orgulhosa de ver como você está crescendo. É normal sentir medo. É normal querer aprovação das pessoas — ela diz enquanto caminha comigo até a porta do consultório. — E estar apaixonado é ótimo. Não pense nisso como uma maldição. Use essa oportunidade para se conhecer melhor. Pense no desafio da semana.

— Algum conselho final? — pergunto, meio desesperado, com metade do corpo já pra fora da sala.

QUINZE DIAS 181

— Não precisa ter medo — ela diz, sorrindo.

E saio dali com a impressão de que não é a primeira vez que escuto isso.

Estou na Biblioteca Municipal. O conselho final da Olívia me trouxe até aqui.

Não sei explicar muito bem como meu cérebro funciona, mas, quando saí do consultório, imediatamente comecei a caminhar até a biblioteca. Foi aqui que a minha avó Thereza trabalhou a vida inteira. Foi aqui que eu passei a maior parte da infância, quando minha avó me buscava na escola e me trazia junto com ela porque minha mãe estava ocupada no trabalho.

Conheço cada canto dessa biblioteca e, assim que empurro a pesada porta de vidro, sinto o cheiro dos livros. Esse cheiro me traz muitas lembranças, e dou um sorriso porque a maioria delas é boa.

— Felipe? — Ouço alguém me chamar e encontro uma senhora sentada atrás do balcão da recepção. É dona Marta. Ela sempre trabalhou aqui na biblioteca junto com a minha avó, e as duas eram muito amigas. Quando dona Marta me cumprimenta com o rosto sorridente, me dou conta de que estava com saudades dela e nem sabia.

— Oi, dona Marta! Que bom ver a senhora por aqui — respondo, me escorando no balcão para ficar da altura dela.

— Ah, rapaz. Eu estou sempre aqui. Meus filhos querem me empurrar pra aposentadoria, mas eu não consigo abandonar os livros. E você? Como está? Nunca mais veio me visitar — ela diz em tom de brincadeira, mas sinto uma pontada de culpa dentro de mim.

Me dou conta de que, desde que minha avó morreu, eu nunca mais voltei aqui.

— Pois é, dona Marta. Eu ando meio ocupado. Com a escola e tudo mais. Mas agora estou de férias. Vim matar a saudade e procurar um livro importante. Um que eu tenho certeza de que vou encontrar aqui.

Imediatamente, dona Marta começa a erguer as mangas, pronta para me ajudar na busca.

— Pois bem, de qual livro você precisa? É pra escola? É coisa de história, né? Os rapazes da sua idade só aparecem aqui para pesquisar sobre história. Parece que ainda não conseguiram colocar a história toda na internet — ela diz.

— Não, não. Não é para a escola. Acho que eu consigo encontrar sozinho. Se tudo ainda estiver no mesmo lugar, claro.

— Tudo aqui continua do mesmo jeito, nada mudou — ela diz, mas, ao olhar para mim, parece se lembrar que a minha avó não está mais aqui. — Bem, quase nada — ela completa.

Dona Marta me dá um tapinha no ombro e essa é a minha deixa pra começar minha pesquisa. Entro no corredor principal (que está tão vazio que chega a ser assustador) e caminho até o fundo, do lado esquerdo, onde fica a seção de literatura infantil.

Passo o dedo pelas lombadas dos livros na prateleira mais alta e vou procurando um por um. Não demoro muito para achar a edição antiga e amarelada de O *mágico de Oz*, e, quando retiro o livro da prateleira, sinto as lembranças chegarem aos poucos.

Eu tinha dez ou onze anos naquele dia. Bem na época em que ser gordo começou a ser motivo de piada entre meus colegas de classe. Minha avó foi me buscar mais cedo na escola. Eu

QUINZE DIAS 183

não lembro se era Dia das Bruxas ou Páscoa, mas lembro que eu estava fantasiado. Sendo assim, era um chapéu pontiagudo ou orelhas de coelho. Você pode escolher seu favorito pra continuar imaginando a história daqui em diante.

Estávamos passando pela praça, a caminho da biblioteca, quando vimos um grupo de crianças da minha escola brincando no parquinho. Lembro que ele tinha acabado de ser reformado e havia uma fila de crianças esperando para descer no escorregador de metal que esquentava a bunda nos dias de sol.

— Quer brincar um pouco com os meninos? — minha avó perguntou, apontando para um grupo de garotos da minha sala. Garotos que, naquela época, já tinham uma lista de apelidos para mim e usavam-na o tempo inteiro, inconsequentemente. Porque quando você tem dez ou onze anos, não existem consequências.

— Não. Vamos pra biblioteca — respondi, puxando minha avó para a direção oposta do parquinho.

— Quer brincar um pouco com as *meninas*, então? — ela perguntou, e eu não entendi na hora o que minha avó quis dizer. Hoje eu entendo.

— Eu não quero, vó. Vamos embora — eu choraminguei feito um garoto mimado pra ver se dava certo. Minha avó me pegou pela mão e continuamos andando.

— Você precisa tentar fazer mais amigos, Lipe. Eu só estava tentando ajudar. Desculpa a vó — ela disse.

— Acho que eu não quero ser amigo deles.

— Posso saber o motivo?

— Sei lá, vó. Eu não me sinto bem. Só isso.

— O que você sente, então? — minha avó perguntou, e eu acho que essa foi a primeira sessão de terapia da minha vida.

184   VITOR MARTINS

— Medo — eu respondi sem pensar. E minha avó ficou em silêncio, sem saber o que dizer. Eu também não saberia o que dizer para um garoto de dez ou onze anos que diz sentir *medo* dos colegas de classe. Talvez eu ligasse para a polícia.

Só lembro que, naquele dia, quando chegamos na biblioteca, minha avó me entregou essa edição de *O mágico de Oz* (que naquela época já era antiga).

— Neste livro tem um leão medroso. E ele aprende a ser corajoso. Talvez você possa aprender também — vó Thereza disse, fazendo carinho na minha cabeça enquanto eu folheava o livro olhando as ilustrações em busca de uma resposta rápida que não exigisse a leitura do livro inteiro.

Minha avó sempre foi assim. Ela sempre tinha o livro certo para a ocasião certa. E eu, sem nada para fazer durante a tarde inteira, sentei numa poltrona e comecei a ler. Lembro que li até minha cabeça doer e, no final do expediente, eu ainda não tinha terminado. Levei o livro para casa, onde li até o fim.

Bem no finalzinho, o Leão mata uma aranha gigante que vinha assustando todos os bichos. Então ele é coroado como o novo rei da floresta.

Logo depois de matar a tal aranha, ele diz, todo orgulhoso: "Não precisam mais ter medo desse inimigo".

Essa parte ficou na minha cabeça pra sempre.

Eu li e reli, tentando me colocar no lugar do Leão. Tentando enxergar uma maneira de derrotar a minha aranha gigante e ser coroado o rei da escola. Por dias fui para a escola disposto a encarar as aranhas, mas na hora eu sempre abaixava a cabeça e escutava calado os meus colegas me chamando de gordo, baleia, saco de areia.

Seis ou sete anos se passaram e a solução ainda não veio. E hoje na terapia, quando Olívia me disse para não ter medo, eu achei que poderia encontrar a resposta aqui.

— Vou levar este — digo para dona Marta, deslizando o livro pelo balcão.

— O *mágico de Oz*? Um dos meus favoritos. Nós temos uma edição mais recente. Revisada, toda ilustrada, belíssima. Quer que eu a busque?

— Não, não precisa, dona Marta. Quero levar essa aqui mesmo. Ela é especial.

Dona Marta pensa por um momento e então se aproxima de mim como se fosse me contar um segredo. Como se a biblioteca não estivesse praticamente vazia.

— Se é especial, pode ficar com ela. Mas não diz pra ninguém que eu permiti isso.

Apesar de ser um livro velho, amarelado, e com algumas páginas quase soltas, é um dos melhores presentes que já ganhei. Então não faço charme e aceito de imediato.

— Muito obrigado, dona Marta. Eu juro que vou voltar aqui mais vezes. Mesmo sem precisar devolver esse aqui — eu digo, balançando o livro no ar.

— Volte sim, filho. Se vier às três da tarde tem café e tudo — ela diz, toda carinhosa.

E então eu me despeço e vou embora.

É engraçado chegar da terapia e encontrar Caio em casa. Por mais que ele já esteja dormindo aqui há mais de dez dias, abrir a porta e encontrar ele me esperando é uma coisa com que eu nunca vou me acostumar.

Tecnicamente ele não está "me esperando", mas me deixa sonhar.

Quando encontro Caio, ele está deitado no sofá lendo e, pelo silêncio da casa, já sei que minha mãe não está.

— Ainda bem que você chegou! Eu não aguentava mais! — Caio diz assim que me vê entrando pela porta. — Sua mãe saiu e passou a tarde inteira fora, e eu fiquei esse tempo todo sozinho. Acho que teria morrido de tédio se fosse possível.

É possível.

Eu sei porque já pesquisei "é possível morrer de tédio?" e descobri que é sim. Meu histórico de pesquisas na internet é uma vergonha, eu sei.

— Como foi na terapia? — Caio pergunta, me tirando dos meus pensamentos.

— Ah, foi legal. Olívia ficou orgulhosa de coisas que aconteceram essa semana.

— Coisas tipo…?

— Tipo ter mandado Jorge e Bruno se foderem — respondo sem enrolação.

— Ela ficou *orgulhosa*? Preciso conhecer essa tal Olívia! — Caio parece chocado.

— Ah, e teve também o desafio da semana que eu venci! Aquele de conversar com você e tal — digo.

— E aí? Teve prêmio? — Caio pergunta, empolgado.

— Teve, mas não é grande coisa. Ainda assim, eu guardei pra você — digo, tirando a bala de iogurte do bolso e jogando pra ele.

Caio pega a bala empolgado e abre espaço para mim no sofá.

— Eu não vou ficar com a bala inteira — ele diz.

— Mas você me ajudou. E eu te prometi um prêmio.

— Seu desafio era conversar comigo à luz do dia, certo? — ele pergunta, e eu me sinto ridículo porque quem precisa de uma terapeuta para conseguir agir feito um ser humano normal e apenas conversar?

Aparentemente, eu preciso.

— Sim, era isso — respondo.

— Então a minha função era apenas existir. E ouvir. Você fez a maior parte do trabalho! — Caio diz, abrindo a embalagem e mordendo metade da bala macia.

— Acho que a sua parte no desafio foi confiar em mim e não achar que eu sou maluco — digo.

— Você não é maluco. Não por causa disso.

— Então eu sou maluco por *outros* motivos? — eu digo, com uma risada.

— Exatamente. E um deles é por não aceitar dividir esse prêmio delicioso comigo — Caio diz, segurando a outra metade da bala na mão e mexendo as sobrancelhas de um jeito que é ao mesmo tempo engraçado e, sei lá, *sedutor*.

— Tá bem. Eu aceito a minha parte — digo, revirando os olhos e estendendo a mão para pegar a metade do doce que Caio está segurando.

E então a coisa mais estranha do mundo acontece.

Porque Caio não me entrega a bala.

Ele a coloca direto na minha boca.

E, agindo com meus reflexos, eu abro a boca.

E por um segundo ele está com a ponta dos dedos *dentro* da minha boca.

E essa é a experiência mais estranha e maravilhosa que vivi nos últimos tempos.

Mas é claro que a minha mãe chega em casa nesse exato momento, eu me assusto com o barulho da chave virando na porta e a bala vai direto para o fundo da minha garganta. Começo a tossir, incapaz de respirar direito. Quando a porta abre, minha mãe encontra Caio puxando meu braço pra cima e dando tapas nas minhas costas, enquanto fico com o rosto vermelho tentando botar um pedaço de bala de iogurte pra fora.

Apesar do engasgamento que quase me matou (passo bem, obrigado), acho que minha mãe chegou numa boa hora. Porque eu não saberia lidar com as consequências imediatas de Caio colocando um pedaço de bala na minha boca.

O que as pessoas normalmente fazem depois desse tipo de situação? Lambem o dedo da outra pessoa? Dão uma mordidinha de leve? Apenas sorriem? Eu provavelmente teria um colapso nervoso, então, em todo caso, obrigado, mãe.

Logo depois de chegar, minha mãe preparou o jantar, comemos em frente à TV pra não perder o hábito, e agora, deitado na minha cama e pronto para dormir, o episódio da bala parece uma memória distante.

Eu prefiro acreditar nisso.

— E qual é o desafio da terapia esta semana? Posso ajudar? — Caio diz enquanto apaga a luz e se acomoda no colchão ao lado da minha cama.

— Acho que desta vez terei que me virar sozinho — respondo.

— Por quê?

— O desafio não é bem uma coisa pra fazer. É uma coisa pra pensar. Pra descobrir, na verdade. Eu preciso encontrar o gatilho que me dá coragem pra, sei lá, fazer coisas que eu

QUINZE DIAS 189

normalmente não faria. É uma coisa que eu preciso achar dentro de mim mesmo. Meio confuso.

— Uau. — Caio parece surpreso.

— Pois é. Não vou conseguir resolver isso em uma semana. Acho que vai levar mais tempo.

— Tipo um mês? — Caio pergunta, otimista.

— Tipo uma encarnação — respondo, realista.

— E você já sabe por onde começar essa busca?

— Acho que sim. Sei lá. Peguei um livro hoje na biblioteca que talvez possa me ajudar. Minha avó me mandou ler quando eu era criança, e acho que na época eu não entendi a história direito.

— Qual livro?

— *O mágico de Oz*. Já leu?

— Já. Quer dizer. Na verdade, não. Eu sei a história, né? *O mágico de Oz* é o tipo de livro que todo mundo diz que já leu sem nunca ter lido.

— Caio, eu não acredito que você é esse tipo de pessoa — digo, fazendo uma voz engraçada pra fingir que estou chocado (na verdade, estou um pouco).

— Vai me dizer que você nunca fez isso?

— Nunca! Isso é uma das piores falhas de caráter!

— Falha de caráter? — Agora é Caio que faz a voz engraçada pra fingir que está chocado.

— Fica tranquilo, todo mundo tem uma ou outra — respondo, tentando acalmar Caio.

— Quais as suas falhas?

— Às vezes eu entro no elevador e aperto rápido o botão para fechar a porta, mesmo sabendo que tem mais gente chegando, porque odeio dividir o elevador com outras pessoas — eu confesso.

— Monstro — Caio responde.

— Sua vez — digo, transformando essa conversa no Jogo da Falha de Caráter.

— Tudo bem. Às vezes eu não lavo o copo depois de beber água porque água não suja — ele diz.

— Quem nunca? — respondo. — Às vezes eu pego panfletos de qualquer coisa na rua e jogo no primeiro lixo que encontro.

— Às vezes eu olho a tela do celular de quem senta do meu lado no ônibus e julgo mentalmente se o papel de parede for uma foto da própria pessoa.

— Sim! — eu grito. — Nunca vou entender esse amor-próprio todo de quem *precisa* ver a própria cara toda vez que pega o celular pra ver as horas.

— Às vezes, quando minha mãe não está olhando, bebo suco direto da garrafa — Caio continua se confessando, como se esse jogo fosse a coisa mais divertida do mundo.

— Às vezes eu colo chiclete debaixo da cadeira da escola.

— Às vezes eu viro o tapete da porta da vizinha do 55 porque a odeio.

— Dona Clélia? — pergunto.

— A própria.

— Também odeio.

E então a gente continua se confessando noite adentro. Em nenhum momento eu crio coragem para confessar coisas mais… *sérias*. Mas é divertido contar pra ele coisas que ninguém sabe sobre mim.

Quando as confissões ficam nojentas demais ("Às vezes tiro meleca do nariz e fico brincando com ela nos dedos antes de jogar fora porque tem dias que a textura da meleca está gostosinha", palavras do Caio), sinto que é hora de parar.

— Chega de confissões por hoje, porque eu quero continuar acreditando que você é uma pessoa boa — digo.

— Sim, melhor eu parar por aqui porque não quero que você acorde amanhã me odiando para sempre — Caio responde.

Como se isso fosse possível.

DIA 13

Por algum motivo, não consigo dormir direito. Lá pelas três da madrugada acordo de um sono inquieto e, para tentar relaxar, pego *O mágico de Oz* na mesinha de cabeceira e começo a ler com a ajuda da lanterna do celular.

Bem, agora já são quase seis da manhã, eu li o livro inteiro, e a história não me ajudou em muita coisa na minha jornada em busca da coragem interior. Aliás, ler esse livro depois de tanto tempo me deixou bem irritado. Eu não lembrava de como o Mágico era um babaca.

A coragem que o Leão Covarde buscava sempre esteve dentro dele, isso é certo. Mas em vez de dizer "olha, cara, a coragem já está dentro de você", o Mágico dá um líquido verde a ele, como se fosse uma poção da coragem. O Leão bebe, se sente corajoso e vira o rei da floresta. E, provavelmente, nunca vai saber que aquele líquido verde não tinha absolutamente *nada*. Ou seja, o Mágico é um babaca.

Caio está dormindo no colchão, encolhido debaixo do cobertor e roncando baixinho. Me pergunto quantos litros de

QUINZE DIAS 193

poção da coragem eu precisaria tomar pra segurar a mão dele. Pra falar "eu gosto de você e queria te dar um beijo". Para de fato *dar o beijo*, se ele dissesse sim.

Minha cabeça parece que vai explodir a qualquer momento, então faço o que qualquer pessoa sensata faria nessa situação. Corro para a minha mãe.

Saio do quarto em silêncio, para não acordar o Caio, e entro devagar no quarto dela. Até dou uma batidinha de leve na porta, mas não espero minha mãe responder.

O quarto está escuro ainda, apesar da janela meio aberta. Vou caminhando devagar até a cama de casal ocupada pela metade, andando com cuidado para não tropeçar em nenhum sapato jogado no chão.

— Mãe? — digo baixinho, deitando do lado dela e me cobrindo com o edredom florido.

— Tá tudo bem, Felipe? — ela diz ainda meio dormindo, colocando imediatamente a mão na minha testa para ver se estou com febre. Esse deve ser o protocolo de emergência das mães, sei lá.

— Tá sim, tá tudo bem. Só queria ficar aqui um pouquinho.

— Faz tempo que você não deita na cama comigo. Da última vez você ainda era pequenininho — ela diz, me puxando para um abraço.

Quando ela me abraça, me sinto pequeno de novo. Não de um jeito ruim. Eu me sinto protegido. É como se eu pudesse falar qualquer coisa com a certeza de que ia ficar tudo bem. E então, sem pensar duas vezes, eu falo.

— Acho que estou apaixonado.

— Pelo Caio? — minha mãe rebate sem pensar por nem um segundo que seja.

— Está tão na cara assim?

— Falando como uma pessoa que te colocou no mundo e que mora nesta casa, sim. Está bem na cara — ela diz com um sorriso.

— Esse é o meu medo.

— Medo? — Ela parece confusa.

— Se está tão óbvio assim pra você, deve estar óbvio pra ele também, né, mãe? E se ele não fez nada até agora, com certeza é porque...

— Porque ele é tímido. Ou porque ele tem medo da mãe dele descobrir. Ou talvez ele se sente intimidado porque você é o menino mais lindo do mundo — minha mãe me interrompe.

— Você é minha mãe. É sua obrigação dizer que eu sou o mais lindo do mundo — digo, revirando os olhos.

— Filho, olha pra mim — ela diz, virando o corpo de lado na cama para conseguir me encarar. — Você pode pensar que eu te digo isso porque sou sua mãe. E em parte você está certo, claro. Eu vou sempre te achar o menino mais lindo do mundo porque eu sou sua mãe. Mas a sua beleza não é só isso aqui — ela diz, passando a mão pelo meu rosto.

Não sei se é a cama que está quentinha e gostosa, ou o toque carinhoso da minha mãe, mas eu deixo uma lágrima escorrer. Uma de felicidade, pra variar.

— Eu tenho muito orgulho de quem você é. Das decisões que você toma, de como enfrenta seus problemas, de como me faz rir mesmo quando meu dia está uma porcaria. Você é meu companheiro, filho. E qualquer pessoa que pode aproveitar a sua companhia é uma pessoa de sorte. E eu fico muito feliz que você confie em mim o bastante para vir falar dos seus sentimentos — ela diz, enxugando a minha lágrima com a ponta dos dedos.

QUINZE DIAS **195**

— Obrigado, mãe. Mas eu só vim conversar com você porque não tenho outros amigos — digo, provocando.

— Ridículo, sai daqui! — ela diz com uma risada, me empurrando pra longe.

De repente nós dois estamos rindo e empurrando um ao outro, e é uma sensação tão boa. Queria saber até qual idade a gente tem permissão de deitar na cama com a mãe pra conversar. Espero que não tenha limite, porque quero fazer isso pra sempre.

— Mas, então, o que eu faço pra conseguir, você sabe... *ficar* com ele? — pergunto um pouco constrangido por estar pedindo conselhos amorosos para a *minha mãe*.

— Eu sei lá, Felipe! Se eu fosse boa de paquera, você não estaria aqui agora, porque essa metade da cama estaria ocupada — minha mãe diz, arqueando as sobrancelhas.

— Mãe!!! — eu grito constrangido, porque é meio estranho imaginar outro cara deitado aqui.

— É sério, filho. Eu desisti de namoro faz um tempo. Não quer dizer que eu não faça alguma coisinha de vez em quando. Não tô morta, né?

— Mãe!!!!!!!!!! Você não está ajudando! — eu grito mais alto porque é ainda mais estranho imaginar que outro cara provavelmente já deitou aqui.

— Tá legal, eu não sei como te ajudar. Eu não tive muitos romances que deram certo, mas posso te ajudar com os que deram errado. Daí você aprende com os meus erros, olha que nobre da minha parte — ela diz, se apoiando nos cotovelos e olhando para mim.

— Certo, compartilhe sua sabedoria, mãe — eu digo, fazendo uma pose de meditação que não faz sentido, mas acho que foi engraçado porque minha mãe solta uma risada abafada.

— Vamos lá. Dica número um, não se apaixone por caras que sentem vergonha de falar de você para os amigos. Ou eles são babacas ou eles são casados.

Aparentemente Caio falou muito de mim para a Beca, então ponto pra ele!

— Dica número dois — minha mãe continua, listando os itens na ponta dos dedos. — O cara pode ser o mais lindo do mundo, mas se você não consegue conversar com ele por mais de meia hora sem querer morrer de tédio, a beleza não vale muito a pena.

Sim, o Caio é lindo. Mas eu nunca morro de tédio quando estou falando com ele. O que é um bom sinal, certo? O melhor dos dois mundos. Mais um ponto pra ele!

— E, por fim, dica número três. Esta é bem importante, então presta atenção. Não se apaixone por uma pessoa que não faça com que você se sinta lindo. Não tô falando que o cara precisa te dizer o tempo todo que você é perfeito e maravilhoso. Não é isso. Mas quando você se sente lindo só de estar perto da pessoa, aí, filho, é muito mais fácil. Você acorda com a cara amassada, o cabelo bagunçado, e ainda assim se sente lindo. Porque você está com uma pessoa que não aponta os seus defeitos. Não faz você se sentir pior. Não repara naquela estria na bunda que nem você tinha reparado até então. Porque essa pessoa enxerga a melhor parte de você — ela diz, orgulhosa da sua própria sabedoria.

Fico pensando em como eu me sinto quando estou com Caio. Definitivamente não me sinto lindo. Me sinto agradável, engraçado e um pouquinho desesperado. Me sinto ansioso de

QUINZE DIAS 197

um jeito meio bom e meio ruim. Mas lindo *lindo* ainda não me senti. Acho que vai demorar.

— Esses conselhos são baseados em fatos reais? — pergunto, curioso.

— Claro! Cada relacionamento que dá errado sempre ensina uma lição pra gente. Até hoje eu já aprendi três. Ricardinho, Luiz Antônio e seu pai. Respectivamente.

— Luiz Antônio, meu professor de educação física? — pergunto, chocado.

— Cala a boca e vamos tomar café — ela diz, pulando da cama.

Estou lavando a louça do almoço, Caio está secando, e minha mãe está sentada lixando as unhas feito uma madame.

— Hoje é quarta! Qual vai ser o filme da quarta musical? — Caio pergunta, genuinamente empolgado, enquanto guarda um prato no armário.

— Por favor, Caio, não faz a minha mãe acreditar que esses dias da semana temáticos são *legais*. Você está criando um monstro e, depois que você for embora, terei que lidar sozinho com ela! — digo.

— Não dê ouvidos pra ele, Caio — minha mãe responde, se levantando e deixando a lixa de unha de lado. — Mesmo depois que seus pais voltarem de viagem, você pode vir pra cá toda quarta pra honrar nosso compromisso. Se você quiser, é claro!

Rapidamente começo a pensar em temas para a semana inteira, só pra fazer Caio vir todos os dias.

— É claro que eu quero! Não sei mais viver sem a quarta musical! — Caio responde.

— Mas, hoje, vou desapontar vocês — minha mãe diz, fazendo biquinho. — Muito trabalho, prazo curto. Não vou conseguir ver nenhum filme. Mas, sabe de uma coisa, tive uma ideia aqui.

— Por favor, mãe. Não tente fazer a "sexta-feira na passarela" acontecer de novo — eu digo.

Caio dá uma risada alta.

— Isso não seria má ideia. Mas hoje eu só quero que vocês se divirtam. Façam a quarta musical sem mim. Longe daqui. No cinema, só vocês dois. Tudo por minha conta — ela diz, tirando dinheiro de dentro do sutiã (sério) e colocando algumas notas no bolso da minha bermuda.

— Poxa, obrigado, tia Rita! — Caio diz, todo empolgado.

— Valeu, mãe — digo, tremendo de nervoso.

— Não tem de quê, meninos — ela diz, e dá uma piscadinha pra mim. Nada discreta, por sinal, o que me deixa mais nervoso ainda.

— Por mim pode ser *Zombie robots: o ataque 2* mesmo — Caio diz, encarando o painel do cinema com todos os filmes e horários.

Já era de se esperar que essa quarta musical não seria tão musical assim. Não existem filmes musicais nos cinemas da minha cidade. Acho que o público daqui não gosta muito de musicais. Nem de legendas, aparentemente. *Zombie robots: o ataque 2* é a única opção legendada de hoje, e as outras não me deixam tão empolgado assim:

- *Minha sogra é uma doida*, uma comédia nacional com um elenco que, definitivamente, não é engraçado.

QUINZE DIAS 199

- *Paixão de fogo e luz*, uma adaptação de um livro best-seller sobre uma adolescente paranormal que se apaixona por um fantasma que tenta reencarnar em uma pessoa pra que eles possam ficar juntos pra sempre, mas acaba reencarnando no fogo. Sério. Ele vira o *próprio* fogo. E a menina continua apaixonada por ele. Apaixonada pelo *elemento* fogo.
- *Essa floresta é o bicho!*, mais uma animação de baixo orçamento sobre animais que falam.

Entende meu dilema?

— Eu nunca assisti a *Zombie robots: o ataque 1*, mas, por mim, tudo bem — digo, com a mão suando. Porque, teoricamente, isso aqui é um encontro. Nosso primeiro encontro. Pode ser que tudo dê errado, mas, por algum motivo, eu acredito que esta noite pode ser...

— *O início* — Caio diz.

— Oi?

— O primeiro filme é *Zombie robots: o início* — ele explica.

— Hollywood não faz sentido — eu concluo, e entro na fila do cinema.

— A gente pode comprar pipoca? — Caio pergunta quando eu retorno com os nossos dois ingressos.

— Sim! O que você vai querer?

— Pode ser uma grande com manteiga pra gente dividir? Ah, não! Esquece. Você não gosta de pipoca com manteiga. Então compra uma média só pra mim — Caio diz e eu fico surpreso porque nem lembrava de ter dito pra ele que não gosto de pipoca com manteiga.

Enfrentamos a fila da pipoca, que está maior do que era de se esperar em uma tarde de quarta-feira. Há crianças correndo e gritando por todo lado, reencenando uma versão infantil de *Jogos vorazes*. Pais impacientes revirando os olhos para os filhos dos outros e tentando manter suas próprias crianças por perto. Provavelmente uma combinação de férias escolares + o filme *Essa floresta é o bicho!*.

Quando finalmente chega a minha vez, peço os dois baldes de pipoca e, mesmo os dois sendo de tamanho médio, recebo "o olhar" do moço que está no caixa. Quando você é gordo, existem duas variações "do olhar" que você pode receber em situações que envolvam comida.

O olhar que você recebe quando pede uma porção pequena quer dizer "imenso desse jeito e tentando comer pouco?".

O olhar que você recebe quando pede uma porção grande quer dizer "imenso desse jeito e ainda assim não para de comer?".

Ou seja, se você é gordo, você nunca acerta.

Tento não me importar com "o olhar" dessa vez. No final das contas, acaba sendo fácil porque Caio está tão empolgado para passar as próximas duas horas assistindo a zumbis robôs numa tela gigante que eu acabo me empolgando também.

Quando entramos, a sala de cinema está quase vazia. Alguns casais espalhados pelos cantos, um senhor de idade que veio ao cinema sozinho e um grupo de amigos rindo alto. Caminhamos para o fundo (porque eu sou alto e não quero atrapalhar ninguém) e na hora de sentar eu amaldiçoo baixinho quem criou as cadeiras deste cinema. Ou de todos os cinemas, no geral. A pessoa que projetou isso aqui definitivamente não estava pensando que existem pessoas do meu tamanho.

QUINZE DIAS 201

Me sento com desconforto: minhas pernas estão espremidas pela fileira da frente e meus braços não têm espaço para existir livremente. Pareço um tiranossauro rex segurando um balde de pipoca. Caio está na cadeira à minha direita e parece relaxado e confortável. Ele sempre parece relaxado e confortável. Penso em reclamar do tamanho dessas poltronas com Caio, só pra colocar o desabafo para fora, mas quando abro a boca as luzes se apagam e os trailers começam.

Automaticamente, minha mão começa a suar e eu como pipoca para me acalmar. O filme começa e depois de meia hora me dou conta de que não prestei atenção em nada. Minha perna está tremendo e eu tento coordenar o ritmo da tremedeira com as explosões que acontecem na tela.

O grupo de amigos que está na sala conversa alto durante o filme, mas ninguém parece se importar. Alguns casais estão se beijando de um jeito bem... íntimo. E o moço que veio sozinho foi embora, provavelmente ofendido com a baixa qualidade dos efeitos especiais de *Zombie robots: o ataque 2*.

Uma hora se passa quando me dou conta de que minha pipoca acabou e não bebi nenhum gole do refrigerante. Minha boca está seca e eu estico o braço para pegar a Coca-Cola que está no descanso de copos do meu lado. A Coca está aguada, todo o gelo já derreteu, mas ainda assim é refrescante.

Quando solto o copo e estou prestes a retornar à minha posição original de T-Rex, juntando as mãos sobre a barriga para não ocupar espaço, acontece.

Caio segura no meu braço, escorrega os dedos até a minha mão e aperta. Seguro o ar, desesperado, sem saber direito o que está acontecendo. Ficamos de mãos dadas e daí pra frente, oficialmente, não consigo mais prestar atenção nos zumbis robôs destruindo a raça humana. Porque Caio e eu estamos de mãos dadas. Porque a minha mão está nojenta de tanto suor, mas, ainda assim, ele não solta.

Quero olhar para o lado e ver que cara Caio faz enquanto segura a minha mão. Mas não consigo. Fixo meu olhar na tela do cinema e vejo as imagens passando uma atrás da outra, sem me importar com nenhuma delas.

O tempo voa e eu sinto que o filme está quase acabando. O galã salvou o planeta dos zumbis e finalmente resgatou sua namoradinha. Os dois se encontram no meio de um cenário de guerra, ele, sujo e másculo, ela, limpinha, maquiada e usando um microsshort (apesar do apocalipse que está acontecendo). Os dois se beijam e, nessa hora, Caio aperta um pouquinho mais forte a minha mão. Não chega a ser um apertão. É uma leve pressionada. Mas acredito que seja um sinal. Um sinal de que sou o herói suado que ele quer beijar. Ou um sinal de que o filme está acabando e ele quer soltar minha mão.

Abro meus dedos de leve, dando liberdade para ele soltar. Ele não solta. Isso é bom.

O filme acaba, os créditos começam a subir. Mas as luzes não acendem porque, aparentemente, não é mais permitido fazer um filme sem cenas pós-créditos. Então ninguém se mexe. A sala de cinema fica parada ouvindo uma música ruim do Linkin Park que faz parte da trilha sonora de *Zombie robots: o ataque 2*. Meu coração está batendo em sincronia com a música rápida e pesada, mas quando Caio desliza o polegar pelas costas da minha mão, meu coração perde o ritmo.

É difícil me concentrar em qualquer coisa que não seja o toque da mão de Caio. Sinto que o tempo está passando e eu

QUINZE DIAS **203**

preciso agir rápido. Olho para a tela do cinema e, em vez dos créditos finais, o que vejo é:

Deixe claro que gosta dele.
Beca

Seja corajoso.
Minha avó

O Caio é meio lerdo, mas é um amor de pessoa.
Beca, de novo

Não precisa mais ter medo.
Leão Covarde e também minha terapeuta

A sua capacidade é do tamanho da sua coragem.
Qualquer livro de autoajuda.

Shalalalala, vai, não vai. Olha, o rapaz não vai. Não vai beijar a moça.
Sebastião de *A pequena sereia* (porque achei apropriado)

E então eu respiro fundo. Levanto o apoio de braço que está entre nós dois. Aperto forte a mão do Caio, sem me importar se estou machucando ele ou não (provavelmente estou). E olho para ele.

Quando viro o rosto, descubro que ele já estava me olhando. Não sei por quanto tempo, mas ele está ali. Me esperando. O refrão da música dos créditos do filme já está tocando pela terceira vez. Não tenho muito tempo.

Mordo os lábios.

Fecho os olhos.

Beijo o Caio.

Ele me beija de volta e eu tento administrar a quantidade certa de língua e saliva. Não é o beijo perfeito como aqueles que eu sempre vejo nos filmes porque: a) tem gosto de manteiga e b) tá tocando Linkin Park. Mas nunca imaginei que beijar seria assim. É uma sensação boa e escorregadia. Os lábios do Caio são macios, mas não flácidos. Parecem uma bala de gelatina. E, pelo jeito como ele me beija, parece que eu também não sou nada ruim.

Não sei quanto tempo dura o beijo, mas, quando nos afastamos, olhamos ao mesmo tempo para a tela do filme. A cena pós-créditos está quase acabando. Ainda temos mais um tempinho.

E, então, a gente se beija de novo.

Somos uma máquina de beijar.

Zumbis robôs do beijo.

Não quero parar nunca, mas, quando as luzes acendem, nós paramos.

A sala está vazia, com exceção do faxineiro que está varrendo a primeira fileira e fingindo que não estamos ali.

Levantamos ao mesmo tempo. Deixo cair o meu balde de pipoca vazio. Tento abaixar para pegá-lo, mas o espaço é apertado demais. Decido ir embora mesmo assim e, então, tropeço no meu próprio balde e deixo cair o copo vazio de refrigerante também. Sou um desastre.

Quando saímos do cinema, sinto meu rosto queimar. Tenho vontade de dar um grito, mas não sei se seria apropriado. Também não sei se é humanamente saudável suar do jeito que estou suando agora.

Caio solta um suspiro alto e eu olho pra ele. Seu cabelo está bagunçado (talvez a culpa seja um pouco minha) e ele está mais

QUINZE DIAS 205

lindo do que nunca. Ele abre um sorriso perfeito e eu fico surpreso, porque nunca esperei que essa seria a reação de uma pessoa normal depois de ganhar um beijo meu. Sempre imaginei que seriam lágrimas de arrependimento. Ou um desmaio. Ou vômito.

— Uau! — eu digo.

— U-a-u — Caio diz, se demorando em cada vogal.

— Posso te levar pra minha casa hoje? — digo, porque estou me sentindo engraçadinho.

— E eu tenho outra opção? — Caio diz, me dando mais um dos seus soquinhos estranhos no ombro.

E então caminhamos para casa. Já está escuro quando saímos do shopping e o céu está cheio de estrelas. Olho pra cima e agradeço à Beca pelas dicas, Olívia pelos conselhos, L. Frank Baum por ter escrito *O mágico de Oz*, minha avó por ter existido, e às pessoas que inventaram cenas pós-créditos e apoios de braço que levantam em poltronas de cinema.

Sem vocês, nada disso seria possível.

Isso talvez não seja nenhuma novidade, mas eu não sei lidar com as coisas.

Tudo que sei sobre primeiros beijos aprendi nos livros, nos filmes e nas séries de TV. Primeiros beijos são importantes porque, nas comédias românticas, é o momento mais esperado. Nos filmes em que o mundo está acabando, é o momento de "não posso morrer sem te beijar antes". Nos reality shows de relacionamentos, é só um teste pra saber se você vai combinar com aquela pessoa ou não.

Mas, na minha vida, meu primeiro beijo aconteceu com o garoto mais lindo que já pisou neste planeta e que, convenientemente, está hospedado na minha casa. No meu quarto. Do meu lado. O que acontece agora?

Não era pra ser assim! Não era pra gente se beijar e dormir no mesmo quarto algumas horas depois. Isso não acontece quando você tem dezessete anos e mora com a sua mãe. Talvez eu seja um cara de sorte.

Mas, mesmo com sorte, não consigo manter a calma. Isso tudo vai passando na minha cabeça durante o caminho pra casa. Tento puxar assunto sobre o filme, mas me dou conta de que não lembro de nada que aconteceu. Caio também parece não lembrar. O clima entre nós dois enquanto andamos pela rua é bom, mas é tenso o bastante para ser chamado de *climão*. Não tem como não notar o elefante branco na sala.

Quando chegamos em casa, minha mãe está nos esperando para jantar.

— Finalmente! Estou faminta, mas não queria comer sozinha. Acho que estou carente hoje — ela diz assim que abrimos a porta, dando uma piscadinha pra mim. Quero morrer.

Apesar de ter me enchido de pipoca, não recuso o jantar da minha mãe. Ela pergunta como foi o filme e eu enfio uma garfada cheia de farofa na boca, porque não sei como responder.

— Sabe como é, né? Zumbis que viram robôs. Não tem como esperar muito disso — Caio responde e sorri pra mim.

Minha mãe parece satisfeita com a resposta.

Estamos na nossa rotina normal de jantar + TV, e minha mãe não parece satisfeita com nenhum canal. Ela fica apertando compulsivamente o controle remoto, passando por toda a programação da TV a cabo, e eu te juro que entre um canal e outro consegui enxergar uns cinco casais se beijando.

Meu constrangimento só aumenta.

QUINZE DIAS 207

Olho para o Caio discretamente e ele parece ansioso. Sua perna vai tremendo na velocidade em que os canais mudam na tela da televisão, e eu levo um susto quando ele se levanta de repente do sofá.

— Terminei. Estou cansando. Acho que vou pra cama — ele diz apressado e some antes que eu possa falar qualquer coisa.

Eu e minha mãe ficamos sentados em silêncio. Na TV está passando um comercial sobre uma nova coletânea de sucessos da Alcione.

— Conta tudo! — ela diz baixinho, me cutucando com o cotovelo como se fôssemos melhores amigas da escola.

— A gente se beijou — digo mais baixo ainda e minha mãe se controla pra não dar um grito.

Esse é um dos momentos mais estranhos da minha vida. Porque acabo de dizer que beijei o Caio (e isso é UMA VERDADE!). Porque estou falando sobre isso com a *minha mãe!!!* E, principalmente, porque está tocando Alcione na TV.

— E aí? Como vai ser? Estão namorando? Já posso chamar Caio de genro? — ela diz, empolgada como uma criança que acabou de ganhar uma viagem para a Disney.

— Sssssshhhhiuuu. Não precisa gritar! — eu digo, porque com certeza o Caio consegue escutar isso do quarto. — Agora eu sei lá o que eu faço. Não sou experiente com… *beijos*.

Minha mãe fica séria de repente, olhando no fundo dos meus olhos. Ela pega minhas duas mãos e me faz carinho com a ponta dos dedos.

— Filho, independente do que aconteça, eu quero que você saiba que tenho camisinhas na segunda gaveta da minha mesinha de cabeceira.

— Mãe!!!!!!!!!!!! — eu quase grito, me soltando das mãos dela.

Levanto do sofá e vou quase correndo para o meu quarto porque prefiro lidar com o recém-beijado Caio do que com essa conversa.

Caio está deitado mexendo no celular, mas, assim que eu entro no quarto, ele larga o aparelho e fica me encarando. Sem pressão.

— Que dia, hein? — ele diz, enquanto eu apago as luzes e deito na minha cama.

— Hoje eu descobri que minha mãe já namorou meu professor de educação física — digo, porque, apesar de tudo o que aconteceu, essa é mais uma informação que ainda não consegui processar direito.

— Isso foi antes ou depois de a gente se beijar e eu ficar agindo feito um bobo porque nunca ninguém me beijou e me levou pra casa no mesmo dia?

— Foi antes — respondo com uma risada.

— Só pra deixar claro, nunca ninguém me levou pra casa no geral, ok? Em hipótese alguma. Se é que você me entende — Caio diz, um pouco constrangido por estar me confessando que é virgem.

Ha. Ha.

— E eu que, até o dia de hoje, nunca tinha nem beijado? — decido ser honesto.

— Ninguém??? — Caio pergunta assustado, como se eu fosse bonito o bastante pra colecionar uma fila de gente querendo me beijar.

— Você foi o primeiro — digo, e minha testa começa a suar quando coloco essa verdade para fora. Caio foi o primeiro

QUINZE DIAS 209

que eu beijei. Ainda é surreal demais para mim. Tenho medo de acordar de repente e descobrir que fui enviado para uma realidade paralela por engano e preciso retornar para o meu universo onde sou horrível e ninguém quer me beijar.

Eu não quero voltar.

— Espero que eu não tenha te decepcionado — Caio diz.

— Eu espero o mesmo.

Não sei em qual momento isso aconteceu, mas deixei minha mão cair pra fora da cama e Caio enroscou os dedos nos meus. Estamos no escuro, de mãos dadas, olhando para o teto e dizendo tudo que vem à cabeça.

— Contando com você, eu beijei duas bocas na minha vida. Até agora você foi o melhor. O outro era o cara que mordia demais — Caio diz.

— Denis — eu digo quase sussurrando o nome do primeiro cara que Caio beijou. O que, se você parar pra pensar, é algo bem assustador pra se fazer a esta hora da noite.

— Você lembra o nome dele? — Caio diz com uma risada.

— Eu tenho uma memória boa para nomes — respondo, mesmo não tendo uma memória boa para nomes. Acho que só tenho uma memória boa para *mágoas*.

— Não precisa ter ciúme do Denis. Nunca mais falei com esse garoto. E, como eu disse, você foi melhor — Caio diz, tentando melhorar o rumo da conversa.

— Eu não sou ciumento — digo, mas no fundo acho que sou sim.

O que esse beijo fez comigo que eu não consigo parar de mentir?

— É engraçado isso. A gente se beijou hoje e já estamos falando de ciúme. Não tá certo. Deve ter alguma coisa que vem depois do primeiro beijo e antes das crises de ciúme.

— Provavelmente beijar mais um pouco — digo brincando, mas isso é tudo que Caio precisa para pular na minha cama.

Na escuridão do quarto, ele me pega despreparado e se espreme para deitar do meu lado. Os primeiros três segundos são uma bagunça porque ele tenta beijar minha boca, mas antes acaba acertando meu nariz e meu queixo.

Quando nossos lábios finalmente se encontram, tenho certeza de que quero fazer isso todos os dias. Mas quando Caio me abraça e sua mão encosta na minha cintura, tenho certeza de que é a hora de parar.

Devo dizer que beijar no cinema é bem diferente de beijar deitado na cama numa escuridão total. Aqui no quarto, Caio beija com vontade. Eu tento retribuir à altura, mas minha cabeça está em alerta porque existem partes do meu corpo nas quais ele não pode encostar. Que *ninguém* pode encostar.

Ele sobe e desce com a mão na minha cintura. Tento discretamente fazer com que a minha camiseta permaneça no mesmo lugar. Eu abaixo de um lado, ele puxa do outro, e, de repente, beijar Caio é quase cansativo.

Quando nossos lábios se afastam, eu estou sem ar. Preciso de mais treino pra sincronizar beijo e respiração. Caio passa a mão no meu rosto, os pelos da minha nuca se arrepiam e, antes que ele possa dizer alguma coisa, eu digo.

— Eu não tô pronto ainda.

Caio parece confuso.

— Pronto pra quê?

— Ai, pelo amor de Deus, Caio! Não me faz dizer isso.

— Pra namorar? — ele pergunta.

— Não! Pra transar! — eu digo, quase sussurrando a última palavra.

QUINZE DIAS 211

— Você tem medo da sua mãe aparecer?

— Não, minha mãe não é o problema! Ela provavelmente jogaria um pacote de camisinhas na nossa frente e traria uma jarra de suco depois que a gente... terminasse — digo.

Caio dá uma risada e passa os dedos pelos meus cabelos, e eu descubro que, depois do beijo, esse cafuné é a melhor coisa que ganhei hoje.

— Desculpa. Eu não queria ir até o fim hoje. Eu só me empolguei e fui com pressa. Não quero que você se sinta desconfortável. Desculpa. Sério — ele diz tudo isso apoiado em cima do meu braço esquerdo, olhando nos meus olhos.

Estou vivendo um dos momentos mais surreais da minha vida e tenho vontade de me entregar intensamente. Mas, geralmente, se entregar intensamente envolve deixar a outra pessoa encostar em você, e não sei se estou pronto pra isso.

— Tá tudo bem. Eu só queria mais um tempo — digo, passando a mão nos cabelos dele também, do jeito que eu já tinha feito duzentas outras vezes na minha imaginação. — Enquanto isso, a gente pode fazer um monte de outras coisas juntos.

— Outras coisas tipo?

— Tipo sair em um encontro, sei lá. Conversar sobre tudo, se conhecer melhor — digo, tentando usar tudo que aprendi nas comédias românticas que assisti durante a vida.

— Felipe, tecnicamente, eu estou há treze dias num encontro com você.

— E ainda faltam mais dois — digo, com um sorriso que não tenho certeza se Caio consegue enxergar na escuridão do quarto.

— Na verdade, só mais um. Meus pais voltam na sexta de manhã — Caio diz.

Sei que não faz diferença o dia em que ele vai embora porque moramos no mesmo prédio, mas não consigo deixar de me sentir triste. Porque não vai ser a mesma coisa quando ele voltar para o apartamento 57. Vou sentir falta da companhia dele. Vou sentir falta de dormir assim, bem perto. De pegar a mão dele e colocar no meu rosto, que, por sinal, é exatamente o que estou fazendo agora, porque não quero que ele encoste em nada do meu pescoço pra baixo.

— Desculpa se deixei o clima estranho — digo.

— Desculpa se eu ultrapassei algum limite — ele diz.

— Desculpa se eu sou estranho — digo.

— Desculpa se eu fiz você achar que é estranho — Caio diz, desta vez com mais urgência na voz. — Você não é estranho. Você é incrível.

"Não se apaixone por uma pessoa que não faça você se sentir lindo", minha mãe disse hoje de manhã. Ainda não me sinto *lindo* quando estou com ele, mas nesse momento eu me sinto incrível. E essa sensação é muito boa, recomendo.

— Não precisa mais pedir desculpas. Por nada — ele diz finalmente, recostando a cabeça no meu braço.

Então ele pega a minha mão, leva até os lábios e dá um beijinho. Acho que isso é a coisa mais íntima que alguém já fez comigo. Mais íntimo que o cafuné. Mais íntimo do que quando a língua dele estava *dentro* da minha boca.

— Boa noite — digo bem baixinho. Mas tenho certeza de que ele ouviu, porque a gente está muito perto um do outro. *Bem perto mesmo.*

QUINZE DIAS 213

DIA 14

Acordo com Caio sussurrando coisas que, infelizmente, não são juras de amor eterno.

— Sim, mãe. Eu também estou com saudades — ele diz baixinho ao telefone, ainda deitado do meu lado. — Tá tudo bem por aqui. A gente se vê amanhã. Beijo pro pai também. Tchau!

Ele termina a ligação, chega perto de mim e me dá um beijo no rosto. Tenho vontade de beijar Caio na boca, mas sinto que estou com o famoso bafo matinal.

— Imagina a cara da sua mãe se ela descobrisse que é isso que você faz quando desliga o celular — eu digo, apontando para a minha bochecha que ele acabou de beijar.

— Ela ficaria maluca — Caio diz com uma risada, mas seu olhar parece preocupado. — Mas, sabe, mesmo com toda essa loucura dela de vez em quando, eu tô com saudade.

— Amanhã seus pais chegam. Falta pouco — digo com um nó na garganta. — Onde eles estão, afinal?

— No Chile, comemorando o aniversário de casamento. Passaram os últimos dias visitando um monte de ilhas cheias de pinguins. Meus pais são obcecados por pinguins, na verdade — Caio diz.

Dou uma risada confusa e Caio segue explicando.

— Resumindo a história toda, pinguins são animais fiéis. Eles ficam juntos com seus parceiros pra sempre. E se um deles morre, o outro fica sozinho para o resto da vida. E, por incrível que pareça, meus pais acreditam que isso é romântico — ele explica.

— Ah, é fofo, vai.

— Sim, muito fofa a ideia de viver uma vida inteira sozinho sendo assombrado pelo seu marido-pinguim morto porque você simplesmente não consegue seguir em frente com a vida.

— Você é um monstro, Caio — digo.

— Eu só acho que o amor não funciona assim. É muito dramática essa coisa de "eu vou te amar para sempre mesmo depois da sua morte, e nunca mais amarei ninguém porque meu coração está ligado ao seu para toda a eternidade", sabe?

— Meu casal favorito de todos os tempos é a Elizabeth e o Mr. Darcy de *Orgulho e preconceito*. E eles passam 90% do livro, basicamente, se odiando. Então acho que gosto de um drama — respondo.

— Meu casal favorito é a gente — Caio diz com um sorriso e eu quase tenho um troço porque, definitivamente, EU NÃO ESTAVA ESPERANDO POR ISSO.

— Caiolipe? — respondo, sugerindo nosso nome de casal, porque é a coisa mais inteligente que consigo pensar no momento.

— Lipecaio? — ele diz, com uma risada.

— Calipe é legal.

— Parece nome de peça de carro.

QUINZE DIAS **215**

— Melhor do que Felicaio, sei lá.

— Deixa isso pra lá — ele diz, fazendo um carinho no meu rosto e beijando minha boca, aparentemente sem se importar com o meu bafo matinal.

Minha mãe não sabe se comportar na presença de duas pessoas que passaram a noite dando uns beijos. Toda hora ela jogava uma piscadinha ou uma risadinha para nós dois e, quando ficou humanamente impossível lidar com esse constrangimento todo, decidi que estava na hora de chamar Caio para um segundo encontro.

— Precisamos sair daqui — eu digo, com uma abordagem emergencial.

— Sair do tipo juntar todo o dinheiro que temos, pegar um ônibus interestadual e viver uma *road trip* inesquecível? — ele responde, pouco interessado, mexendo no celular.

— Não seria má ideia. Mas tava pensando em ir ao Café da Dalva.

E o rosto dele se abre num sorriso gigante.

Café da Dalva é o lugar mais próximo de uma filial de Starbucks na minha cidade. Só que com mais opções de frappuccino (incluindo o surpreendente sabor goiabada) e preços mais honestos. A decoração é aconchegante, cheia de coisa antiga (ou *vintage*) e uma iluminação baixa e gostosinha. Não entendo muito de encontros românticos, mas acho que o Café da Dalva é o lugar perfeito pra isso!

— Eu quero comer waffle com sorvete até desmaiar de tanto passar mal — Caio diz, empolgado.

Tão romântico.

***

Quando chegamos, o café está meio lotado, mas encontramos uma mesa para dois lá no fundo. A mesa é redonda e pequena, o que faz com que nossas pernas fiquem se esbarrando o tempo inteiro.

Não que eu esteja reclamando.

Uma garçonete simpática anota nossos pedidos, olhamos um para o outro e aproveitamos trinta segundos de silêncio até Caio começar a rir.

— É engraçado estar aqui com você agora. Desse jeito, sabe? — ele diz, apertando minha mão rapidinho e soltando em seguida. — Até alguns dias atrás, quando ficava aquele silêncio esquisito entre nós dois, eu mandava mensagem pra Beca pedindo dicas do que falar pra puxar assunto.

— Pelo menos você tem a Beca pra pedir ajuda. Quando eu queria puxar assunto com você, eu precisava pesquisar no Google! — eu digo e Caio dá uma risada.

— É sério isso?

— Se você visse meu histórico de buscas talvez não estivesse aqui comigo hoje — eu digo, pegando meu celular no bolso e mostrando a tela para o Caio, porque acho que pode ser engraçado.

Abro o Google, toco o campo de buscas e, logo abaixo, minhas últimas pesquisas vão aparecendo.

"Como puxar assunto sem parecer estranho"
"Velas aromáticas como fazer"
"Nomes legais para gatos"
"Quantos pijamas uma pessoa precisa ter?"

"Pijama tem que lavar todo dia?"

"Peixes e Câncer dão certo?"

E ali, perdido no meio de todas as minhas dúvidas, eu leio "Como saber se estou apaixonado?" e bloqueio a tela do celular imediatamente. Mas parece que Caio viu antes.

Ele está me olhando com um sorriso calmo e eu me sinto um pouco envergonhado. Porque eu só queria ser engraçadinho, mostrar pra ele as coisas doidas que pesquiso quando estou entediado. Queria que ele visse que eu sou divertido, e não desesperado.

Engulo em seco e não falo nada. A garçonete chega com nossos pedidos e eu me sinto aliviado de ter alguma coisa para ocupar minha boca.

Depois de comer metade do waffle, Caio finalmente diz alguma coisa.

— Você descobriu?

— Se pijama tem que lavar todo dia? — pergunto, fugindo do assunto, e Caio solta uma risadinha.

— Não precisa ficar sem graça. É só que... eu também queria saber — ele diz, me entregando seu celular. Na tela eu vejo o histórico de buscas dele e fico maravilhado com a possibilidade de entrar na cabeça de Caio por alguns segundos.

"Como faz brigadeiro sem grudar na panela"

"Musicais animados"

"Pisciano é romântico?"

"Peixes é difícil de conquistar?"

"Harry Styles sem camisa"

"Dicas primeiro encontro"

"Como saber se ele está a fim"

Respiro fundo, lendo linha por linha, e olho para o Caio sorrindo aliviado.

— Não sei o que o Google te respondeu, mas posso dizer que eu estou a fim — digo com uma piscadinha que provavelmente me deixou com cara de maluco, porque Caio começa a rir.

— Às vezes teria sido mais fácil te perguntar desde o começo, em vez de achar que o Google poderia me dar todas as respostas — ele diz.

— Quando foi o começo?

— Como assim?

— Você disse que poderia ter me perguntado desde o começo. Quando foi isso? Quando você parou e pensou que talvez, possivelmente, você estava a fim de mim? E o que você viu em mim? Porque, sinceramente...

— Lipe, para — Caio me interrompe. — Eu não lembro exatamente a hora certa. Provavelmente começou quando acordei e descobri que você tinha deixado o livro pra mim. Todas as vezes que separava um pedaço de bolo para mim e deixava o leite mais perto da minha cadeira no café da manhã. Quando você me contou sobre os seus problemas e eu me dei conta de que ter uma mãe que te aceita não é a solução imediata pra tudo. Quando você me ouviu chorar e reclamar sobre as coisas que eu não sei como resolver. Não teve um começo. Foi isso tudo que me fez gostar de você.

Quando me dou conta, estou com a boca aberta, com um pedaço de waffle lá dentro que eu simplesmente desisti de mastigar enquanto ouvia Caio dizer isso tudo.

— Essa cara de bobo também ajudou bastante — ele diz, passando a mão no meu queixo e fechando minha boca. — E você? Quando começou a gostar de mim?

QUINZE DIAS 219

Paro por um segundo, tentando pensar em qual seria a melhor resposta. Poderia dizer que foi no dia em que brincamos de sereia juntos, mas acho que vou guardar essa história para os votos de casamento.

— Faz bastante tempo, na verdade. Foi antes. Bem antes desses quinze dias.

— Ainda bem que você não esperou mais tempo. Porque eu morro de medo de tomar iniciativa. Sou meio...

— Lerdo. Pois é, a Beca me contou — digo sorrindo.

— Quer dizer que vocês dois já conversaram sobre *isso aqui*? — ele pergunta, sinalizando com o dedo para nós dois.

— Na verdade, ela foi uma das responsáveis por *isso aqui* — respondo. — Você já contou o resto da história pra ela?

— Contei o básico, mas ela está desesperada por detalhes. Me mandou umas duzentas mensagens perguntando como foi, se eu estava feliz, se *você* estava feliz.

— Vamos mandar uma foto pra ela! — Dou essa sugestão sem saber de onde a ideia surgiu.

Eu odeio tirar fotos. Odeio a ideia de ter uma imagem minha congelada por toda a eternidade. Odeio ter que me preparar para a foto porque nunca sei qual cara devo fazer, daí acabo sempre fazendo uma careta estranha pra não deixar tão na cara o meu desconforto.

Mas não tenho tempo de dizer tudo isso porque, quando me dou conta, Caio já puxou a cadeira para o meu lado e está com a cabeça encostada de leve no meu ombro. Olho para a frente e a câmera frontal do celular já está ativada, e na tela vejo Caio, fotogênico como sempre, e eu — sem a menor ideia do que estou fazendo.

Caio não espera eu me preparar. Ele sai apertando o botão e tirando uma *selfie* atrás da outra. Tento fazer cara de bravo, depois cara de bonzinho e depois uma cara neutra. Mas todas as fotos foram tiradas nos momentos de transição, e minha expressão fica horrível em todas.

— Dá pra ir com calma nesse botão? — protesto.

— Dá pra botar um sorriso nessa cara porque seu sorriso é lindo? — Caio responde.

E, inevitavelmente, eu sorrio.

— Bem melhor assim — ele diz, entre uma foto e outra.

— Você não é o primeiro a dizer isso. Do meu sorriso, sabe? — eu digo, sem graça.

— Quem foi o outro? — Caio pergunta tão interessado na resposta que até larga o celular.

— Calma, calma, foi só minha terapeuta — digo com uma risada, pegando na mão dele.

E ele não solta.

E ficamos por um tempinho ali, de mãos dadas por debaixo da mesa, enquanto escolhemos qual foto é a melhor para mandar pra Beca.

A cabeça de Caio está encostada no meu ombro, o ar tem cheiro de café fresquinho e bolo, e eu poderia ficar aqui por horas e horas. Mas alguns minutos depois, quando a porta do Café da Dalva se abre e três garotos entram fazendo barulho, Caio se afasta de mim na mesma hora.

Ele se levanta rápido, põe a cadeira depressa no lugar e fica olhando para o teto, desviando do meu olhar.

Caio pede a conta e não me deixa pagar nada ("Você já pagou o cinema ontem" é o argumento que ele usa). Na saída, passamos pelos três garotos, e um deles reconhece Caio. Os

QUINZE DIAS 221

três dão um oi simpático, Caio responde apressado e sai correndo do café, de cabeça baixa sem nem olhar se estou logo atrás ou não. Sem me apresentar para esses três estranhos.

Quando chegamos na rua, pergunto se está tudo bem, e Caio tenta desconversar.

— Não foi nada. Só queria ir embora mesmo. Preciso começar a colocar as coisas na mala, sabe? Amanhã a vida volta ao normal.

E, dizendo isso dessa forma, ele dá muito material para o meu raciocínio paranoico começar a trabalhar.

Minha conclusão é a seguinte: Caio conhece aqueles três garotos da escola. Colegas de classe. Gente que ele não teria problema nenhum em encontrar na rua se não estivesse comigo. Se não estivesse de mãos dadas e cabeça encostada no meu ombro. Se não estivesse de casalzinho com o gordo.

Isso não é novidade pra ninguém. Até eu já pensei assim. Quando a gente encontra um casal em que uma pessoa é magra e a outra é gorda, conseguimos pensar em duzentas explicações para aquele casal existir. E nenhuma delas é "os dois se amam".

"Aquele cara deve ter fetiche por gente gorda."

"O gordo deve ser rico."

"Ele devia ser magro no começo do namoro, e agora o magro tem pena de terminar."

Seja como fetichista, interesseiro ou covarde, o magro é sempre visto de maneira negativa. E deve ser disso que Caio estava fugindo.

Quando chegamos em casa, ele age naturalmente comigo, como se nada tivesse acontecido. Aqui, dentro do meu apartamento, existe uma zona de segurança onde ele consegue me beijar, me abraçar e dormir do meu lado sem medo. Mas amanhã Caio vai embora e, como ele mesmo disse, a vida volta ao normal. No estado normal das coisas, ele está lá e eu aqui. Ele não é meu amigo, muito menos meu namorado. Ele volta a ser o vizinho do 57.

Jantamos em silêncio, e minha mãe deve ter percebido que alguma coisa deu errado porque as piscadinhas dela pararam por enquanto. E agora, sentado na minha cama, enquanto o observo arrumando a mala gigante com estampa de oncinha, dobrando as roupas uma por uma e tirando do meu quarto tudo que é dele, sinto que não tenho mais nada a perder.

— Como vai ser depois que você for embora? — pergunto.

— Do que você está falando? Da gente?

— Sim. Da gente.

— Como você quer que seja depois que eu for embora?

— Pra começar, eu acho que seria legal se você parasse de responder as minhas perguntas com outras perguntas — digo, soando mais grosseiro do que eu queria.

— Felipe, o que está acontecendo?

— Não é nada. — Desisto de tentar entrar nessa discussão.

Caio para de dobrar suas roupas, deixa a mala de lado e senta na cama comigo.

— Cinco minutos — ele diz, colocando a mão no meu joelho.

— Do que você está falando?

— Vamos fazer um jogo. A gente tem cinco minutos pra falar tudo que vier à cabeça. Sem consequências. E se você

QUINZE DIAS 223

não quiser resolver depois dos cinco minutos, a gente finge que nada aconteceu — Caio explica.

— Você sabe que essa é a pior ideia do mundo, né? E que existem milhares de chances de isso acabar mal — digo.

— É melhor do que ficar calado sem dizer o que sente — Caio responde.

Ele quer sentimento, então? Lá vai.

— Cinco minutos então. Eu começo — digo, posicionando meu celular entre nós dois para poder ver a hora. — Ah, e mais uma regra. Não pode responder perguntas com outras perguntas, combinado?

— Essa regra é para o jogo dos cinco minutos ou para a vida inteira? — Caio pergunta.

Esse jogo vai ser um desastre.

Quando o relógio do meu celular vira de 21:34 para 21:35, eu começo a falar.

— Não gostei de como você saiu do café hoje, correndo na minha frente. Senti que você ficou com vergonha de mim. E depois me senti ridículo por me sentir assim, já que nós dois não somos nada um do outro. E passei o resto do dia nessa espiral de sentimento ruim — eu confesso.

— Me desculpa, Lipe. Eu... Eu não queria que você se sentisse assim. É só que...

— Tenho medo de como vai ser quando você for embora. Tenho uma lista enorme de inseguranças e queria parar de me sentir assim, inseguro o tempo inteiro. Mais cedo ou mais tarde você vai enxergar que pode conseguir alguém bem melhor — continuo falando. Sou uma metralhadora de sentimentos.

— Eu também tenho medo — Caio diz, aumentando o tom de voz, deixando claro que não quer ser interrompido.

21:36

— Meu medo não é sobre você ou sobre nós dois. A real é que eu não estou pronto pra sair do armário. Não na escola e muito menos em casa. Eu vejo pessoas contando histórias sobre como isso foi importante para elas, mas eu não consigo ver como isso seria bom para mim. Me assumir pra minha família seria a pior decisão de todos os tempos. Minha mãe não é como a sua. Por isso, eu fugi no café. Aqueles três garotos da escola não são cruéis comigo. São colegas de classe, só isso. Mas se eles me vissem com você, a história poderia se espalhar. E eu não quero que você pense que quero me esconder, ou te esconder. Eu só não me sinto... pronto — Caio diz tudo de uma vez.

Sinto o peso de todas essas palavras no meu ombro. O peso de que todo mundo é cheio de problemas.

21:37

— Eu também não me sinto pronto. Para um monte de coisas — digo, lembrando da noite de ontem. — Desculpa se eu achei que tudo que estava acontecendo era sempre por minha causa. É difícil acreditar que alguém realmente gosta de você quando você passa a vida escutando que é um gordo nojento.

— É difícil acreditar que você realmente pode ser feliz com alguém quando você passa a vida escutando que ser gay é errado e seu destino é queimar no inferno — Caio confessa, com a respiração irregular.

Sentir a tristeza na voz de Caio me atinge como um raio.

— As pessoas estão erradas. Você pode ser feliz — digo.

21:38

QUINZE DIAS 225

— Elas também estão erradas sobre você. Você não é nojento.

Solto uma risada frouxa como quem diz "Até parece", porque essa é a minha reação automática. Caio se levanta e eu estou prestes a acreditar que ele desistiu do jogo dos cinco minutos. Que desistiu de mim.

Mas ele só vai até o outro lado do quarto, arranca da parede o desenho que Dudu fez de mim vestido como o Batman e coloca o papel sobre o meu colo.

— Não se esqueça de que tem gente que te enxerga assim.

21:39

Fico em silêncio olhando para o desenho. Reparo em cada traço, cada linha de lápis de cor que fugiu do contorno. Cada detalhe dessa imagem que me transforma em um super-herói.

— Eu quero te ajudar — digo. — Se você sentir medo de ser quem você realmente é. Se você duvidar do amor dos seus pais. Se você duvidar do que você é capaz. Eu quero te ajudar a passar por isso tudo. Por favor, conta comigo.

— Eu já estou contando com isso. Mesmo quando os quinze dias passarem. Mesmo quando eu voltar para o apartamento 57. Eu quero ficar com você. Você é lindo.

21:40

Acabaram os cinco minutos para falar sem consequências e eu não sei como reagir. Estou boquiaberto e Caio se aproveita desta situação para me dar um beijo. Um beijo doce, gentil e delicado dessa vez.

— Acredite quando eu te digo.

Mais um beijo.

— Que você é incrível.

Mais um beijo.

— Seu cabelo é muito cheiroso.

Mais um beijo.

— E eu gosto do jeito como a ponta do seu nariz tem uma covinha.

Uma risada confusa.

E então mais um beijo.

— Você é lindo, Felipe. Lindo.

De repente, parece que já ouvi o bastante, porque não existem mais pausas entre os beijos. Nós dois deitamos na cama, e eu sinto meu corpo ficando quente.

Quando Caio passa a mão pela minha cintura, meus instintos mandam eu me encolher e fugir. Mas não faço isso. Porque, desta vez, não me sinto envergonhado. Não me sinto um gordo nojento que não merece ser tocado. Eu me sinto lindo.

E quando Caio me encosta, seu toque não tem repulsa. Diferente de todas as vezes que me empurraram, me beliscaram e me provocaram, o toque de Caio me faz bem. Quando deito de lado para que ele possa me abraçar e encaixar seu corpo no meu, não me preocupo se minha barriga está caída.

Sinto um arrepio gelado quando ele passa a mão por debaixo da minha camiseta, e me dou conta de que talvez eu ainda não esteja totalmente preparado. Mas me sinto melhor quando percebo que não me preocupo se a luz está acesa e se ele pode ver cada detalhe da minha pele.

Estou me sentindo confortável aqui, quando decido aproveitar o corpo de Caio também. Minhas mãos, que estavam até agora paralisadas nos ombros dele, descem pelos seus braços. Encosto na sua cintura e vou descobrindo cada pedaço aos poucos. Ele percebe minha curiosidade e fica imóvel por um tempo, como se estivesse me dando permissão para explorar. A

QUINZE DIAS 227

pele de Caio está quente e sinto sua respiração pesada quando passo a mão pelo seu peitoral.

— Você também é lindo — digo num sussurro.

E quando ele passa a mão no meu rosto para me dar mais um beijo, me dou conta de que se a palavra "lindo" tivesse um milhão de significados, Caio seria todos eles.

DIA 15

No último Natal, eu e minha mãe fomos viajar para a praia e ficamos hospedados em um hotel chique. Não entendo muito de hotéis, mas, para mim, se o lugar oferece café da manhã à vontade, já é chique o bastante.

Lembro muito bem de um cochilo que tirei nesse hotel. Mais especificamente lembro de um sonho em que um telefone tocava sem parar e quando eu atendia, ninguém respondia do outro lado. E o telefone continuava tocando para sempre. Eu arrancava o fio, jogava o aparelho na parede, e ele simplesmente não parava de tocar.

Esse sonho poderia ser uma bela metáfora sobre como eu lido com os problemas da minha vida, mas, no fim das contas, era só o telefone do quarto que estava *de fato* tocando, e o barulho do toque invadiu meu sonho.

Hoje a mesma coisa acontece. Mas não era um telefone tocando.

"Caio!"

Escuto a voz gritando alto e, no meu sono pesado, levo um tempo para entender se essa voz está na minha cabeça ou no mundo real.

"Caio!", a voz chama mais uma vez, desta vez mais alta.

Apesar do volume da voz, o que me acorda são os passos no corredor. Não me pergunte como, mas, em uma fração de segundos, sei exatamente o que preciso fazer.

Olho para o Caio dormindo do meu lado (lindo, por sinal), peço desculpas baixinho e empurro o menino para fora da cama. Ele cai no colchão que está no chão, a voz estridente chama "Caio!" mais uma vez e ele acorda no susto.

Acontece tudo rápido demais. Caio olha para mim, com um olho aberto e outro fechado, olha para a porta trancada por causa da noite anterior e olha de novo para mim, um pouco mais desesperado desta vez.

Ele levanta tropeçando em um cobertor, gira o trinco e, quando a porta se abre, ela está lá. Sandra, a mãe do Caio. A dona da voz estridente. A minha (eu sempre quis dizer isso) sogra.

Estou descabelado, com a cara amassada e o short do pijama mostrando demais as minhas pernas. Mas dona Sandra não se importa porque, num piscar de olhos, já está cobrindo Caio de beijos. Muitos beijos mesmo.

— Eu senti tanto a sua falta. — *Beijo.* — Seu pai também, mas eu mais. — *Beijo.* — A gente tirou tanta foto! — *Beijo.* — E tem presente pra você. — *Beijo.* — Mas é surpresa.

Esse reencontro dura alguns minutos e eu fico apenas observando, metade constrangido, metade feliz.

A mãe de Caio é diferente da minha em muitos aspectos. Ela é mais baixinha, seu cabelo é muito escuro, quase azulado, e provavelmente exige muito tempo e dedicação para ficar bonito como ele está. O jeito como ela está vestida e maquiada é quase impossível para uma pessoa que acabou de chegar de um voo do Chile.

Mas, acima de tudo, ela é carinhosa. De um jeito exagerado e barulhento, talvez. Mas não dá para negar que ela ama o Caio mais que tudo. E, no fim das contas, isso me faz sorrir.

— Sua mala já está arrumada? Vamos subir para casa? — ela pergunta.

— Sim, já está tudo guardado — Caio diz, apontando para a mala no canto do quarto.

E é só aí que ela percebe a minha presença.

— Oi, Felipe, bom dia! Desculpa se te acordei — ela diz, com um sorriso. — Como foram as férias? Se divertiram juntos?

"Você não faz ideia, dona Sandra", eu penso.

Pelo clima de despedida na casa, parece que Caio está indo para Hogwarts, e não para o quinto andar do prédio. Carrego a mala até a sala porque essa é a coisa mais carinhosa que consigo fazer com a mãe dele aqui por perto. O cheiro de café tomou conta do apartamento e minha mãe tenta, sem sucesso, deixar a mesa da cozinha arrumada para receber a visita.

— Aceita um café, Sandra? — minha mãe oferece, pegando um pedaço de argila e escondendo dentro do congelador.

— Não posso demorar, menina — ela responde. — Mauro tá subindo com as malas, eu só passei aqui rapidinho pra pegar o Caio.

— Só uma xícara. Pra relaxar depois da viagem — minha mãe diz, como se fosse uma boa ideia colocar cafeína no organismo de uma mulher que chegou em casa às sete da manhã, aos berros.

QUINZE DIAS 231

— Não vou recusar um pedido de alguém que cuidou do meu filhote por duas semanas, né? — Sandra responde, sentando-se à mesa e encarando com um pouco de desconforto o par de seios em uma das telas que minha mãe está pintando.

Não sei se essa é uma coisa que acontece com todo mundo, mas eu tenho o poder de desvendar o olhar da minha mãe. Basta uma olhada dela e sei dizer se ela está feliz, ansiosa ou irritada com alguma merda que eu fiz. O olhar que a minha mãe me dá agora quer dizer "Vai para a sala porque eu preciso ter um momento a sós com esta mulher".

Sinalizo com a cabeça para Caio (porque ele não tem o poder de desvendar os olhares da minha mãe) e nós dois vamos juntos para a sala. Sentamos no sofá apertado, e ele encosta a perna na minha.

— Já estou com saudade — ele diz baixinho, olhando pro chão.

— Para de drama, Caio — respondo e aperto de leve o joelho dele.

Nós dois ficamos em silêncio tentando escutar o que nossas mães estão falando. Não é uma tarefa muito difícil, porque eu não moro em nenhuma mansão. A cozinha é ali do lado, e a mãe do Caio fala alto. É quase como se não tivéssemos saído de lá.

— Mais uma vez, Rita. Muito obrigada por ter recebido meu filho aqui. Mauro insistiu que eu deixasse Caio sozinho, mas você é mãe também, né? Sabe que eu não teria paz se alguma coisa acontecesse com ele e eu estivesse longe — Sandra diz.

— Tá tudo bem, ele não deu trabalho nenhum. Caio é um menino muito bom — minha mãe responde.

— Ah, disso eu não tenho dúvida — Sandra diz, toda orgulhosa. — O problema são as más companhias, né, menina? Um convite para uma festa aqui. Daí ele dorme fora de casa depois. E então bebidas, drogas...

Caio solta uma risada baixinha e eu consigo imaginar minha mãe se segurando para não revirar os olhos.

— Caio parece estar cercado de pessoas maravilhosas. Amigos que ele ama muito — minha mãe diz, firme.

— Eu sei, Mauro e eu amamos nosso filho mais que tudo nesta vida. Mas a gente não pode vigiar nossas crianças o tempo todo. Às vezes dá um medo, né?

— Olha, Sandra, eu fiquei só quinze dias com o Caio aqui. Mas foi o bastante para conhecer o menino incrível que ele é. Você deve ter muito orgulho de ter um filho assim — minha mãe responde, falando um pouquinho mais alto desta vez.

— Eu tenho. Ele é meu maior orgulho — Sandra diz.

E, do meu lado, Caio abre um sorriso e aperta minha mão.

— Bem que eu te disse — falo baixinho para só ele escutar.

Passo o dia inteiro procurando coisas para fazer. Coisas que me distraiam de como a casa fica diferente sem o Caio por aqui. No fim das contas, decido ir colocando em prática os meus planos de férias. Aqueles que eu tinha antes de o Caio aparecer.

Coloco minhas séries em dia, assistindo a vários episódios em sequência. Organizo meus livros e separo alguns para doação. Me perco em pensamentos absurdos sobre o que vai acontecer no futuro, criando hipóteses que me deixam ansioso e desesperado. Nada fora do comum.

Tenho vontade de contar sobre o meu dia para o Caio, mesmo sabendo que não aconteceu nada de mais. Mas, quando

QUINZE DIAS 233

pego o celular para mandar mensagem, me dou conta de que não tenho o número dele. Depois desses quinze dias. Depois de alguns (muitos) beijos. Depois dessa história toda. Eu não tenho o número do garoto.

Claro que isso não é um problema porque existe a internet. Entro em cada uma das redes sociais dele que, por muitas vezes, eu acessava só pra observar feito um stalker maluco e, finalmente, adiciono Caio. Num aplicativo de cada vez, vou apertando os botões de seguir e adicionar até que ele seja parte da minha vida on-line também.

Agora é só esperar ele me seguir de volta.

E essa espera está me matando.

Olho ansioso para a tela do celular toda vez que ele vibra (e também quando não vibra), mas nunca é um "oi" do Caio. É sempre uma notificação de um jogo que eu não jogo mais, um e-mail com promoção de loja on-line ou a tia-avó Lourdes me marcando em algum post no Facebook, o que, por sinal, aconteceu duas vezes na última hora. A minha tia-avó de sessenta e quatro anos me marcou em *duas* postagens nos últimos sessenta minutos (uma foto de "Tenha um fim de semana abençoado" e uma receita de suflê junto com a mensagem "Mostra pra sua mãe bjs"); e nesse mesmo período Caio não teve tempo nem para apertar o "sim" na minha solicitação de amizade.

Quando meu celular toca mais uma vez, e já estou decidido a bloquear minha tia-avó, sou surpreendido por uma mensagem de um número desconhecido:

"Peguei seu número com a Beca!"

Fico por um tempo olhando para a tela do celular feito bobo, sem saber o que responder. O que não é nenhuma novidade.

Tenho medo de parecer carente demais, ou meloso demais, ou dramático demais. Por via das dúvidas, envio uma resposta que me faz parecer os três ao mesmo tempo.

Felipe:

agora sou eu quem já está com saudade.

Caio:

depois o dramático sou eu, né?

Felipe:

como estão as coisas por aí?

Caio:

difíceis.

meus pais acabaram de me mostrar as fotos da viagem.

as 1245 fotos da viagem.

e eu não inventei esse número.

são realmente 1245.

meu pai ligou o cartão de memória na tv.

e tá rolando meio que uma apresentação de slides de pinguins.

Felipe:

que divertido!!!!!!

Caio:

ridículo <3

Felipe:

e qual era o presente surpresa que sua mãe comprou pra você?

Caio responde essa mensagem com uma *selfie* onde ele está usando uma touca peruana, com as cordinhas descendo pela orelha e amarradas debaixo do queixo. Ele está a coisa mais fofa que já habitou a pasta de arquivos recebidos do meu celular.

Caio:
essa era a surpresa.
uma touca!!!!

Felipe:
vc ficou lindo com ela. mas estou um pouco decepcionado com
a sua mãe porque esperava que, no mínimo, essa touca fosse de
pinguim :D

Caio:
acho que essa casa já tem pinguim o bastante.

Então ele envia uma foto de uma geladeira com uma coleção de pinguins gigantesca. Eu nem sabia que era possível colocar tantos pinguins em cima de uma única geladeira. Existe uma prateleira extra, em cima da coleção principal, que guarda uma coleção de pinguins menores. E a porta da geladeira tem ímãs de pinguim por toda a parte. É um pouco assustador, pra ser sincero.

Caio:
eu te apresento:
minha geladeira!!!!
hahaha

Felipe:
achei moderna.

Caio:
essa é a minha família.
desculpa!!!
mas vc vai ter que aceitar!

Felipe:
eles eu aceito. difícil vai ser aceitar essa sua mania de apertar *enter* o tempo inteiro em vez de mandar tudo em uma mensagem só.

Caio:
RI
DÍ
CU
LO
!!!!

O dia passa enquanto Caio e eu conversamos. O clima ruim de despedida vai diminuindo toda vez que me lembro que ele está, literalmente, a um elevador de distância. A minha vontade ao longo do dia é pegar esse elevador e chamá-lo para ir ao mercado comigo, dar uma volta na praça ou qualquer coisa assim. Só pra gente poder ficar mais um tempo juntinho. No fim das contas, acho que essa é a resposta que o Google não soube me dar quando perguntei como saber se estou apaixonado.

Quando chega a noite, já estou cansado. Acordei cedo com dona Sandra gritando e não dormi mais nada depois disso. Me preparo pra dormir depois do jantar e, sem o colchão do Caio no chão, meu quarto parece enorme.

Deito na cama, troco mensagens de boa-noite com ele e fico derretido toda vez que ele manda o emoji de beijinho com coração. Não é o beijo normal. É aquele *com coração*.

Deitado, olhando para o teto, fico encarando a estrela que brilha no escuro. Penso na primeira vez que notei essa estrela, na primeira noite em que o Caio dormiu aqui no meu quarto.

"Eu queria que ele gostasse de mim."

Foi esse o pedido que fiz para a estrela. Pensei em pedir o amor de Caio, mas fiquei inseguro porque não sabia se o sistema de pedidos de estrelas de plástico que brilham no escuro era parecido com o do gênio do Aladdin, que não pode fazer as pessoas se apaixonarem.

Então imaginei que, se ele apenas *gostasse* de mim, já seria o bastante.

E, no fim das contas, meu desejo se tornou realidade. Não sei se um dia a gente vai se amar para sempre, como os pinguins se amam. Mas sei que ele gosta de mim. E eu gosto dele. Eu sempre gostei, na verdade. Mas a sensação é outra depois que me abri e me permiti ser gostado de volta.

Nos últimos quinze dias aprendi muita coisa, e agora tudo vai passando como um filme na minha cabeça. Sempre fui um garoto que gostou da solidão. Ficar sozinho nunca foi um problema pra mim e, no dia em que o Caio chegou, fiquei apavorado com a possibilidade de ter minhas férias solitárias arruinadas.

Mas, mesmo passando tanto tempo comigo mesmo, nunca tirei um tempo pra descobrir coisas que me fazem feliz. Acho que eu sempre me mantive tão ocupado tentando não ficar mal que acabei esquecendo de tentar ficar bem.

Enquanto penso nisso tudo, sinto que estou perto de descobrir algo grande e esclarecedor sobre mim mesmo. Sinto que esse vai ser o tipo de coisa que eu vou falar na terapia e Olívia vai sorrir e se sentir orgulhosa de mim. Talvez isso até me ajude a encontrar a origem da minha coragem repentina e resolver o desafio desta semana antes do esperado. Então, pra não esquecer disso mais tarde, decido escrever.

Penso mais uma vez em criar um blog para textos profundos e iluminados no futuro (espero que dê certo desta vez), mas, no momento, o bloco de notas no celular é o bastante. Minha cabeça ainda está um pouco confusa, então decido fazer uma lista. As ideias se organizam melhor quando escrevo em forma de listas. Pego o celular e começo a digitar:

15 coisas que eu gosto, mas que até 15 dias atrás não sabia que gostava:

1. Eu gosto de conversar. Não por mensagens ou pelo telefone. Gosto de falar e de ser ouvido. De dar minha opinião e escutar opiniões.
2. Eu gosto de vermelho. Sempre achei que cinza e preto eram as únicas cores que combinavam comigo. Mas vermelho fica bem em mim.
3. Eu gosto de dormir de pijama. É bem melhor do que dormir com roupa velha, porque o pijama é uma roupa que fica ali o dia inteiro, só te esperando pra dormir. Pijamas são mais fiéis que roupas velhas.
4. Eu gosto de crianças. Porque elas são capazes de enxergar um herói onde ninguém vê nada de mais.
5. Eu gosto da quarta musical (sim, mãe, se você estiver lendo isso, saiba que você venceu). Sempre achei meio boba essa ideia, mas, sinceramente, como não gostar de um dia oficial da semana em que você e sua mãe sentam pra assistir a filmes onde as pessoas cantam o tempo inteiro? Se um dia eu tiver filhos (ou gatos), a gente vai ter quarta musical pra sempre!
6. Eu gosto do alívio de colocar um palavrão pra fora e não aceitar nenhuma provocação. É mil vezes melhor do que sair de cabeça baixa.

QUINZE DIAS 239

7. Eu gosto de estar cercado de amigos. Sempre achei que estar no meio de um grupo de pessoas era o pior lugar para se estar, mas descobri que a sensação é completamente diferente quando você *quer* estar ali.
8. Eu gosto de café, mesmo quando não estou de ressaca. Mas precisa ter açúcar (pelo menos três colheres).
9. Eu gosto de ir até a biblioteca porque me faz lembrar da minha avó de um jeito bom (e o cheiro dos livros é um bônus).
10. Eu gosto de deitar na cama da minha mãe pra conversar, porque ali parece que o mundo fica simples de novo.
11. Eu gosto de dar as mãos no cinema porque ter a mão de alguém pra apertar deixa o filme mais emocionante. Mesmo se o filme for uma luta infinita e sem sentido entre zumbis robôs e a humanidade.
12. Eu gosto de ter minha mão beijada porque essa é a melhor sensação de todas.
13. Eu gosto de beijar. Muito. Sério, beijar é muito bom, eu gosto muito. Quero beijar todo dia, se possível.
14. Eu gosto de ser tocado quando estou a fim de ser tocado. Sempre tratei meu corpo como uma granada prestes a explodir. Ninguém queria chegar perto e, mesmo se um dia alguém quisesse, seria melhor não encostar. Mas meu corpo não é uma bomba.

Levo um tempo pra pensar no último item da lista. Fico esperando a grande revelação cair dos céus, mas ela não chega. O que chega, na verdade, é uma mensagem que me deixa bem confuso.

Caio:
me encontra no elevador.

Felipe:

agora? tá doido?

Caio:

tem que ser agora!

vai ser legal.

confia em mim!

Felipe:

caio, são 15 pra meia-noite.

Caio:

me encontra no elevadoooorrrrr!!!!!!!

Felipe:

calma, tô indo. tava só fazendo charme.

E eu vou. Saio de casa vestindo meu já famoso pijama do Batman (que, caso você esteja se perguntando, foi lavado e está bem cheirosinho), e espero o elevador no corredor gelado do prédio.

Quando a porta se abre, Caio está lá, também de pijama.

A primeira coisa que ele faz é sorrir para mim. A segunda é me abraçar. A terceira é me dar um beijo rapidinho, sem se importar muito com a câmera de segurança.

— O que a gente está fazendo aqui? — pergunto, sussurrando, sem saber por que estou sussurrando.

— Eu queria te ver. E tive uma ideia doida — ele responde, com um sorriso malicioso.

— Caio, se você está pensando em fugir daqui feito um casal loucamente apaixonado, não vai rolar. Porque eu não tenho dinheiro e não estou apropriadamente vestido para fugir.

Caio dá uma risada alta e o som dessa risada me faz bem.

QUINZE DIAS 241

— A gente não vai nem sair do condomínio. Fica tranquilo. Mas seja discreto porque estamos prestes a fazer uma coisa ilegal — ele diz, com um tom misterioso na voz.

— De zero a dez, qual é a chance de eu acordar amanhã na cadeia?

— Zero.

— Então, vamos — digo no exato momento em que a porta do elevador se abre.

> **HORÁRIO DE FUNCIONAMENTO:**
> **DAS 8H ÀS 19H**

É o que diz a placa na entrada da piscina do condomínio. Não sei muito bem como cheguei até aqui. Caio me puxou de leve pelo braço, passamos despercebidos pelo porteiro que estava quase dormindo, e aqui estamos. Na beira da piscina, numa noite fria de lua cheia, e eu não faço a menor ideia do que está acontecendo.

— Eu não tenho a menor ideia do que está acontecendo — digo, pra deixar bem claro.

— Eu também não. Mas me deu vontade de vir pra cá. Nossas férias estão quase acabando, meus pais voltaram de viagem, e eu queria muito te ver. Achei que seria uma boa ideia vir aqui para conversar. É um lugar escondido. Ninguém viria até aqui numa hora dessas — ele diz com o olhar malicioso.

— Aaaaah, agora eu entendi o que você queria — digo, e me aproximo para receber um beijo do Caio. Hoje seu beijo é calmo, apaixonado e tem gosto de pasta de dente. Acho que esse é o melhor até agora.

Caio me pega pela mão, senta na beira da piscina com os pés dentro da água, e faz sinal para que eu sente do seu lado. Eu sento porque não existe outro lugar onde eu prefira estar agora.

— Minha mãe percebeu que alguma coisa estava diferente comigo — Caio diz, recostando a cabeça no meu ombro.

— Como assim? Ela está desconfiada de alguma coisa? Ela sabe da gente? Ela te encheu de perguntas, assim como eu estou fazendo agora? — digo, um pouco afobado.

— Não, nada disso. Ela só me falou que eu parecia mais... feliz. Eu não imaginava que estava tão óbvio assim.

— Existem alguns tipos de felicidade que são óbvios como uma placa de neon piscando em cima da cabeça da gente.

— Na minha placa de neon deve estar escrito o seu nome — Caio diz, e nós dois caímos num silêncio confortável.

Mas eu decido quebrar o silêncio.

— Foi no dia em que a gente brincou de sereia — digo.

— O quê?

— Lembra quando você me perguntou quando eu comecei a gostar de você? Foi nesse dia. A gente era criança, e eu perguntei se você queria brincar de sereia e...

— E a gente nadou com as pernas cruzadas assim até o céu ficar escuro. Eu lembro desse dia — Caio completa.

— Foi um bom dia — digo, abraçando Caio de lado e apertando-o contra o meu corpo.

Então Caio se solta dos meus braços, fica de pé, tira a camiseta e olha para mim.

— Quer brincar de sereia? — ele diz, com um sorriso bobo no rosto.

Então ele mergulha, espalhando água pra todos os lados.

QUINZE DIAS 243

Fico sentado observando Caio nadar de um lado para o outro, confortável como se a noite não estivesse fria e a água mais fria ainda.

— Ei! Vem nadar comigo! — ele me chama.

Minhas pernas tremem enquanto me levanto, e não sei se é por causa da dormência provocada pela água gelada ou por causa da decisão que estou prestes a tomar. Olho para os lados, me sentindo vigiado, enquanto Caio continua nadando e me chamando.

Aqui fora, debaixo da lua enorme, não tem como apagar a luz. Não tem como fechar a porta e cobrir as janelas. Aqui fora, ele pode me ver como eu sou. E não consigo acreditar no que estou fazendo, mas, sem pensar duas vezes, tiro a camiseta e pulo na piscina.

Passo alguns segundos debaixo d'água, me acostumando com a temperatura, e, quando volto para a superfície para respirar, Caio já está flutuando do meu lado.

— Você está trapaceando, não é assim que se brinca de sereia — ele diz, apontando para os meus pés. — Você tem que ficar com as pernas cruzadas e não pode encostar no fundo da piscina.

— Quem inventou essas regras? — digo, rindo.

— As próprias sereias inventaram. Eu só estou repassando — ele diz, apoiando a mão nas minhas costas para me ajudar a flutuar também.

Quando começo a boiar, Caio me dá outro beijo (desta vez, com gosto de cloro de piscina) e eu perco o equilíbrio. Fico flutuando, caindo e rindo um monte de vezes, sem me importar se a luz da lua mostra cada uma das minhas imperfeições ou se dentro da água pareço ter o dobro do meu tamanho.

— É tão bom estar aqui com você — digo, abraçando Caio e sentindo-o levitar nos meus braços.

—Acho que qualquer lugar pode ser bom se eu estiver com você. — Caio responde, dando um beijo no meu pescoço (que, por sinal, acaba de virar meu lugar favorito para ser beijado).

— Qualquer lugar menos uma sessão de cinema do terceiro filme de *Zombie robots*. A gente não vai assistir a isso. Estou avisando desde já — eu protesto.

— Eu vi num documentário, certa vez, que uma pessoa assiste em média a cento e cinquenta filmes muito ruins ao longo da vida. Esse foi nosso primeiro! Ainda tem muita coisa pela frente — ele diz.

— Caio, esse dado não faz o menor sentido — respondo, e meu queixo começa a tremer.

— Eu só estava querendo ser fofo, me deixa em paz! — Caio responde, jogando água no meu rosto.

Eu me viro de costas para desviar da água e Caio passa os braços em volta do meu pescoço pra tentar roubar um beijo. E, de repente, encontro o último item da minha lista. Não é tão revelador como eu esperava que seria, mas anoto mentalmente pra não esquecer.

15. Eu gosto de piscina. Por muito tempo fingi que não gostava porque tinha vergonha do meu corpo. Mas hoje, flutuando ao lado do Caio e observando a lua lá no alto, entendo o que me faz feliz quando estou na água. Aqui dentro, eu me sinto leve.

QUINZE DIAS 245

AGRADECIMENTOS

Rafael, escrever este livro foi uma jornada incrível que teria sido muito mais difícil sem você ao meu lado. Obrigado por escutar o meu drama nas noites em que tudo que eu escrevia parecia um grande desastre, por me incentivar e me dar as melhores ideias, e por ser sempre o primeiro a ouvir um capítulo assim que eu terminava de escrever. Mesmo quando já estava tarde e você só queria dormir ou jogar seus joguinhos de batalha no celular. Obrigado mesmo. Eu amo você.

Mirian, você é a única mãe que eu tenho. Então, todas as mães deste livro têm um pouco de você. Obrigado pela inspiração que vou levar para a vida toda, pelo carinho e amor sem fim, e por tentar me entender mesmo nos dias mais difíceis. Minha irmã, meus sobrinhos lindos e toda a minha família: vocês estão sempre na minha mente e no meu coração. Carrego vocês para todo lado e espero um dia poder encher todos de orgulho.

Mayra, obrigado por ser uma amiga fiel e paciente, que me aguentou falando incansavelmente sobre a história do Felipe desde o comecinho e ouviu (literalmente, nos nossos cafés da tarde onde eu lia os novos capítulos para você) cada pedaço desta história com muito entusiasmo. Ouvir suas risadas durante a leitura me deixava ainda mais empolgado para continuar.

Thereza, Victor e Paulo, obrigado por acompanharem essa aventura de pertinho e por me fazerem dar risada dentro do Uber quando eu estava indo para a minha primeira reunião na editora e já tinha comido todas as minhas unhas de nervosismo. Vinnie, André, Fogs, Duds e Davi, obrigado por lerem esta história e me ajudarem com a lista de possíveis nomes para o gato de Felipe e Caio. Esta história tem um pedacinho de vocês.

Bárbara, obrigado por topar escrever o *blurb* do livro antes mesmo de o ler por inteiro. Obrigado por confiar nas minhas habilidades de escrita baseada apenas nas DMs que trocamos pelo Twitter. E obrigado também pelas palavras de incentivo, pelas dicas que aprendi com você e por compartilhar suas experiências comigo.

Gabi, você ajudou como ninguém a escrever a história da minha vida, ficando do meu lado quando ninguém mais estava. Obrigado por ser a Beca do meu Caio.

Equipe Globo Alt, vocês são maravilhosos! Eugênia, obrigado por enxergar potencial em mim e por me ligar no meio de um dia ruim para perguntar se eu tinha uma história para contar. Sarah, obrigado por ouvir todas as minhas inseguranças durante esse processo de escrita e por sempre me enviar as melhores respostas, por exemplo, "Oi, Vitor! A falta de vírgulas do seu e-mail me deixou um pouco atordoada, mas foi perfeito para eu entender o drama!", que eu IMPRIMI E COLEI NA MINHA PAREDE (sério).

Obrigado a todo mundo que me acompanha na internet (seja pelo YouTube, pelo Twitter ou pelo diário de escrita). A empolgação de vocês toda vez que eu falava qualquer coisa sobre o livro me deixava nas alturas. É maravilhoso se sentir assim! E obrigado também para você que nunca tinha me visto antes, mas chegou até aqui de alguma forma (oi, eu sou o Vitor!).

E por último, obrigado a todas as pessoas que lutaram ou ainda lutam pelos direitos da comunidade LGBTQIA+ no Brasil. Se hoje eu posso publicar um livro sobre dois garotos que se apaixonam, devo tudo isso a vocês. Obrigado por nunca desistirem. Estamos juntos nesta luta. O mundo inteiro é nosso.

QUINZE DIAS SÃO PARA SEMPRE

Quando comecei a escrever *Quinze dias*, lá em 2016, eu não sabia muito bem o que estava fazendo. Tinha acabado de fazer as pazes comigo mesmo e aceitar que, embora minha ideia não fosse A Maior História de Amor Já Escrita, ela era minha. E eu precisava contar. Precisava, de alguma forma, mostrar para outros que um garoto como o Felipe merecia ser protagonista (e, no fim das contas, descobri que precisava mostrar isso para mim mesmo também).

Ao revisitar este livro para preparar a edição especial que você está segurando agora, senti um negócio no peito que é difícil de explicar. Uma mistura de orgulho ao ver como Felipe chegou muito mais longe do que eu imaginava com um pouquinho de vergonha alheia dos erros mais técnicos que só fui aprender a consertar anos depois, e tudo isso coberto por uma camada de melancolia e um violino triste tocando ao fundo enquanto me lembrava de onde eu estava enquanto pessoa na época em que *Quinze dias* era só um arquivo incompleto no meu computador com o título provisório "Daqui a pouco eu entro".

Obviamente, escolhemos outro título.

Ainda bem.

De lá pra cá, muita coisa aconteceu. Tive o privilégio de conhecer muita gente legal, a estrutura para participar de eventos literários em todas as regiões do Brasil e a sorte de encontrar leitores que, de alguma forma, se enxergaram no Felipe. Um garoto tímido, gordo, com senso de humor autodepreciativo e um coração capaz de amar o mundo inteiro, menos a ele mesmo.

Revisitar esta história depois de cinco anos (que na minha cabeça parecem cinquenta) é uma experiência muito interessante. E nesta carta quero compartilhar um pouquinho dos primeiros processos. Não sei exatamente quando decidi, mas, desde o começo, eu já sabia que a história se passaria em quinze dias. Talvez fosse meu subconsciente me mandando trabalhar numa janela de tempo mais curta porque era meu primeiro livro e fazer assim poderia ser mais seguro. Talvez fosse uma espécie de desafio pessoal, eu contra mim mesmo, tentando provar que sou capaz de fazer dois garotos se apaixonarem em quinze dias, contando que eles tenham muito tempo livre pra conversar madrugada adentro.

Independente da motivação, foi a partir disso que eu comecei. Construí um calendário que começava na última sexta-feira de aula antes das férias de julho e fui preenchendo um dia de cada vez, colocando detalhes na rotina do Felipe (quartas-musicais, sessões de terapia e visitas à ONG com a mãe) e, no meio disso tudo, fui encaixando possibilidades para que ele se abrisse e deixasse que outras pessoas enxergassem quem ele é por dentro.

Como disse, eu não sabia muito bem o que estava fazendo e, nos primeiros rascunhos, a coisa era mais ou menos assim:

S T Q Q S S D

				1	2	3
4	5	(6)	7	8	9	10
11	12	(13)	14	15		

QUARTA musical

Dia ① SEXTA
· Felipe - apresentação
· caio - descobre que
vai ficar no felipe.
Felipe GRITA!!

Dia ② sábado
(cheiro de BOLO)
(materiais ing. bolo)

Felipe: mercado p/ Rita
caio: dormir mal
reLê as mesmas cenas
1000 vezes

Dia ③· dom.
- Felipe entrega o livro
= vai dormir mas
deixa a porTa aberta
esperança / convite
caio não vai :(

Dia ④ seg
caio inveja relação
mãe x Filho
Felipe: ____

Dia ⑤ - TERÇA
Assuntos: ser gay, mãe,
climão.
Terapia?

Dia ⑥ - QUARTA
Filme!?!! Hairspray
ou Footloose)
felipe quer que caio
seja o zac efron dele.

Dia ⑦ : QUINTA
Tópico da conversa:
ser gordo / gordofobia
etc? llllll

Dia ⑧ SEXTA·
Piscina? Amgs do caio?

Dia ⑨ FESTA!
Beijo!!) ♡ ♡ ♡

Dia 10:
CLimão pós Beijo!
sermão da Tia Rita
(mas não muito)

Dia 12: ?
Dia 13: cinema? Bjo?

Dia 14: ?

Dia 15. PISCINA!
Felipe ENTRA!

A cena do beijo deve ter mudado de lugar umas três vezes. No começo, ela acontecia logo depois da Festa Julina. Mas não queria que o primeiro beijo do Felipe com o Garoto Mais

Lindo Do Mundo acontecesse sob influência de três ou cinco latinhas de cerveja. Queria que fosse genuíno, consciente e bonito. E uma sala escura de cinema me pareceu o lugar perfeito para o primeiro beijo de um garoto que odeia ser visto. Quando terminei de escrever a cena, senti que o beijo estava no momento certo. E eu, enquanto pessoa que ama romances e ama *escrever* romances, valorizo muito um Beijo No Momento Certo.

Por falar em cinema, Felipe é apaixonado por filmes. Ou por qualquer coisa que o faça esquecer o mundo real por um tempo. Felipe também adora fazer listas. E caso você esteja pensando "Nossa, como eu queria uma lista com todos os filmes citados em *Quinze dias*, organizada por ordem de aparição", hoje é o seu dia de sorte!

Todos os filmes citados em Quinze dias,
organizados por ordem de aparição

1. *A pequena sereia* (1989)
2. *Missão impossível* (1996)
3. *Sexta-feira muito louca* (2003)
4. *Legalmente loira* (2001)
5. *Legalmente loira 2* (2003)
6. *...E o vento levou* (1939)
7. *Lanterna Verde* (2011)
8. *Transformers* (2007)
9. *Mamma mia!* (2008)
10. *A Noviça rebelde* (1965)
11. *O mágico de Oz* (1939)
12. *Os miseráveis* (2012)

13. *Sete noivas para sete irmãos* (1954)
14. *Dreamgirls* (2006)
15. *Footloose* (1984)
16. *Hairspray* (2007)
17. *E.T.: O Extraterreste* (1982)
18. *Invasores* (2007)
19. *Space Jam: O jogo do século* (1996)
20. *De repente 30* (2004)
21. *X-Men: Dias de um futuro esquecido* (2014)
22. *Perdido em Marte* (2015)
23. *O grande Gatsby* (2013)
24. *Billy Elliot* (2000)
25. *Priscilla: A rainha do deserto* (1994)
26. *Jogos vorazes* (2012)
27. *Orgulho e preconceito* (2005)

Depois, foi a hora de trocar um monte de cenas de lugar, bater a cabeça tentando pensar num título melhor do que "Daqui a pouco eu entro" (uma tarefa fácil, levando em conta que *qualquer coisa* poderia ser melhor do que "Daqui a pouco eu entro"), e literalmente começar a fazer terapia, a princípio como uma espécie de pesquisa para as cenas de terapia do Felipe, que, no primeiro rascunho, eram bem ruins, já que todas as referências de terapia que tinha vinham de filmes e novelas das oito. Até que finalmente chegou a hora de pensar na capa!

Decidi eu mesmo fazer a capa porque a ideia sempre foi muito viva na minha cabeça. Então, no dia 24 de janeiro de 2017, às 11h54, eu mandei o seguinte e-mail para a Sarah Czapski, editora responsável por trabalhar em *Quinze dias* comigo:

Oi Sarah! Não sei se estou atropelando algumas coisas, mas desde nossa reunião no ano passado a capa do livro NÃO SAI DA MINHA CABEÇA.

Daí ontem, pela primeira vez na vida, eu senti que talvez eu seja capaz de fazer a capa. Na verdade eu senti VONTADE *de fazer, sabe? E as ideias ficaram batendo na minha cabeça, daí hoje decidi te mostrar o que eu pensei.*

Fiz um rascunho MUITO NA PRESSA, SEM ACABAMENTO FINAL, *do que eu tenho em mente. A capa seguiria aquela ideia do pé na piscina, por mostrar um ponto muito decisivo da história. Ele vai entrar na piscina ou vai ficar ali só com o pezinho na água????* UUUHH. *Daí o verso seguiria com a piscina, e a boia de flamingo flutuando ali no cantinho.*

Sobre o título, sigo na dúvida, botei só pra ilustrar. Mas no meu coração tenho sentido que um título mais curto combinaria melhor com a história, sei lá. Não sei explicar.

Enfim, to mandando a imagem em anexo pra vc dar uma olhada. Lembrando que eu fiz isso correndo aqui em 5 minutos, a versão oficial ficaria MUITO MELHOR.

Acho que é isso.
Espero que vc goste da ideia.
O que me diz?
Beijos <3

Em retrospecto, me sinto ousado por justificar minhas escolhas usando o critério MEU CORAÇÃO. E também bem confiante ao afirmar que a versão oficial ficaria MUITO MELHOR. E ficou (eu acho). Já que o rascunho que mandei no e-mail foi esse aqui:

A versão final, essa que você está segurando agora, ganhou uma perspectiva mais interessante, uma boia de flamingo menos assustadora e uma depilação nas pernas do Felipe. E eu tenho muito orgulho dessa capa!

Com o passar dos anos, *Quinze dias* foi recebendo capas e títulos diferentes ao redor do mundo. Enquanto escrevo essa cartinha, a história de Felipe já foi parar nos Estados Unidos, Austrália, Nova Zelândia, Reino Unido, Rússia, Alemanha... Nos países de língua inglesa, o livro se chama *Here The Whole Time*, um trecho da música "You Belong With Me", da Taylor Swift, que, na minha opinião, captura muito bem essa história de amor entre dois garotos que se apaixonam por alguém que estava ali o tempo todo, na porta ao lado.

Na Alemanha, porém, o título é outro, *15 Tage sind für immer*, que numa tradução literal significa "15 dias são para sempre", o título que resolvi dar a esta carta ao leitor.

Quando li pela primeira vez, abri um sorrisão enorme na hora. Essa frase ficou na minha cabeça por um bom tempo. Para mim, ela mostra o impacto que os quinze dias tiveram na vida de Felipe e Caio. E, de certa forma, responde as perguntas que recebo quase todos os dias nas minhas redes sociais, como "Mas e aí? Eles vão namorar?", "A mãe do Caio vai descobrir tudo?", "Felipe finalmente será feliz pra sempre?", geralmente seguidas da clássica "VAI TER CONTINUAÇÃO???".

Para a maioria dessas questões, minha resposta é "não sei". Mas sei que aqueles quinze dias foram para sempre. Tanto para os meus personagens quanto para mim. Uma janela pequena de tempo, quando comparada com uma vida inteira, mas que marcou a jornada de dois adolescentes que se beijam na piscina, no meio da noite, quando não tem ninguém olhando. Os quinze dias são deles e, por enquanto, não sei nada a respeito do resto dos dias.

Mas se você quer saber um pouquinho mais, preparei algo especial para esta nova edição do livro.

No começo, a minha ideia era criar capítulos intercalados. Deixar Felipe e Caio contarem essa história juntos. Mas, quanto mais escrevia, mais percebia que *Quinze dias* era do Felipe. É uma história de amor romântico, claro, mas também é sobre família, amizade, amor-próprio e pequenos passos. Então, os capítulos do Caio foram jogados numa pasta do meu computador e ficaram por lá pegando poeira… Até agora!

BOOM! MÚSICA DRAMÁTICA! SONS DE EXPLOSÃO! APLAUSOS AO FUNDO!

A seguir, você encontrará o primeiro capítulo de *Quinze dias* pelo ponto de vista do Caio e vai descobrir um pouco mais sobre como O Garoto Mais Lindo do Mundo enxerga essa história.

Vou ser sincero, não é a versão 100% original escrita em 2016. Mexi numas coisinhas aqui e ali, e acrescentei alguns detalhes que só surgiram na história depois, quando o ponto de vista do Caio já estava descartado. Mas a essência da história (e boa parte das piadas originais) está ali.

E antes que você possa virar a página e começar a ler, fica aqui só mais um pouquinho.

Só pelo tempo necessário para ler o último parágrafo desta cartinha.

Só para eu te agradecer por estar aqui, por falar desse livro ao longo dos últimos anos, por compartilhar comigo o quanto a história do Felipe ganhou um lugarzinho especial no seu coração. E, para quem chegou agora, fica aqui só para eu te lembrar que o mundo inteiro é, de fato, todo seu! E que, apesar de todos os medos que carregamos no peito parecerem fortes o bastante para nos derrubar hoje, amanhã é um dia novo. E depois tem mais um. E mais outro. E mais quinze. Um dia de cada vez.

Vitor Martins

DIA 1

Caio

Acordo com a minha mãe batendo de leve na porta do quarto. O que nunca é um bom sinal. Ela só bate de leve na porta quando está se sentindo culpada ou vingativa. A batida *padrão* da minha mãe é sempre um murro seguido de dois tapinhas.

Ela abre uma fresta da porta e coloca a cabeça para dentro. Seus cabelos estão escondidos embaixo de uma touca plástica e, juro por Deus, ela está usando óculos escuros. Dentro de casa.

— Sua mala já está na sala, meu amor — ela diz com toda a naturalidade do mundo. Como se eu já soubesse o que a frase significa.

Foi meu pai quem teve a ideia da segunda lua de mel. Essa semana os dois completaram vinte anos de casamento. *Bodas de porcelana*, conforme minha mãe não deixa ninguém esquecer. Meus pais estão indo para o Chile por quinze dias pra conhecer uma ilha cheia de pinguins. Eles são obcecados por pinguins, por algum motivo. Nunca entendi direito.

QUINZE DIAS **261**

Ainda com sono e confuso, esfrego os olhos para limpar as remelas e pergunto, morrendo de medo da resposta:

— Mala?

—A viagem, filho. A *viagem* — ela diz duas vezes, como se eu fosse uma criança — Nós vamos ver os pinguins!

Até então, eu achava que aquela seria uma viagem de lua de mel, só para os dois. E você *sabe* o que acontece em viagens de lua de mel. Não quero ir junto com eles. E definitivamente não quero estar lá enquanto meus pais comemoram suas *bodas de porcelana*.

Minha mãe deve ter percebido a minha cara de confusão misturada com desespero, porque logo começa a se explicar:

— São quinze dias de viagem, Caio. Nunca que eu vou te deixar aqui sozinho por tanto tempo. Você precisa de alguém pra cozinhar e cuidar de você — ela argumenta, acrescentado mais uma frase na lista de Coisas Nem Um Pouco Feministas Que Minha Mãe Já Disse. — Mas já está tudo resolvido. Falei com a Rita do 37 e ela disse que não teria problema nenhum se...

Quando entendo o que está acontecendo, minha cabeça começa a ferver. Eu realmente não estou acreditando que a minha mãe arrumou uma *babá* pra um filho de dezessete anos.

— ... ela disse que tem espaço de sobra no apartamento, e também achou ótima a ideia de você e o filho dela... Fernando? Fábio?

— Felipe — murmuro, mas ela não para de falar.

— O gordinho, você sabe. Ela achou ótima essa ideia de vocês passarem um tempo juntos. Coloquei tudo que você vai precisar na mala. Está perto do sofá. Sei que são só quinze dias, mas coloquei vinte cuecas, porque vai que acontece alguma emergência?

Continuo imóvel na cama ouvindo o plano da minha mãe e pensando que tipo de emergência ela acha que pode acontecer pra me fazer precisar de cuecas extras.

— Mãe... — tento interrompê-la, sem sucesso. — *Mãe!* Me ouve, *por favor!*

Ela para de falar, mas continua me encarando por trás dos óculos escuros enormes que provavelmente está usando porque não gosta que ninguém a veja sem maquiagem. O que talvez também não seja nada feminista. Não sei. Preciso confirmar com a Beca.

Respiro fundo.

— Mãe. — Uso a melhor voz de bom menino que consigo articular às seis e meia da manhã depois de receber uma notícia horrível. — Achei que isso tudo já tava resolvido. Vocês viajam, eu fico em casa, vocês ligam toda noite, eu falo que tá tudo bem, vocês veem os pinguins e todo mundo fica feliz. Eu já tenho dezessete anos. Não preciso de ninguém me vigiando. Sei me virar na cozinha, qualquer coisa eu peço pizza. Aliás, deixa um dinheiro por favor. Mas, sério, pode confiar em mim. Eu consigo cuidar da casa.

Ela fica em silêncio por dois segundos, até soltar uma risada debochada.

— HA. HA. HA, Caio Luiz. Você acha *mesmo* que eu vou te deixar *sozinho* nessa casa por mais de duas semanas? Se *entupindo* de pizza? A *mercê* dos perigos da vida? Das bebidas? Das drogas do momento?

Drogas do momento. Sério.

Então entramos numa discussão sem fim sobre ela confiar em mim, mas não nos meus amigos. Sei que ela está falando da Beca, mas prefere usar "amigos" no plural para disfarçar. Como se eu tivesse "amigos" no plural.

QUINZE DIAS 263

Tento explicar que meus amigos não usam as drogas do momento. Ou qualquer droga de qualquer momento, na verdade. Mas a coisa fica séria mesmo quando ela começa a chorar. As lágrimas escorrem por trás das lentes enormes dos óculos, e meu pai aparece na porta do quarto, como se o choro da minha mãe fosse um alarme de incêndio e ele, seu bombeiro emocional.

— Alberto, nossa viagem está *cancelada*! — ela declara, se jogando nos braços dele e enterrando a cabeça em seu pescoço.

Meu Deus. O drama.

Eu poderia insistir mais, poderia arrumar uma maneira de mostrar que sou responsável. Mas conheço a mãe que tenho. Eu era o tipo de criança que ia para a escola com tudo etiquetado porque ela não queria que eu perdesse nada. Meus lápis de cor eram numerados e a etiqueta do uniforme tinha meu nome escrito. Quando comecei a ir para a escola sozinho, ela me deu dois celulares, porque se eu fosse assaltado no meio do caminho, ainda teria o segundo aparelho para ligar pra ela na mesma hora.

Continuar argumentando vai fazer com que essa briga deixe de ser Só Mais Uma Manhã Dramática Em Família e minha mãe vai, de fato, cancelar a viagem para que eu não fique sozinho. E eu não sou cruel desse jeito. Deixa eles verem os pinguins!

Só preciso passar quinze dias de férias na casa de uma família estranha, convivendo com um garoto que não fala comigo há anos.

— Tudo bem, mãe, tudo *beeeem*. Eu fico na casa dos vizinhos — digo, levantando os braços em rendição e me segurando para não revirar os olhos.

Em um milésimo de segundo, minha mãe seca lágrimas que param de escorrer como num passe de mágica, dá um pulinho de alegria, um beijo na minha bochecha e sai do quarto. Meu pai abre um sorriso amarelo, tira uma nota de cinquenta reais do bolso e me entrega. Do nada.

Sorrisos amarelos e dinheiro são as únicas formas de comunicação que meu pai conhece para expressar afeto.

Meu professor de literatura, Veiga Neto, tem sempre as melhores intenções. Ele vive dizendo que quer tirar nosso medo da leitura e, para a prova final do semestre, deixou a gente escolher um livro "jovem" de uma lista pré-selecionada. Escolhi *A Sociedade do Anel* porque, sem brincadeira, era o livro *mais recente* de toda a lista, publicado em 29 de julho de 1954 (!!!).

Me arrependo amargamente porque não consegui terminar a tempo e, quando entro no elevador do prédio, folheio as páginas procurando por palavras-chave que posso usar para responder às perguntas da prova. Espero que uma delas seja "Sam e Frodo são *gays?*", porque essa é a única que eu saberia responder sem pensar muito.

O elevador para de repente, então dou uma olhada e percebo que ainda não chegou no térreo. Enterro a cara no livro novamente e mantenho os fones de ouvido mesmo sem música, porque não estou a fim de papo com ninguém. Mas, de canto de olho, vejo Felipe entrando. O vizinho de baixo. Meu colega de quarto pelos próximos quinze dias. Meu ex-amigo de infância. Ou ex-colega de piscina. Sei lá o que nós somos. Também não sei quando foi a última vez que nos falamos.

QUINZE DIAS 265

Ele aperta todos os botões do elevador (de propósito, só pode), e a viagem até o térreo é demorada. Levanto a cabeça para dar bom-dia, mas ele desvia o olhar para o chão e enfia as mãos no bolso, como se estivesse se segurando pra não me dar um soco na cara. Não que eu ache que Felipe faria isso, mas esse tem se tornado um sentimento frequente de uns meses pra cá. Vivo achando que ninguém me suporta. Porque nem eu me suporto às vezes.

Quando a porta de metal se abre, fecho o livro, aperto o passo e vou embora sem olhar para o vizinho que parece estar odiando a ideia da nossa colônia de férias forçada tanto quanto eu. Sinto uma pontada de culpa, mas repito para mim mesmo um milhão de vezes que a culpa não é minha. É da minha mãe. Sempre da minha mãe.

O relacionamento *extremamente* gay de Sam e Frodo não caiu na prova. Uma pena. Mas acho que não fui tão mal assim. Na maior parte do tempo, não me sinto uma pessoa inteligente, mas acho que sou esperto o bastante para organizar as palavras de uma forma que me faz *parecer* inteligente. Espero que isso tenha sido o bastante para o professor Veiga Neto gostar das minhas respostas e acreditar que li o livro inteiro.

Passo a manhã na escola me esforçando para ser o mais invisível possível e, quando finalmente chega a hora de ir embora e eu me dou conta de que não vou passar os próximos dias na *minha* casa, no *meu* quarto, quase sinto vontade de ficar mais tempo no colégio.

Coisa que nunca aconteceu desde que a Beca se formou.

Enquanto espero o ônibus no ponto, mando mensagem para ela. Hoje é sexta e Beca tem folga do estágio. Capaz de estar dormindo até agora.

Caio:
oie pode conversar?

Em menos de cinco segundo, Beca me liga. Acho engraçado como ela é só um ano mais velha que eu, mas, quando se trata de meios de comunicação, a diferença parece ser de uns vinte anos. Juro. Beca é do tipo que *gosta* de ligar para as pessoas. E, embora eu odeie falar no telefone, atendo porque minha melhor amiga merece uma exceção.

— Bom dia! — ela diz com empolgação assim que atendo.

— Que animação toda é essa?

— É sexta-feira, Caio! E a Mel vem pra cá na semana que vem! Vamos passar uns quatro dias juntas. Talvez cinco! A gente precisa sair pra fazer alguma coisa. Imagina só: eu, você e Mel. Não tem como ser melhor!

Super tem como ser melhor, mas não falo isso. Porque sou um bom amigo. E, apesar de conhecer bem pouco a Mel, eu gosto dela.

— Mas me conta — Beca continua, percebendo que ainda estou em silêncio. — O que aconteceu?

Estico o pescoço em direção à rua para ver se o ônibus está chegando. Não quero ter uma conversa com Beca ao lado dos outros alunos que se aglomeram aqui. Não gosto quando as pessoas do colégio ouvem minha voz. Parece que estou dando material para que me infernizem mais um pouco. Deslizo para o canto do banco, subo os pés para apoiar a cabeça no joelho e tento falar o mais baixo possível, mas com

QUINZE DIAS 267

certo nível de urgência para Beca perceber que a minha vida está acabada.

— Minha vida está acabada! — digo, contorcendo o rosto ao perceber que falei igualzinho à minha mãe. — Meus pais vão viajar, né? Segunda lua de mel e tal.

— Eca.

— Sim. Mas eu estava *feliz* por eles, sabe? Feliz por poder ficar em casa sozinho.

— *Pfff* — Beca solta, segurando uma risada.

— Que foi?

— Sua mãe, Caio? Te deixar *sozinho*? A mesma mãe que escrevia "Caio" em todos os seus lápis de cor?

Reviro os olhos, mesmo sabendo que ela não pode me ver.

— Ela me mandou ficar na casa do *vizinho*. Por *quinze dias*.

— Qual vizinho? — Beca pergunta, como se conhecesse *algum* dos meus vizinhos.

— Felipe. E a mãe dele. Ele tem a minha idade. Menos mal, sabe? Mas a gente não se fala há anos! Eu tenho essa teoria de que ele se afastou de mim quando eu fui ficando... — Cubro a boca com a mão para sussurrar. — *Gay demais*.

De repente, Beca perde o tom de brincadeira e fica séria.

— Caio, você acha que a casa do vizinho vai ser um ambiente perigoso? Você precisa de ajuda?

Abro um sorriso porque sinto falta da proteção de Beca no meu dia a dia, mas respiro fundo e acalmo a voz para que ela fique tranquila.

— Não, *não*. Acho que não. A mãe dele é sempre muito educada comigo no elevador. Ela parece legal. E o Felipe... ele parece... sei lá. Quieto? Meio tímido.

—Às vezes ele é daqueles héteros bonzinhos — Beca comenta.

— Existe isso?

— Dois ou três. No mundo inteiro. Mas existem.

Dou uma risada e não comento mais nada porque avisto o ônibus chegando e sei que Beca não vai me deixar desligar se eu falar o que estou pensando.

— Meu ônibus tá chegando. A gente se fala depois. Por *mensagem*. Como pessoas *normais*. Beijo, tchau.

Desligo sem escutar a resposta dela e, um segundo depois, como uma pessoa normal, Beca me manda uns dez emojis nervosinhos. Seguidos de mais uns dez corações. Que respondo com dez piscadinhas e ela responde com dez trevos de quatro folhas.

E espero que as *quarenta* folhas sejam suficientes para me dar sorte.

Sento no fundo do ônibus, encostado na janela e distante dos outros seis alunos que fazem a mesma rota que eu, coloco os fones de ouvido sem música e penso no que não disse para Beca.

Penso em como o Felipe, talvez, não seja um hétero bonzinho. Quer dizer, talvez ele seja só bonzinho. Mas hétero ele não é. Eu acho. Sei lá.

É difícil porque não tenho muito *material* para sustentar minha teoria, mas sei que ele tem uma conta fechada no Instagram. Ele me seguiu uma vez e parou de seguir dois dias depois. E, no começo do ano, curtiu uma foto antiga minha. Dessas que precisa descer pelo feed umas seis vezes até chegar nela. Ele *descurtiu* logo em seguida. Mas eu estava online na hora e vi. E era uma foto *minha*, da minha *cara*. E não aquelas de paisagem que eu coloco para intercalar com *selfies* e tentar parecer uma pessoa mais interessante. Era eu, sorrindo para a câmera, deitado na cama com o sol do fim da tarde batendo no meu rosto num dos dias em que a minha autoestima estava lá em cima.

Não consigo imaginar um cenário em que um *hétero bonzinho* curtiria uma foto daquelas sem querer.

Mas não falei isso com a Beca. Nem pretendo falar com ninguém. Porque, assim como Sam e Frodo, a maior probabilidade é que o Felipe só seja gay na minha cabeça.

Quando chego no condomínio, recebo uma mensagem da minha mãe.

Sandra:
Filho, já chegou na casa da Rita?
Manda foto quando chegar.
Estamos no aeroporto.
Te amo bjsssss
Se comporta!

Salvei o número da minha mãe como "Sandra" pra ela não receber nenhum golpe de falso sequestro se meu celular for roubado. Minha mãe acha indelicadeza da minha parte. Diz que eu poderia usar pelo menos um "Sandra <3", mas o coraçãozinho ao lado do nome eu só uso com a Beca. Seria quase uma *traição* à nossa amizade usar com outra pessoa.

Caio:
Quase chegando. Boa viagem!

Sandra:
Manda foto!!!

Ignoro o pedido enquanto abro nosso apartamento e encontro minha mala para os próximos quinze dias organizada ao lado da porta. Ela é gigante, de rodinhas, e tem estampa de oncinha e o tamanho de um estádio de futebol. Aproximadamente. Não entendo muito sobre estádios de futebol. Meu celular vibra de novo.

Sandra:
Embarque em 10 min. Foto!!!!!

Ela não vai desistir e não tem mais como fugir. Recolho a mala, tranco a porta e desço de elevador até o terceiro andar. Estou prestes a tocar a campainha quando percebo que Felipe está conversando com a mãe do outro lado da porta. As portas do nosso prédio antigo são grossas, de madeira maciça, então não dá para entender frases completas. Prendo a respiração, me concentro e preencho as lacunas do que escuto.

Eu não posso receber visitas!

Ele não tem parentes? Não pode ficar sozinho?

Vocês nem são amigas!

Encolho no corredor a cada ideia que consigo formar, e toco a campainha antes que tudo piore.

Rita abre a porta depois de uns trinta segundos e fico parado ali, sem saber o que fazer. Na cozinha, Felipe me encara como se estivesse vendo um fantasma, e eu levo um tempo para registrar a imagem da cozinha mais bagunçada que já vi em toda a minha vida. Minha mãe teria um *treco* se visse isso aqui.

— Pode entrar, pode entrar — Dona Rita diz, me puxando pelo braço e ajeitando minha franja de um jeito maternal que raramente vejo minha própria mãe fazendo. — E você — ela aponta para o Felipe — ajuda ele com a mala, filho!

Seguindo as ordens da mãe, Felipe pega minha mala e some com ela para dentro da casa.

QUINZE DIAS 271

— O quarto é o primeiro do corredor. Vai lá!

Sigo a direção que ela apontou.

É estranho estar aqui. A planta do apartamento deles é idêntica à do nosso, só que espelhada para o outro lado. É como estar num mundo invertido, sem saber o que esperar.

Fico parado na porta do quarto do Felipe enquanto ele empurra a mala gigante para o canto entre o armário e a escrivaninha.

— Desculpa o exagero da mala. Coisa da minha mãe — digo, porque sinto a necessidade de me justificar. E também não quero que ele pense que a mala com estampa de oncinha foi uma escolha *minha*. Sei lá por quê. Eu até gosto de estampa de oncinha.

Felipe não responde. Ele olha para a mala, para o chão, para o teto e para a mala de novo.

— Meninos! Almoço! — Dona Rita grita da cozinha.

— Vou tomar banho e já vou! — Felipe grita de volta, sem olhar para mim, girando na ponta do pé e desaparecendo do quarto.

É a primeira vez que escuto a voz dele em muito tempo. Está bem mais grossa do que a voz do Felipe Criança que eu tinha na minha cabeça. Bem mais grossa do que a minha, que parece ser a mesma do Caio Criança até hoje.

Meu celular vibra mais uma vez.

Sandra:
????

Abro a câmera frontal, aponto para o meu rosto e chego um pouco para o lado só para a minha mãe ver que já estou na casa de uma família *completamente desconhecida*, o que, por algum motivo, ela acredita ser uma opção melhor do que me deixar sozinho. Envio a foto sem dizer nada.

Sandra:
Vou ligar pra Rita bjs

Ela liga e, do quarto, consigo ouvir as duas conversando por um tempo. Poderia correr pra lá e tentar ouvir o que estão falando, mas não tenho mais paciência. Estou cansado. Tipo, emocionalmente.

Me sento na cama e observo o quarto. Não de um jeito esquisito de quem tenta descobrir coisas sobre a personalidade de um garoto julgando o jeito como ele arruma o quarto (só um pouco), mas como alguém analisando o espaço onde vai passar quinze dias hospedado. 100% normal.

Felipe parece gostar de quadrinhos. Eles estão pelo quarto inteiro, com todo tipo de herói na capa. Tento decorar alguns nomes para puxar assunto mais tarde e faço o possível para não julgar o jeito como as revistas parecem não seguir nenhum critério de organização. Vejo livros também, alinhados numa prateleira que já começou a ceder. A porta do armário está um pouco estufada, com cara de que vai explodir se eu tentar abrir só uma fresta. Mas não vou fazer isso. Porque observar o ambiente é uma coisa, espiar o armário é outra completamente diferente.

Do fim do corredor, noto o som do chuveiro parando abruptamente. Felipe está saindo do banho. Não sei se espero aqui, se vou para a cozinha ou se fujo pela janela. Na emoção do momento, decido que parecer casual é a melhor opção.

Abro a mochila, puxo minha cópia de *A Sociedade do Anel* e me sento na cama de novo, abrindo o livro em qualquer página e fingindo que estou lendo.

QUINZE DIAS 273

Ouço os passos de Felipe se aproximando e preparo a expressão ensaiada de "Nossa, você já voltou! Vamos almoçar e ter uma interação normal?", mas, quando levanto o rosto, encontro Felipe enrolado na toalha, o cabelo pingando e o rosto apavorado.

Tento desviar o olhar rápido, mas meu cérebro me trai. Porque ele está bem ali, na minha frente, molhado e só de toalha. E não consigo falar nada.

Conforme meus olhos passeiam pelo corpo de Felipe e chegam no rosto dele, noto as sobrancelhas cerradas e as bochechas vermelhas.

— SAI DO MEU QUARTO! — ele grita.

Dou um pulo na cama, assustado. Felipe está bloqueando a porta e parece não perceber que não tem como eu obedecer à ordem que ele me deu aos berros.

Respiro fundo e pigarreio.

Ele dá um passo para o lado e abaixa a cabeça.

— AGORA! — mais um grito.

E eu saio. Assustado porque nunca imaginei que Felipe fosse do tipo que grita, e furioso porque não tive coragem de gritar de volta.

Quando chego na cozinha, encontro a mãe de Felipe parada ao lado da mesa. Ela deve ter escutado o grito. Sua expressão parece meio assustada, meio envergonhada, como se não soubesse o que dizer nessa situação.

Somos dois, porque eu também não sei.

— Pode pegar seu prato aqui. Tem arroz e feijão no fogão, bife no forno e batata frita aqui na mesa — ela diz, apontando de um lado para o outro.

Tento acompanhar os movimentos e executar tudo na ordem certa. É diferente almoçar assim. Em casa, geralmente é minha mãe quem faz meu prato (na maioria das vezes para controlar a quantidade do que vou comer), e a mesa de jantar está sempre posta com talheres diferentes para se servir e guardanapos de tecido. Aqui não tem nada disso. A mesa é uma bagunça, as panelas não combinam entre si e a gente come usando apenas garfo e faca, e acho que vou precisar usar as costas da mão como guardanapo, mesmo.

De um jeito que não sei explicar, isso me faz bem.

Me sento à mesa para almoçar com a Rita e esse é o almoço mais constrangedor da história dos almoços.

— Sua mãe me ligou — ela diz, puxando assunto.

— Ah, sim. Ela avisou que ia te ligar — respondo depois de provar um pedaço de bife. Todo o estresse da manhã me fez esquecer o quanto eu estava com fome.

— Me passou uma lista enorme de recomendações. Acho que já comecei errando tudo. — Rita prende uma risada enquanto olha pro meu prato.

Provavelmente minha mãe pediu para não me deixar comer duas fontes de carboidrato na mesma refeição. Eu nem ligo. Encho a boca de arroz e batata só de raiva.

— Aliás, muito obrigado — digo, de boca cheia. Isso provavelmente quebra mais uma das regras da minha mãe. — Por me deixar ficar aqui e tal. Sei que deve ter sido meio surpresa pra você, e eu poderia muito bem me virar sozinho, mas...

Não sei como completar a frase. Tenho pouca experiência em conversar com adultas. Menos ainda com adultas que são mães de garotos que acabaram de gritar comigo do nada.

QUINZE DIAS 275

— Não tem problema. Espero que você se sinta em casa — ela responde, com um sorriso.

— Prometo que vou ficar quietinho e não vou dar trabalho.

—Ai, não. O Felipe já é quietinho e não dá trabalho. Achei que essas semanas seriam mais interessantes. Pode fazer barulho! Pode dar trabalho!

Dou uma risada imaginando minha mãe assistindo a esta cena, em que outra mulher adulta basicamente *implora* para que eu use as *drogas do momento*.

A risada morre aos poucos e ficamos em silêncio. Preenchendo o ambiente, só o som da mastigação, que me irrita um pouquinho.

— Desculpa pelo Felipe, viu? — Rita suspira. — Ele é um menino bom, só que nunca acredita em mim quando eu digo.

— Uhum.

— Talvez ele só precise de um tempinho pra se acostumar, sabe? Aqui em casa somos sempre só nós dois. O tempo todo. Mas daqui a pouco ele sai do quarto, vocês conversam e fica tudo bem.

Ela diz como se fosse a coisa mais simples do mundo. Como se diálogo fosse essa coisa mágica, simples e capaz de resolver qualquer problema. E, sendo bem sincero, não tenho vontade nenhuma de dialogar agora.

— Tá bom — respondo.

— Logo, logo vocês vão estar igual duas crianças de novo. Lembra? Os dois brincando na piscina? Eu tenho uma foto de vocês guardada em algum lugar. Só não sei onde. O que é esquisito, já que a minha casa é tão organizada!

Solto outra risada. Ela ri junto comigo. É ridículo perceber como me sinto mais à vontade com Rita do que com o filho dela, que tem a mesma idade que eu. Mas, levando em conta a minha lista curta de Pessoas Que Me Deixam À Vontade (1. Rebeca. Fim da lista), não vou reclamar.

Me ofereço para lavar a louça quando terminamos de comer. Rita não deixa. No fundo fico feliz, porque odeio lavar a louça.

Ela precisa voltar ao trabalho (ainda não entendi o que é o trabalho dela, mas suspeito que tenha alguma coisa a ver com o quadro cheio de círculos azuis que vi ao lado da geladeira, já que ela aponta para ele), então vou para a sala pra não atrapalhar. Meu celular ficou no quarto do Felipe e a única coisa que carreguei comigo foi a cópia de *A Sociedade do Anel* que estava na minha mão quando ele gritou comigo.

Agora estou preso do lado de fora do quarto com um livro que nem quero terminar de ler e morrendo de vergonha de ligar a TV, porque tem uns cinco controles remotos diferentes ao lado do sofá e não sei qual faz o quê.

Tiro o tênis, respiro fundo pra conferir se estou com chulé (não estou), cruzo as pernas sobre o sofá e tento ler de verdade dessa vez, torcendo pra Sam e Frodo se beijarem logo. Mas é claro que isso não vai acontecer. Alguns minutos se passam e tento me concentrar na leitura e não me deixar distrair pelo ventilador de teto que gira quase parando.

Ouço a porta do quarto se abrindo e me seguro para não correr até lá e pegar meu celular. É horrível estar aqui sem saber que horas são, se a Beca me mandou mensagem, se o mundo está acabando lá fora.

Espero mais um pouco enquanto Felipe conversa com a mãe. Me sinto inadequado e tento ocupar a cabeça com as palavras do Tolkien para não escutar a conversa alheia. É difícil, porque a conversa alheia parece muito interessante e as palavra do Tolkien parecem chatas pra cacete. Mas eu me esforço. Juro.

Depois de um tempo, vejo Felipe se aproximando de mim. Quero levantar o rosto e sorrir. Acabar com esse climão esquisito. Mas, lá no fundo, sinto que ele não me quer aqui. Sinto que estou atrapalhando. E, quanto menos eu atrapalhar, parado aqui como um móvel da sala que se alimenta de vez em quando, melhor para mim e para ele.

Felipe pigarreia de um jeito meio dramático. Um *ah-hammmm* alto que me assusta de leve.

— Desculpa pelo grito — ele sussurra.

O pedido não me parece genuíno. Parece que ele está fazendo só para agradar a mãe. Mas, para mim, já é o suficiente. Olho para ele, mas tudo que vejo é Felipe enrolado na toalha mais uma vez. Minha garganta seca só de pensar, como se eu tivesse engolido uma colherada de areia. Tenho medo do que ele pode pensar de mim, um vizinho intruso que já chegou aqui causando tanto desconforto.

— Tudo bem — respondo, por fim.

Então, desvio o olhar. Finjo que não estou nem aqui. Que estou num universo onde não preciso ficar com vergonha de sentir o coração batendo forte só por causa de um *garoto enrolado numa toalha*. Um universo onde existo sem medo.

Os hábitos televisivos dessa casa são divertidos. Jantamos no sofá, de frente pra TV, e eu nem lembro quando foi a última vez que fiz isso. Dona Rita está maratonando uma série sobre vestidos de noiva que eu nunca assisti antes, mas na qual, depois de dez minutos, já estou emocionalmente investido.

Puxo assunto vez ou outra, tentando parecer uma companhia agradável, mas Felipe não abre a boca. Está na cara que ele não me quer aqui. Eu queria dizer que também não queria estar aqui. Que, nos meus planos, eu estaria sozinho em casa pela primeira vez na vida, acordado até tarde e fazendo tudo o que me desse na telha. Queria compartilhar minhas frustrações com ele, porque tenho pena da Beca, me ouvindo reclamar o tempo todo quando ela tem um futuro brilhante pela frente. Queria contar que não sei o que fazer da vida, que tenho medo do meu futuro não ser brilhante. Perguntar o que ele quer estudar na faculdade e se já está se preparando pro vestibular. Perguntar se ele já leu os três livros do *Senhor dos Anéis* e se em algum momento o Sam e o Frodo vão dormir agarradinhos. Mas de um jeito que não faça ele achar que eu *quero* que o Sam e o Frodo durmam agarradinhos. Só estou curioso. Só isso.

Mas sei que essas conversas não vão acontecer, então o melhor a se fazer é manter meu plano inicial e fingir que não estou aqui.

E isso significa dormir na sala.

Depois do banho, visto o pijama que minha mãe colocou na mala (um ridículo de marinheiro que eu tenho desde os treze anos e que começou a ficar apertado nas coxas, mas ela não me deixa jogar fora porque comprou numa loja de grife da França ou qualquer coisa assim).

Quando Felipe me encontra na sala, já estou pronto para dormir. Dona Rita me entregou cobertores e travesseiros e eu acho que consigo me encolher o bastante para caber no sofá florido que, numa análise rápida, parece se enquadrar no Nível Seis de conforto.

QUINZE DIAS 279

Felipe me encara. Provavelmente julgando o pijama de criança, porque ele não para de olhar para as minhas pernas. Ele não diz nada por um bom tempo. É perturbador.

— Vou dormir na sala — digo, esperando receber uma expressão imediata de alívio.

Ele não parece envergonhado. Parece confuso. E um pouco envergonhado.

As bochechas dele ficam vermelhas e as sobrancelhas se curvam pra cima. Felipe tem sobrancelhas muito bonitas.

Ele se espreguiça e, só então, me dou conta de como ele é alto. Sempre que encontro Felipe pelo condomínio, ele está curvado, de cabeça baixa e evitando contato visual (comigo e com qualquer outra pessoa). Mas agora, de corpo esticado, imagino como minha cabeça bateria exatamente na altura do pescoço dele se estivéssemos lado a lado. Me imagino inclinando a cabeça e me encaixando bem ali, onde o pescoço encontra o ombro dele.

Pisco rápido para sair do transe. Ele respira fundo e passa a mão pelo cabelo, tirando uma mecha ondulada da frente da testa.

Felipe tem cabelos muito bonitos.

— Água? — pergunta ele.

— Não.

— Chá?

Aperto os lábios. Que tipo de garoto de dezessete anos oferece *chá*?

— Não.

— Mais um travesseiro?

— Não. Obrigado.

— Obrigado.

É engraçado como ele parece estar me agradecendo por ter agradecido.

Assim como chegou, Felipe vai embora. E eu fico sozinho numa sala que não é a minha, enrolado num cobertor que tem cheiro de outro amaciante. O fator novidade é bom. O fator conforto nem tanto.

Quando pego o celular, uma mensagem da Beca me espera.

Beca:
Tudo bem por aí? Manda notícias!

Caio:
Oi! Não me liga pfvr! Não quero falar agora.
Usando a VOZ. Prefiro falar com os dedos.

Beca:
Essa foi a frase mais lésbica que você já disse em toda a sua vida.

Cubro a boca para não rir alto.

Beca:
Mas me conta tudo!!!!!

Caio:
Nada de mais. Acho que o vizinho me odeia.

Beca:
Você acha que qualquer pessoa te odeia.
Ou que está a fim de você. Nunca passa por essa
sua cabecinha linda a possibilidade das pessoas
não sentirem NADA em relação à você.
Desculpa, isso era pra ser um conselho bom.
Não foi minha intenção te massacrar.

QUINZE DIAS

Digito uns vinte emojis de crânio e envio.

Beca:
Melissa tá me ligando. A gente se fala depois?
Promete que se precisar de ajuda você me liga?
Eu entro nesse condomínio pra te salvar
nem que seja pulando o muro.

Caio:
Tá tudo bem. Se eu precisar, eu te chamo.
E você não vai precisar pular muro nenhum.

Beca:
Amo você. Diferente do seu vizinho.
Que te ODEIA!!!!

Caio:
Hahaha

Apesar do "hahaha", não estou rindo.

Aliás, muito pelo contrário. Sinto até uma vontadezinha de chorar. Assim, do nada.

Mordo o lábio e seguro o choro.

Penso em assistir alguma série no celular, mas tenho medo de esgotar meus dados e ainda não peguei a senha do Wi-Fi daqui.

Encaro o ventilador de teto até pegar no sono.

Confira nossos lançamentos,
dicas de leituras e
novidades nas nossas redes:

🐦 **editoraAlt**
📷 **editoraalt**
♪ **editoraalt**
f editoraalt